AF125795

MAREN FRIEDLAENDER

Das Opern-Phantom

OPER. MACHT. MORD. Eine prominente Journalistin liegt tot im Kölner Südpark. Alle Anzeichen deuten auf eine Überdosis Heroin hin. Mord – stellt Kommissarin Rosenthal fest. Spuren führen nach Berlin zum Ehemann des Opfers: Kulturstaatssekretär Ruppert. Und plötzlich gibt es eine Verbindung zum Pfusch bei der Opernsanierung. Die einst für 2015 geplante Neueröffnung kündigte die Kölner Kulturdezernentin mit dem Satz an: »Das hat die Welt noch nicht gesehen«. Die Kosten addieren sich inzwischen auf eine Milliarde und noch immer ist keine Eröffnung in Sicht. Viel Geld versickert. Da könnte Mord sich lohnen. Was wusste der Vorsitzende des Freundeskreises der Oper und warum wird er überfallen? So viele Verdächtige, wundert sich die Kommissarin, so viele Verwerfungen in Familie, Beruf, im Freundeskreis, so viele Motive. Rosenthal rätselt noch, als eine Mitarbeiterin des Baudezernats tot im Keller der Opernbaustelle liegt. Eine heiße Spur führt in die politische Szene – und zur Mafia.

© privat

Maren Friedlaender, geboren in Kiel. Journalistin, unter anderem beim ZDF, Innenpolitik. Die Autorin lebt seit 37 Jahren in Köln und studierte dort Psychologie. Mit dem Fahrrad erobert sie ihre Wohnorte: Hamburg, Wiesbaden, Berlin, Köln – vom Fahrradsattel aus sieht man mehr. Die Entdeckung der Städte durch das Unterwegssein in verschiedenen Welten: schreibend und aktiv in der Politik, unter anderem Mitglied des Kölner Kulturausschusses. Die unterschiedlichen Einblicke in die politische Szene verarbeitete sie in den Krimis: »Berlin. Macht. Männer.«, »Die Macht am Rhein« (mit Olaf Müller), »Rheingolf«, »Schweigen über Köln« und »Das Opernphantom«. Ebenfalls bei Gmeiner erschien der Roman »Der Löwe Gottes«.

MAREN FRIEDLAENDER

Das Opern-Phantom

KRIMINALROMAN

GMEINER

Personen und Handlung sind frei erfunden.
Ähnlichkeiten mit lebenden oder toten Personen
sind rein zufällig und nicht beabsichtigt.

Die automatisierte Analyse des Werkes, um daraus Informationen
insbesondere über Muster, Trends und Korrelationen gemäß § 44b UrhG
(»Text und Data Mining«) zu gewinnen, ist untersagt.

Immer informiert

Spannung pur – mit unserem Newsletter informieren wir Sie
regelmäßig über Wissenswertes aus unserer Bücherwelt.

Gefällt mir!

Facebook: @Gmeiner.Verlag
Instagram: @gmeinerverlag

Besuchen Sie uns im Internet:
www.gmeiner-verlag.de

© 2024 – Gmeiner-Verlag GmbH
Im Ehnried 5, 88605 Meßkirch
Telefon 0 75 75 / 20 95 - 0
info@gmeiner-verlag.de
Alle Rechte vorbehalten
1. Auflage 2024

Lektorat: Claudia Senghaas, Kirchardt
Herstellung: Mirjam Hecht
Umschlaggestaltung: U.O.R.G. Lutz Eberle, Stuttgart
unter Verwendung eines Fotos von: © Raimond Spekking / CC BY-SA
4.0 (via Wikimedia Commons) (https://commons.wikimedia.org/wiki/
File:Oper_Köln,_Ansicht_Kleiner_Offenbachplatz-8415.jpg), Farbe,
Kontrast, Auschnitt, https://creativecommons.org/licenses/by/4.0/
legalcode
Druck: CPI books GmbH, Leck
Printed in Germany
ISBN 978-3-8392-0676-8

»In dem Haus, in dem du bleiben willst, sei rechtschaffen und stehle nicht.«

Zitat von Benvenuto Cellini

*

Mit der Oper *Benvenuto Cellini* von Hector Berlioz sollte das renovierte Kölner Opernhaus 2015 feierlich eröffnet werden. Es kam anders.

007 AM RHEIN

Claudia verließ ihre Wohnung gegen 20 Uhr. Es war dunkel draußen – und das war gut so. Vielleicht irrational, aber sie fühlte sich von der Dunkelheit geschützt. Ihr Auto stand vor der Haustür, ein schwarzer Golf. Sie zögerte einen Moment einzusteigen, ärgerte sich, dass sie für ihre Unternehmung keinen genauen Plan ausgetüftelt hatte. Sie entschied sich gegen den Golf, ging die Marienburger Straße hinunter, vorbei an den erleuchteten Gründerzeitvillen und den Bausünden der 70er-Jahre. Der Krieg hatte in der Stadt eine Schneise der Verwüstung geschlagen, aber die Architekten hatten in der zweiten Hälfte des 20. Jahrhunderts beinahe mehr Schäden angerichtet, fand Claudia. Alles war ruhig. Sie begegnete keinem Fußgänger, das war abends meist so im Kölner Stadtteil Marienburg. Nur vereinzelte Hundebesitzer traf man zu dieser Zeit. Sie führten reinrassige Weimaraner an der Leine, alternativ auch adoptierte Straßenhunde aus Rumänien. Claudia hörte keine Schritte hinter sich. Sie drehte sich trotzdem um. Es folgte ihr niemand. Kein Schatten, der plötzlich in einem Hauseingang verschwand. Kein Typ mit Kapuzenshirt, der geschwind hinter eine Hecke huschte. Sie mochte diese Kapuzenteile nicht, mit denen die jungen Leute zurzeit herumliefen. Sie sahen aus wie Hooligans, zumindest wie Gestalten, die etwas zu verbergen hatten, immer etwas bedrohlich. Claudia bog rechts ab in die Goethestraße, lief Richtung Reformationskirche. Vor der Kirche parkte ein

Mini von *Share now*. Spontan entschied sie sich für dieses Fahrzeug. Irgendwie musste sie nach Meschenich kommen. Sie holte ihr Smartphone aus der Jackentasche, öffnete die App, blickte nach allen Seiten und bestieg den Wagen. Bin ich verrückt, fragte sie sich. Leide ich unter Verfolgungswahn? Egal, Informantenschutz stand an erster Stelle. Ihr alter Kollege Mainhardt Graf Nayhauß hatte ihr einst erzählt, wie er jahrelang von einem Mitarbeiter des Innenministeriums mit Informationen gefüttert wurde. Druck von allen Seiten, die Quelle preiszugeben. Er war standhaft geblieben. Ein einziger verratener Informant hatte verheerende Wirkung. Nie wieder gab es Material aus den inneren Zirkeln der Macht. Maini war tot, aber seine Regeln galten bis heute. Auch Claudia hatte man früh in ihrer Karriere wegen Geheimnisverrats angeklagt, mit Bestechungsvorwürfen hatte die Staatsanwaltschaft es versucht und sogar mit Spionage. Lächerlich, alles an den Haaren herbeigezogen, alle Anklagen wurden fallen gelassen. Keine leichte Zeit für investigativ arbeitende Journalisten. Der Staatsapparat wünschte sich Ruhe an der Medienfront. Genau das Gegenteil von dem, was Claudia von gutem Journalismus erwartete.

Sie fuhr zum Verteilerkreis Süd, nahm den Militärring Richtung Norden und bog links ab in die Brühler Straße. Auf der rechten Seite tauchten die Hochhäuser der Kölnberg-Siedlung auf. Einst euphemistisch als Wohnpark benannt und als hochwertiges Immobilienprojekt konzipiert, erlitt diese Wohnanlage einen langsamen, aber stetigen Niedergang. Mittlerweile lebten in den Appartements über 4.000 Menschen aus sozial schwachen Schichten, 4.000 Menschen aus 60 Nationen, mit allen dazugehörigen Problemen. Merkwürdig, dass die

Informantin sich in dieser unwirtlichen Gegend angesiedelt hatte. Als Mitarbeiterin des Baudezernats mussten ihr andere Türen offen gestanden haben. Claudia hatte etwas munkeln gehört von finanziellen Problemen, einem Liebhaber, durch den die Verwaltungsangestellte in eine Schieflage geraten war. Alles Gerüchte. Es wurde viel geredet. Die Frau hatte kein Geld verlangt. Vermutlich hatte ihr Gewissen sie zu diesem Schritt getrieben, der heutigen Verabredung. Es gab sie im Land, die Menschen mit einem Gewissen. Den Kontakt hatte Stroebel hergestellt, Felix Stroebel, ein bunter Vogel, einst grünes Urgestein, ob er der Partei noch angehörte, wusste Claudia nicht. Jetzt war er erfolgreicher Unternehmer, Opernfreund und Kunstmäzen mit einem weit verzweigten Netzwerk, soviel sie erfahren hatte, und offensichtlich auch mit einem Gewissen ausgestattet. Ein Mann mit Prinzipien, hatte man ihr gesagt. Ob das stimmte, konnte sie nicht beurteilen, sie war ihm nur ein paar Mal begegnet.

Claudia fuhr an den Hochhäusern vorbei, denn nicht dort wohnte die Informantin, sondern in einem bescheidenen Reihenhaus am Rande des Stadtteils Meschenich. Die Journalistin erreichte die genannte Adresse, überprüfte die Hausnummer und parkte den Mini in einer Seitenstraße. Als sie per App auscheckte, ärgerte sie sich über die eigene Gedankenlosigkeit. Blödsinn, die Sache mit dem Leihwagen. Nun konnte jeder ihre Spur einfach verfolgen. Ganz easy nachweisen, wann und wo sie hier einen Wagen abgestellt hatte. Kurz überlegte sie, die Aktion abzubrechen, aber wer weiß, ob sich eine neue Gelegenheit ergab, ob die Informantin nicht einen Rückzieher machte, es sich anders überlegte. Das Eisen schmieden, solange es heiß war – das hatte Claudia auf der Journalistenschule gelernt. Zögerlich näherte sie sich dem unscheinbaren Haus, von Zweifeln geplagt. Die Neugier siegte. Die Informantin hatte gebeten, nicht an der Vordertür zu klingeln. Es gebe hinten ein Gartentor, das sie unverschlossen lasse, von dort erreiche man die Terrasse. Auf ein Klopfen werde sie öffnen. Forschend blickte sich die Journalistin um. Wie kam sie am schnellsten zur Rückseite der Häuserreihe?

»Suchen Se wat, junge Frau?«

Claudia schreckte zusammen. Eine ältere Frau, mit Lockenwicklern im grauen Haar, schaute aus dem Fenster im Erdgeschoss. Hier hatte die Nachbarschaft offensichtlich alles unter Kontrolle. Im Grunde war dagegen nichts einzuwenden, wenn die Leute aufeinander achtgaben. Gerade im Moment passte es der Journalistin gar nicht.

Claudia wühlte demonstrativ in ihrer Handtasche. »Ich suche hier im Licht nur gerade mein Handy«, stotterte sie. »Wo hab ich es nur?«

»Wat mer net im Däts hät ...«, verkündete die Frau am Fenster und teilte damit wohl die Weisheit, was man nicht im Kopf habe, müsse man in den Beinen haben.

Die Alte knallte das Fenster zu, blieb aber hinter der erleuchteten Scheibe stehen, wohl um zu signalisieren, dass sie die Passantin im Auge behalte. Claudia wedelte triumphierend mit dem Handy in der Hand hinüber zu der Aufpasserin und entfernte sich betont gemächlich aus deren Blickfeld. Sie umrundete die Reihe der aneinander gebauten Häuschen, betrat eine kleine Stichstraße, zählte sorgfältig bis vier, da die Grundstücke hinten nicht nummeriert und kaum beleuchtet waren. Das vierte Gartentor war tatsächlich offen. Claudias Herz pochte. Die Szenerie war gespenstisch, zumal es zu nieseln anfing und die feuchte Dunkelheit ihr unter die Haut kroch. Sie fröstelte. Trotzdem ging sie entschlossen auf das erleuchtete Terrassenfenster zu, verharrte einen Moment und klopfte vorsichtig an die Scheibe, die kurz darauf von innen aufgeschoben wurde. Offensichtlich hatte die Bewohnerin hinter der zur Seite geschobenen Gardine auf das Zeichen gewartet. Sie ließ die Besucherin ein, schloss Fenster und Vorhang, bevor sie den Gast begrüßte.

»Frau Rehlinger?«, fragte Claudia.

Die Frau mittleren Alters nickte zustimmend. Brigitte Rehlinger schien allein zu sein. Sie wirkte nervös, entschuldigte sich, dass sie kein Getränk anbiete. Eine nette Frau, überlegte Claudia, ein hübsches Gesicht umrahmt von rötlichen Locken; freundliche Ausstrahlung, vielleicht humorvoll, wenn sie nicht unter Stress stand. Claudia ließ den Blick schweifen. Der Wohnraum war einfach eingerichtet. Nicht geschmacklos, aber auch nicht sehr persönlich oder fantasievoll. Wahrscheinlich *IKEA*. Der Besuch dauerte wenige Minuten. Claudia erhielt ein paar schriftliche Unterlagen, ausgedruckt auf weißem Papier, dazu ein paar mündliche Informationen.

»Bitte keinen telefonischen Kontakt, keine Nachfragen. Sie finden alles Wichtige auf den Seiten, die Sie in der Hand halten.« Die Frau sagte das nicht resolut, sie machte eher einen verschüchterten, fast gehetzten Eindruck, als wolle sie die Sache schnell hinter sich bringen.

Claudia verstand das. Sie nickte, rollte die Papiere zusammen und stopfte sie in die Innentasche ihres Mantels. Frau Rehlinger öffnete die Terrassentür. Die Besucherin schlüpfte zwischen den Vorhängen hindurch ins Freie, atmete die feuchte Luft, die sie plötzlich als belebend empfand, tief ein. Sie verließ das Grundstück auf demselben Weg, auf dem sie gekommen war.

NEVER EVER

Brigitte Rehlinger ging am Morgen nach dem Zusammentreffen mit der Journalistin etwas früher als üblich aus dem
Haus. Sie hatte schlecht geschlafen. Wieder dieser Feuer-
traum. Es brannte in ihrer Wohnung, Flammen schlugen
ihr aus der Küche entgegen, panisch versuchte sie zu flüch-
ten, fand aber nicht die Haustür. Sie erwachte zitternd, ging
ins Bad, um ein Glas Wasser zu trinken. Halb sieben erst,
stellte sie mit Blick auf die Uhr fest. Egal, sie wollte nicht
zurück ins Bett, wo die erschreckenden Traumbilder sie
womöglich erneut verfolgen würden. Ohne Appetit aß sie
ein Brot mit Schinken, ließ die Hälfte auf dem Teller liegen,
trank ihren Morgenkaffee allein und lustlos. Lorenzo lag
noch im Bett. Er war erst weit nach Mitternacht heimge-
kehrt. Die langen Nächte – sie waren der Nachteil seines
sonst von ihm geliebten Berufs als Gastronom.

Beim Schließen der Tür achtete sie sorgsam darauf, beide
Türschlösser zu verriegeln, obwohl ihr Freund im Haus
war, aber er würde noch mindestens zwei, drei Stunden
wie ein Stein schlafen.

Sie schreckte zusammen, als sie Schritte hinter sich hörte.

»So früh schon, Frau Rehlinger?« Es war die Nachbarin
Frau Schrankel, die sie in munterem Kölsch begrüßte und ihr
einen Briefumschlag überreichte. »Der hing jestern in ihrem
Briefkasten. Hab isch rausjenommen – wejen dem Rejen.«

»Danke, Frau Schrankel, das ist sehr nett von Ihnen.«
Nett, aber auch immer etwas zu neugierig, befand Brigitte

Rehlinger. Das sagte sie nicht laut, sondern machte stattdessen eine belanglose Bemerkung über das feuchtkalte Wetter und verabschiedete sich schnell, bevor die Nachbarin sie in ein langes Gespräch über den Zustand der Welt im Allgemeinen verwickeln konnte.

»Schönen Tach auch«, wünschte Frau Schrankel und zuckelte davon in ihrer geblümten Kittelschürze, ein Kleidungsstück, das Brigitte zuletzt an ihrer eigenen Mutter gesehen hatte. Wo gab es diese Schürzen bloß noch zu kaufen, überlegte sie und betrachtete den Briefumschlag, auf dem nur ihr Name stand, keine Anschrift. Sie riss ihn auf und zog einen weißen Zettel heraus. »AUFHÖREN!«, stand dort in dicken schwarzen Druckbuchstaben – nur dieses Wort. Rehlinger starrte auf die Schrift. Der Zettel zitterte in ihrer Hand. Suchend blickte sie um sich, als vermute sie den Überbringer der Nachricht hinter irgendeinem Busch in der Straße.

Sich mehrfach unruhig umschauend, bestieg sie ihr Auto. Mit Bus und Bahn war es gefühlt eine Weltreise, um von Meschenich zum Willy-Brandt-Platz in Deutz zu kommen, wo sich ihr Büro befand, im Dezernat VI, Planen und Bauen. Also Auto, brummelte sie vor sich hin und fluchte auf die geschätzte Frau Kollegin vom Dezernat Mobilität. Hochtrabender Name für so wenig Verkehrsfluss, bemerkte sie genervt. Immer wieder blickte sie ängstlich in den Rückspiegel. Die Drohung am Morgen lag ihr auf dem Magen. Wer weiß, wozu die Leute, mit denen sie es zu tun hatte, in der Lage waren.

Rehlinger war früh dran und nahm deshalb den kleinen Umweg über die Stadtmitte. Es zog sie zum Offenbachplatz, zur Bühnenbaustelle. Fast wie ein Täter, den es zurück zum Tatort treibt. Dabei fühlte sie sich überhaupt nicht schuldig. Ich habe ein reines Gewissen, munterte sie sich selbst auf und sah sich beim Anblick des Chaos am Offenbachplatz bestätigt. Sie war froh, dass sie die heißen Papiere an die Journalistin übergeben hatte.

»Tach, Herr Ülpenich, alles im Lot?«, begrüßte sie den Pförtner am Wachhäuschen.

»Morgen, Frau Rehlinger, so früh auf den Beinen?«

»Der Gedanke an unser Baby hier hat mich wach gehalten, Herr Ülpenich.«

»Mir kann's nur recht sein, wenn's noch etwas dauert mit der Fertigstellung«, grinste der betagte Wachmann. »Den Job hier habe ich bis zu meiner Rente, falls das Werkeln in dem Tempo weitergeht.« Herr Ülpenich war etwa 55 Jahre alt.

Es musste etwas geschehen. Ein Jahr noch bis zur Übergabe an die Bühnenleitung und die Baustelle sah nicht nach fast vollendeter Sanierung aus, eher, als würde gerade ein altes Gebäude abgerissen. Oper und Schauspiel lagen mitten im Stadtzentrum, täglich gingen hier Tausende vorbei, ohne sich für das Debakel zu interessieren. Kurze Aufregung in den lokalen Medien, als die Nachricht kam, das Gesamtprojekt koste nun eine Milliarde Euro. Gab es sie überhaupt noch – die gute alte Million? Es wurde nur noch in Milliarden oder Billiarden gerechnet. Unter den Riesenzahlen konnte sich eh keiner etwas vorstellen. Brötchen für 75 Cent, drei Tomaten 2,50 Euro, damit schlugen sich die Leute herum.

Riesige hölzerne Kabelrollen lagen vor dem Bühneneingang. Ein mindestens 20 Meter hoher Kranlastwagen verrichtete brummend irgendeine Arbeit, die schon vor Monaten hätte erledigt werden müssen. An der Fassade des Schauspielhauses lief das Schmutzwasser herunter,

Kacheln waren aus der Wand gerissen. Eröffnung 2024? Never ever, hörte Brigitte Rehlinger sich laut und zornig sagen. Ich habe es richtig gemacht, dachte sie trotzig und flüchtete fast zu ihrem Auto, das sie an der Glockengasse geparkt hatte, dort wo seit zehn Jahren eine Containerstadt für die Arbeiter und Ingenieure der Baustelle installiert war. Schönes Geschäft für den Containerlieferanten.

DAS HAT DIE WELT NOCH NICHT GESEHEN

»Das hat die Welt noch nicht gesehen«, verkündete die Kölner Kulturdezernentin im Juli 2015. Sie meinte die Bühnen am Offenbachplatz, deren Neueröffnung nach Totalsanierung kurz bevorstand. Mit *Benvenuto Cellini* von Berlioz sollte im Herbst glanzvoll die erste Premiere gefeiert werden. Adios Cellini, hieß es kurz darauf. 253 Millionen Euro waren einst für die Sanierung veranschlagt worden. Nun schrieb man das Jahr 2023, eine Milliarde Gesamtkosten war für das Projekt Bühnen prognostiziert. Eröffnung 2024. Eine Prognose, an die niemand in der Stadt richtig glaubte.

Und in diese Stadt zog es Claudia Ruppert nun. Köln war ihre Heimat. Die Rückkehr hatte verschiedene Gründe. Eine besondere Liebe zur Karnevalshochburg gehörte nicht dazu. An die Oper hatte sie allerdings schöne Erinnerungen aus ihrer Jugend. Mit den Eltern in der Loge – *Tosca, Rosenkavalier, Don Giovanni* – ja, Don Giovanni, ihm hatte sie sich ganz hingegeben, sie hatte schon als junges Mädchen eine Schwäche für Machos gehabt.

Als Claudia Ruppert den Offenbachplatz nach 20 Jahren zum ersten Mal wieder betrat, stand sie unter Schock. Mit dem Fahrrad umrundete sie Oper und angrenzendes Schauspielhaus, das nicht saniert wirkte, eher, als drohe der Zusammenbruch. Sie betrachtete die herunterlaufende Farbe an der Dachumrandung des Schauspiels, die bröckelnde rote Backsteinfassade, Dreck hinter hohen Absperrgittern. Wie es innen aussah, konnte der Steuern zahlende Bürger nicht sehen. Claudia hatte einen Besichtigungstermin angemeldet. Einer Journalistin öffneten sich manche, für andere verschlossene Türen.

VON GOLDENEN LÖFFELN

Claudia Ruppert war mit dem *Goldenen Löffel* im Mund zur Welt gekommen. Im Alter von zehn Jahren hatte sie ihn an die Wand gepfeffert und gegen alles und jedes rebelliert: gegen die süßen Blümchenkleider von *Oilily*, in die man sie hineinzwang; gegen die Sonntagsfrisur, für die oben auf ihrem Kopf eine runde Wurst namens Dutt kunstvoll drapiert wurde; die geflochtenen Zöpfe für den Alltag mit den rosa Schleifchen. Das Frisurenproblem hatte sie mit zwei Scherenschnitten erledigt. Claudias Rebellion fand neue Ziele. Sie richtete sich gegen die Besuche im Beichtstuhl, wo ein feister Pfarrer sie über ihre Keusch-heitsvergehen in die Inquisition nahm, bevor sie überhaupt wusste, was es mit der so genannten Unkeuschheit auf sich hatte. Später vermutete sie, dass sein Onanieren hin-ter dem getönten und mit Holz vergitterten Glas in diese Sündenkategorie fiel. Sie spürte seine Erregung, während er nachbohrte, ob sie unkeusche Taten begangen habe. Ihre Freunde suchte Claudia sich selbst aus. Meist wohnten sie im angrenzenden Arbeiterviertel, das in ihrer Heimatstadt Köln merkwürdigerweise direkt an den teuren Villenvor-ort Marienburg grenzte, in dem Claudia mit Hilfe einer häuslichen Hebamme das Licht der Welt erblickte. Die erwählten Freunde hießen manchmal Chantal oder Kevin, trugen rosa Leggings oder Trainingshosen und führten sie in die Gossensprache ein. Neugierig beobachtete Clau-dia die Wirkung der Besuche aus dem Arbeitermilieu auf ihre Eltern. Im Alter von 13 Jahren kreierte sie ihre eigene Mode. Eigenhändig zerrissene Jeans trug sie, lange bevor diese von Modedesignern mit gut platzierten ausgefransten Löchern zu sündhaft teuren Preisen feilgeboten wurden.

Claudia rüttelte an Zäunen, trat gegen verschlossene Türen, erhob den Kopf und wurde mindestens so oft einen Kopf kürzer gestutzt; sie brach lustvoll Regeln und weit lustvoller Herzen und war mehrfach an gebrochenem Herzen erstickt, hatte liebend die Liebe verflucht. Vergessen im Rausch gesucht. Von rasender Liebe betrunken, das Beste gesoffen. Auf Herzen gezielt und Herzen getroffen. Singend in den Abgrund geblickt. Bis zum Hals im Dreck versunken, zu den Sternen geschaut. Tausend Schlösser auf Sand gebaut, tausend Schlösser zerstört. Und niemals auf guten Rat gehört. Gott fluchend ins Gesicht gelacht. Gott, der niemals guckt. Was soll's! Weiter getaumelt, ziellos dem Ziel entgegen. Das war Claudia.

Claudias Familie waren die von Heidens, Privatbankiers seit 1793. Claudias Eltern starben bei einem Autounfall, da war sie 18, das jüngste von drei Kindern, ein Nachkömmling. Ihre Brüder Adrian und Boris waren zehn und zwölf Jahre älter. Warum ihre Eltern im Alphabet nicht weiterkamen und warum zwischen A, B und C so viel Zeit verstrich, erfuhren die Heiden-Sprösslinge nicht. Wahrscheinlich war C die Intelligenteste, trotzdem waren es Claudias zwei Brüder, die die Führung der Bank übernahmen. Es passierte nichts Dramatisches, irgendwie bröselte den jungen Erben das schöne alte Bankhaus unter den Fingern weg. Claudia studierte Finanzwirtschaft in London, wollte es ihren Brüdern beweisen, dass sie als Bankerin etwas taugte. Bevor sie ihren Master-Abschluss präsentieren konnte, war das Unternehmen in die Hände einer britischen Großbank übergegangen, und für die Tochter des Hauses gab es keinen Job mehr. Es blieb für alle Kinder genug übrig, um ein angenehmes Leben zu führen, aber das war nicht Claudias Lebensplan. Sie studierte Kunstgeschichte und wurde Journalistin, in der Hoffnung, dem Schönen und Wahren ans Licht zu verhelfen, zumindest ein Fünkchen Wahrheit aufblitzen zu lassen. Weil sie klug und gebildet war, nahmen die Öffentlich-Rechtlichen sie mit Begeisterung in ihren Funkhäusern auf. Die Linken in den Sendern missverstanden ihren Oppositionsgeist und versuchten, sie zu vereinnahmen. Claudia witterte die Ideologen, links wie rechts. Sie blieb ihrem Gewissen verpflichtet und ihrer Intelligenz, die ihr Vernunft erkennen half. In den zwischenmenschlichen Beziehungen versagte diese Fähigkeit zur Ratio manchmal. Es obsiegte die Rebellin oder die Leidenschaftliche, zum Beispiel bei der Wahl ihres Ehemannes. Zu einer wirklichen Wahl ihrerseits war es gar nicht gekommen.

»Du bist die Frau meines Lebens«, gestand ihr eines Nachts ein Mann in einer Berliner Bar. Sie waren sich auf einem dieser Kunstevents begegnet, die nach der Wiedervereinigung in Mitte und Kreuzberg aus der Erde sprossen. Claudia, die sich auf jedem Parkett bewegen konnte, traf auf den eher kleinbürgerlichen Stefan, den Museumsdirektor mit Einfluss in der Politik. Man munkelte, er berate die Staatsministerin für Kultur. Claudia und Stefan tranken ziemlich viele Aperol Spritz. Das gemeinsame Kind war so schnell unterwegs, dass der kluge, entschlossene Stefan und die intelligente, etwas unstete Claudia keine Chance hatten, sich kennenzulernen. Vielleicht war es auch so: Claudia hatte sich insgeheim, durch den frühen Verlust ihrer Eltern, nach einer eigenen Familie gesehnt. So was kann die Empfängnisbereitschaft einer Frau enorm erhöhen. Tochter Luise kam auf die Welt, und die Liebe zu ihr war so überwältigend, dass Claudia die ersten Haarrisse in der Beziehung zu ihrem Mann nicht bemerkte oder geschickt zukleisterte.

Sie waren das Glamourpaar in der Berliner Szene. Claudia, mit ihren fast 1,80 Metern, den grünen durchdringenden Augen, den feinen Gesichtszügen, in denen diejenigen, die genau hinschauten, Empfindsamkeit und Verletzlichkeit entdeckten. Sie überspielte das mit Humor, Aufmüpfigkeit und der Fähigkeit, Menschen mit bohrenden Fragen zu verunsichern. Sie war der bunteste unter den bunten Berliner Szenevögeln. Stefan, mit seinem kleinbürgerlichen Background, genoss die Abstrahlung dieser schillernden Frau, die jede Gesellschaft schmückte. Er liebte sie und bastelte gleichzeitig unermüdlich an seiner Karriere. Er wollte es sich, der Welt und vor allem seiner schönen Ehefrau beweisen. Zielstrebig steuerte er das Kanzleramt an, Staatssekretär für Kultur und Medien. Der Aufstieg führte über eine Parteizugehörigkeit, zumindest half das Parteibuch. Stefan hatte sich für das der SPD entschieden, bereits in Studentenzeiten.

»Links sein gehört zu meiner DNA. Ich bin in kleinen Verhältnissen aufgewachsen, ich weiß, wie es den kleinen Leuten geht.« So sprach er, während er sich bei *Borchardt* in der Französischen Straße ein paar Austern servieren ließ, natürlich auf Kosten des Steuerzahlers. »Ich werde in meinem ganzen Leben für eine gerechtere Welt kämpfen«, dozierte er, während die Auster seinen Hals hinunterrutschte. »Und du gehörst zu uns«, versuchte er seine Frau zu überzeugen, »nicht qua Geburt, aber dein Gewissen ist links verortet.«

»Die Linken wollen keine gerechte Welt, sie wollen eine Welt, in der sie Recht haben«, hatte Claudia sich gegen die Vereinnahmung gewehrt. »Und vor diesem Schlagwort der sogenannten ›kleinen Leute‹ gruselte es mich. Deutschland, ein Volk der ›kleinen Leute‹, erinnert mich an Heinrich Manns *Untertan*.«

Stefan gelang der Sprung ins Kanzleramt.

Die Haarrisse wurden breiter und waren nicht mehr nur Haarrisse. Claudia tröstete sich mit einigen Affären. Stefan schaute weg oder merkte es nicht. Er liebte sie weiter. Sie brauchte ein paar Monate in der deutschen Hauptstadt, um zu erkennen, wie träge und zäh, wie entpolitisiert und totgemerkelt ihr Heimatland war. 16 Jahre Merkel hatte wie ein Sedativ auf die Bürger des Landes gewirkt.

Sie lernte Sandro Farinesi kennen. Was für ein verrückter Typ, Lebemann, Hasardeur. Die erste Hälfte seines Lebens hatte er als Bonvivant durchtänzelt, sich als Klatsch-Journalist bei einem Boulevard-Blatt durchgeschlagen, was ihn finanziell über Wasser hielt. Für alle darüber hinaus gehenden Kosten kamen Freunde auf, die sich gern mit dem unterhaltsamen italienischstämmigen Grafen amüsierten. Viele schmückten sich mit dem lässigen weltläufigen Conte. Farinesi lebte in Berlin vom Tratsch in der Politszene. Es war erstaunlich, wie offenherzig sich selbst hochrangige Politiker ihm gegenüber äußerten, wissend, dass ihre Plaudereien am nächsten Tag in der Zeitung verwurstet wurden. Manches Geheimnis erfuhr er in den Betten von einsamen Politikergemahlinnen oder Staatssekretärssekretärinnen. Manchmal fiel Farinesi kurzzeitig in Ungnade, aber – oh Wunder – bald tauchte er wieder auf in Begleitung der Politiker, die er gerade durch den Kakao gezogen hatte. Eines Tages war eine Veränderung mit dem Hallodri vor sich gegangen, ausgelöst durch den Tod einer guten Freundin, einer Gräfin Bentlow, angeblich ein Skiunfall. Man munkelte viel in Berlin: die Frau sei ermordet worden, sie sei dem Kanzler zu nahegekommen. Nachweisen konnte man dem Regierungschef nichts. Nun war Berlin, was Tratsch anging, ein Dorf, oder wie Sandro behauptete: »Die Welt ist ein Dorf und Berlin ist die Kneipe.« – Fakt war, dass der Kanzler einige Zeit später seinen Hut nehmen musste. Man hatte ihm eine Verwicklung in ungenehmigte Waffengeschäfte nachgewiesen. Sandro war involviert in diesen Skandal. Welche Rolle er gespielt hatte, wusste keiner genau, man spekulierte, klatschte und verdächtigte. Es war das, was Claudia auf dem Berliner Parkett zugeraunt bekam.

Claudia war Sandro öfter in der Bundespressekonferenz begegnet. Sie waren Kollegen, beide unabhängig genug, um die wirklich kritischen Fragen zu stellen. Manchmal preschte Sandro vor, manchmal war es Claudia, die den Regierungssprecher mit bohrenden Fragen nervte.

2019 trafen sie sich auf dem Bundespresseball. Großer Auftrieb im *Hotel Adlon*. Der Ball war nach seinen Hochzeiten in Bonn auch in Berlin ein großes Ereignis. Politiker aller Couleur ließen sich blicken, sie hielten Hof, tanzten, manche schlecht, manche gut, und wurden umringt von beilachenden Hofschranzen. Als Mitglied der Pressekonferenz musste man sich anstandshalber zeigen, weil das Fest ein Informationsbasar war. Mit steigendem Alkoholkonsum wurde an den Bars getuschelt, geflüstert, zugeraunt, bis die Ohren heiß glühten. Informationen wurden ausgetauscht unter eins, zwei und drei, die Geheimcodes bei der Nachrichtenverwertung zwischen Journalisten und Politikern. Eins hieß, Information und Urheber durften genannt werden; bei zwei nur die Information mit Umfeld der Quelle; unter drei durfte nichts öffentlich verwertet werden, ausschließlich Informationen für die Hinterköpfe der Journalisten. Wer trotzdem veröffentlichte, flog raus aus dem Nachrichtenkarussell.

Claudia ödete sich, während ihr Mann die Kanzlerin hofierte. Er tanzte sogar mit ihr. Sollte er. Claudia war Sandro nach draußen gefolgt. Er lehnte an der Mauer des Hotels mit einer Lässigkeit, wie sie nur ein italienischer Conte aufbrachte oder vielleicht Marcello Mastroianni, der einen italienischen Conte spielte. Aus der Innentasche seines Smokings zog Sandro eine Packung Zigaretten, bot Claudia eine an. Sie hatte in der Schwangerschaft aufgehört zu rauchen, aber seit Zigaretten verpönt waren, genoss sie es, mit den Rauchern draußen in der Verbannung zu stehen. Es fühlte sich ein bisschen wie zu Schulzeiten an, als die coolen Typen sich in der Raucherecke trafen. Sandro zog ein goldenes *Cartier*-Feuerzeug aus der Tasche und hielt die Flamme an ihre Zigarette.

»Schönes Feuerzeug«, sagte sie. »Geschenk einer Frau?«

»Mehrerer«, antwortete er und blies den Rauch entspannt in die Nachtluft. »Sie haben zusammengelegt.«

Claudia lachte. Der Conte brachte sie oft zum Lachen, manchmal während der Pressekonferenzen, wenn der Pressesprecher monologisierte. Zwei Frauen traten zum Schwatzen vor das Hotel. Sandro musterte die mit den langen weißblond gefärbten Haaren. Claudia spürte, wie die jüngere Frau ihr Verhalten unter seinen Blicken änderte, laut und exaltiert lachte.

»Blondinen bevorzugt?«, fragte Claudia und bereute beinahe, dass sie ihr natürliches Dunkelblond nicht am Vortag beim Friseur aufgehellt hatte.

»Früher mal«, gestand der Conte. »Heute interessiert mich eher, was da drin vorgeht.« Er tippte zart an ihre Stirn.

»Wie war die schöne Ana Bentlow?«, fragte Claudia unvermittelt und bemerkte, wie Farinesi zusammenzuckte.

»Was hat man Ihnen erzählt?«, wollte er wissen. »Ach«, fuhr er verächtlich fort. »Hören Sie nicht hin. Die Leute reden zu viel.«

»Ihre große Liebe?« Sie blieb hartnäckig.

Farinesi antwortete nicht. Die Augen verrieten seine Qual. Touché, dachte sie.

Er schaute hinüber zum nahegelegenen Brandenburger Tor. »Schön, dieser Blick auf die erleuchtete Quadriga«, lenkte er vom Thema ab.

»Werden Sie mir eines Tages erzählen, wie sich die Geschichte wirklich abgespielt hat?«, beharrte sie.

Als die beiden anderen Frauen zurück ins Hotel gingen, küsste er sie. Er küsste nicht wie ein Draufgänger, eher zart und zurückhaltend. Das überraschte sie. Wie man sich in Menschen täuschte. Das war der Beginn. Viele One-Night-Stands folgten, ohne feste Absichten ihrerseits. Viele One-Night-Stands ergeben am Ende eine Beziehung. Es dauerte Monate, mit kleinen Essen in versteckten Lokalen, mit kurzen Ausflügen, bis sie sich eingestand, dass das mit Sandro mehr als eine Affäre war.

Merkwürdig, dass gerade dieser einstige Hallodri, dieser Lebemann und Frauenheld ihr ins Gewissen redete. »Die Hofberichterstattung der Öffentlich-Rechtlichen, diesen *ARD*-Gefälligkeitsjournalismus kannst du so nicht weiterbetreiben. Wie fühlst du dich dabei?«

»Total beschissen«, gestand Claudia, die noch im Erwachsenenalter von Kevins Gossensprache zehrte. Sie bekannte Sandro und sich, dass sie zu lange mitgeschwommen war, zwar kritischer als viele der Kollegen in den Medien, aber sie hatte sich der Gruppendynamik nicht völlig entzogen, dieser Anpassung an den Mainstream, einer Berichterstattung, die durch Haltung bestimmt war und nicht einzig und allein den Fakten verpflichtet, so wie sie es einst bei den Altmeistern des Journalismus gelernt hatte.

Es sind nicht die schlechtesten, die zu Revolutionären werden, meist die Feinfühligen, die Feinhörigen, die an der Unzulänglichkeit der Welt leiden. Claudia wusste selbst nicht mehr, wann es sich eingeschlichen hatte, dieses Gefühl, dass mit dem unabhängigen Journalismus etwas im Argen lag.

»Merkel repräsentiert seit fast 16 Jahren den ewigen Murmeltiertag«, spottete Sandro. »Man wacht auf und stellt fest, es ist derselbe Tag. Nichts hat sich geändert. Wir leben denselben Mist von vorn.«

Claudia lachte und wusste, dass er recht hatte. »Jetzt haben wir den Zeitenwende-Scholz, seither kracht ein richtiger Wumms durch das Land.«

»Wir haben eine Verantwortung – als Demokraten, als Elite, als Journalisten«, redete er ihr ins Gewissen. »Ich gebe zu, das sagt eine männliche Hure, die 15 Jahre lang dem Boulevard-Journalismus gedient hat, aber entweder es ist einem egal, wer unser Land regiert, oder man kämpft. Glaube mir, manchmal bin ich so müde, dass mir tatsächlich alles wurscht ist. Innere Emigration, es sich noch ein bisschen gut gehen lassen und danach den Löffel abgeben.«

»Meiner war sogar mal ein goldener; ich konnte nichts damit anfangen«, erinnerte sie sich an ihre Kindheit.

»Ich dachte, als ich jung war, meiner sei ein goldener, bis ich feststellte, dass sogar das Silberbesteck in unserem Schloss in Oberitalien verpfändet war. Mein Vater hat von den letzten veräußerbaren Kostbarkeiten aus dem Familienbesitz gelebt. Das Schloss gehörte sowieso lange der Bank. Ich finde, man hätte mich frühzeitig darauf hinweisen müssen.«

»Du hättest es mit Arbeit versuchen können«, schlug Claudia vor.

»Das sagst du so einfach. Die Farinesi rühren seit Generationen keinen Finger für ihren Lebensunterhalt.«

Er hatte sie nicht lange überreden müssen. Unter Pseudonym schrieb sie für das von unabhängigen Journalisten gegründete Forum *Rheinjunker*. Bevor sie einschlug, hatte Claudia sich von der Seriosität der Finanziers überzeugt.

»Alle sauber. Ich kenne alle persönlich, die meisten«, beruhigte Sandro sie.

Zu dem Netzwerk gehörten Wirtschaftsleute, ein paar Politiker, Journalisten, die sich um das Land sorgten, eine bessere Politik anmahnten. Es war das, was auch Claudia wollte.

Sie hatte Quellen, gute Quellen, zuverlässige mit internen Informationen. Ihr eigener Mann gehörte dazu. Was Männer halt so erzählen, wenn sie von der Arbeit kommen. Der Fußpfleger berichtet von den eingewachsenen Fußnägeln alter Frauen, der Installateur von der fehlenden Muffe und der Staatssekretär vom Ärger mit den Kollegen und der Kanzlerin. Die Last des Arbeitstages wird bei der Ehefrau abgeladen; bei einem Staatssekretär ist manches davon geheim. Wenn die Last drückt und das Gewissen sich meldet, muss eben die Ehefrau als Zuhörer herhalten. Manchmal geht es darum, sich vor der Gemahlin wichtigzumachen, manchmal darum, die Blessuren des Tages mit dem milden Blick der Ehefrau zu verarzten. Claudia war nicht unbedingt die Frau mit dem milden Blick, sie hatte eher den harten Blick der kritischen Journalistin. Sie fühlte sich der Wahrheit und ihrem Vaterland mehr verpflichtet als ihrem Ehemann.

Der Nachrichtenaustausch im Schlafzimmer der Rupperts nahm zunehmend etwas Beklemmendes an. Stefans Bekenntnisse auf dem Kopfkissen erhielten eine kafkaeske Dimension. Er steckte im Kultursumpf. Und was Claudia berichtete, fügte dem Sumpf genauso viel hinzu, dass er dem Staatssekretär über den Kopf schwappte. Sumpf, richtig fieser, schmuddeliger Sumpf.

LAMMBRATEN UND CHIASAMEN

Der Gründonnerstag 2023 war ein Sommertag in Köln. Temperaturen um die 25 Grad, die Knospen der Kirsch- und Mandelbäume explodierten. An den südlichen Lagen regnete es bereits Magnolienblüten. Drei Tage sommerliches Wetter und sie warfen ihre kurzzeitige Pracht ab. Dabei war es gerade erst April, der 6. April. Kommissarin Rosenthal hatte sich einen Tag freigenommen. Sie fühlte sich ausgelaugt, ja, wovon eigentlich? Der Job? Na, klar, Morde waren nie lustig. Doch, einmal gestand eine Frau, ihren Mann nach 40 Jahren Ehe getötet zu haben. Sie konnte sein blödes Gesicht einfach nicht mehr sehen. Rosenthal hätte fast laut herausgelacht. Nachvollziehbar, dachte die Kommissarin, obwohl sie selbst glücklich verheiratet war, ziemlich glücklich. War ja auch ihr dritter Versuch. Warum bloß war sie so müde? Die Pandemie gerade vorbei, da kam der Krieg. Mehr als ein Jahr Krieg. Russland, Ukraine und kein Ende in Sicht. Die Leute im Lande drehten durch. »Wir sind im Krieg«, hatte ihr am Tag zuvor ein Handwerker erklärt, als sie fragte, wo denn das vor vier Wochen versprochene Holz für ihre Terrassensanierung bleibe. »Wir sind im Krieg.« Der Satz hatte sich durch Dauerberichterstattung in den Medien nun in den Köpfen festgesetzt. Das einzig Gute – die Corona-Meldungen waren in den Hintergrund getreten. Aber da Lauterbach nun den Gesundheitsminister markierte, wartete sie stündlich auf die Rückkehr des Pandemietsunamis.

Rosenthal war ein Political Animal, eine Frau, die über die Arbeitsroutine im Kommissariat hinausblickte, die in einer Familie von Diplomaten und Politikern großgeworden war. Politische Auseinandersetzungen waren Teil ihrer DNA, aber es reichte. Refugium Schlafzimmer, Decke über den Kopf, nichts mehr hören, nichts mehr sehen. Das war ihr momentaner Geisteszustand. Es ging ihr wirklich nicht gut. Sie musste weg. Ferien, nur wo?

Theresa Rosenthal stand am Küchenherd und briet eine Lammkeule an. Sie war eher Vegetarierin, so was wie Flexitarierin, lange, bevor das Wort von grünen Veggies in Mode gebracht wurde. Der letzte Schweinetransporter, aus dem ihr dicht an dicht die Ferkelschnäuzchen entgegengrunzten, bestärkte Theresa in ihrem Beschluss. Kein Schweinefleisch, aus religiösen Gründen – mit dem Spruch lehnte sie auf Partys die in Schinken eingewickelten Datteln ab. In ihrem Golfclub, Theresa spielte tatsächlich Golf, machte die Schweinefleischnummer einfach Spaß. Karfreitag aß sie manchmal Fleisch. Seit sie mit Anfang 20 aus der katholischen Kirche ausgetreten war, pflegte sie diesen Brauch. Überhaupt überfielen sie allerlei fleischliche Gelüste am Karfreitag. Vielleicht ein wenig kindisch, dachte sie. Sie war seit Jugendtagen auf Krawall gebürstet. »Das Kind ist in Opposition, nur um der Opposition willen«, hatte die Mutter hartnäckig behauptet. Ja, Theresa ging oft in Opposition, das gab sie zu, nicht aus reiner Lust an Widerworten, sondern weil sie versuchte, den Blickwinkel zu wechseln, andere Sichtweisen auszuprobieren. Bis zum heutigen Tag.

»Riecht köstlich«, hörte sie die Stimme ihres Ehemannes aus dem Obergeschoss. Georg, der Mann mit den zwei linken Händen, schrieb in seinem Büro an einem neuen

Buch. Der Arbeitstitel lautete *Geht's noch, Deutschland*. Geistige Arbeit fiel ihm leicht.

»Mach dir keine Hoffnungen, ist für morgen«, rief sie nach oben.

»Ach, ja, der Karfreitagsbraten.« Sie hörte ihn oben lachen. Anders als ihre Mutter amüsierte er sich über ihre Schrullen und ihren Oppositionsgeist.

»Der Tag der fleischlichen Gelüste, ich freue mich darauf«, rief er hinunter. Sie liebte seinen Humor.

Theresa goss Rinderfond in den Topf und schloss den Deckel. Jetzt hatte sie für fast zwei Stunden Ruhe; der Braten köchelte auf niedriger Temperatur und musste nicht beobachtet werden.

Sie öffnete die Terrassentür und setzte sich in die Sonne. Kleine Auszeit. Der Schädel brummte weiterhin. Sie ging zurück in die Küche, zog eine Schublade auf und nahm die Packung Aspirin heraus. Sie hatte früher nie Tabletten geschluckt, höchstens mal nach einer durchfeierten Nacht. Seit ein paar Wochen griff sie häufiger zu dem Kopfschmerzmittel. Richtige Kopfschmerzen hatte sie eigentlich nicht, es plagte sie mehr ein unangenehmer Druck im Schädel. Sie legte die Packung zurück. Vielleicht half ein Espresso, Espresso mit etwas Zitrone, wirkte angeblich wie Aspirin. Es könnte alles so schön sein, überlegte sie. Georg und sie fühlten sich wohl in dem neuen Haus im Bayenthaler Dichterviertel. Sie hatte ein Luxusappartement am Brüsseler Platz, nahe der Innenstadt, verkauft, um in die Ruhe dieses Stadtteils überzuwechseln. Die Dauerparty im Belgischen Viertel war ihr auf die Nerven gegangen. Alterserscheinung. Durfte man sich mit Anfang 50 leisten, fand sie. Von ihrem Kommissarsgehalt hätte sie sich das Eckhaus im britisch anmutenden Südstadtviertel nicht leisten können. Rosenthal war finanziell unabhängig durch zwei Erbschaften. Die erste war nach dem Tod ihres Vaters gekommen, die nächste nach dem Tod ihres zweiten Ehemanns. Der dritte Gemahl saß oben und dachte über die Welt nach.

Theresa nahm den Espresso und eine halbe Zitrone und streckte sich auf einer Terrassenliege aus. Sie blätterte durch die Zeitungen. In der *Frankfurter* stand ein großer Artikel zum letzten Mord der RAF-Täter in den 90ern. Mordanschlag auf Detlev Karsten Rohwedder. In Düsseldorf war eine Gedenkplakette vor seinem Haus enthüllt worden. Über 30 Jahre hatten sie gebraucht, eines der RAF-Opfer zu gedenken. Die Täter bekamen mehr Aufmerksamkeit. Rosenthal erinnerte sich an einen zwei Jahre zurückliegenden Fall, ein Toter am Stadtwaldgürtel, genau an der Stelle, an der einst Arbeitgeberpräsident Schleyer entführt worden war. Sie hatte bei der Aufklärung tief in die menschenverachtende Terroristenszene einsteigen müssen. Eine unangenehme Erinnerung an die arrogante Sympathisantenszene stieg in ihr hoch. War auch keine schöne Zeit gewesen, die Jahre unter der Bedrohung der RAF, aber anders als dieser idiotische Virus. Damals wusste man wenigstens, wer der Feind war. Na ja, nicht immer. Die RAF-Sympathisanten saßen an den Universitäten, in der Kulturszene, in der Politik, viele führten ein bürgerliches Leben, sodass man sie nicht ohne Weiteres identifizieren konnte.

Das Zeitunglesen deprimierte sie. Rosenthal sprang von ihrer Liege auf, checkte kurz die Lammkeule, die sie für die nächste Stunde sich selbst überlassen konnte. Sie griff nach ihrem Einkaufskorb, verließ das Haus und schwang sich auf ihr Fahrrad. Man konnte kaum bequemer leben. Bayenthal bot ruhiges Wohnen mit mindestens fünf verschiedenen Supermärkten in Walking-Distance. Vor dem *REWE*-Markt stehend, bemerkte Theresa, dass sie ihr Geld vergessen hatte. Zurück nach Hause. Sie bestieg das Rad. Auf dem Fußgängerweg humpelte ihr ein Mann entgegen; er trug einen schlabberigen Pullover mit grünen und roten senkrecht verlaufenden Schlangenlinien. »Das ist der hässlichste Pullover, den ich je gesehen habe«, murmelte Rosenthal in sich hinein und verspürte den starken Drang, dem Mann diese Erkenntnis mitzuteilen. In letzter Zeit überkam sie öfter dieses Gefühl, den Mitbürgern ihre ehrliche Meinung ins Gesicht schleudern zu müssen. Vielleicht lag es daran, dass ein Mensch ihres Alters seit Jahrzehnten heuchelte oder schwieg. Sie war von ihren spätwilhelminischen Eltern entsprechend erzogen worden. Lächelnd seine wahren Gefühle verbergen. Vielleicht hielt man die Heuchelei nur begrenzte Zeit aus. Danach erstickte man entweder oder erlitt einen vulkanartigen Ausbruch. Ihr war klar, dass eine Welt, in der sich Menschen alles ins Gesicht schmetterten, ein Schlachtfeld wäre, weshalb sie ihrem Drang nicht nachgab, sondern erneut vor sich hinmurmelte: »Der absolut hässlichste Pullover, den ich in meinem Leben gesehen habe.« Sie lächelte. Tat gut, es wenigstens leise zu brabbeln. Sie erwischte sich neuerdings häufiger dabei, wie sie mehr oder weniger laut vor sich hinsprach, um Druck abzulassen. Wenn sie mit Freunden unterwegs war, deren Gerede ihr auf die Nerven ging, bemerkte sie manchmal, wie sich ihre Lippen wie von selbst bewegten und sie mit gedämpfter Stimme Sätze absonderte wie: »Ich kann das dämliche Gequatsche nicht mehr hören.« Es war eine Frage der Zeit, bis sie es laut hinausdröhnen würde. Mein Leben könnte einsam werden, dachte sie. Theresa, eine einsame schrullige Alte.

Zehn Minuten später tauchte sie im Bäckerladen am *REWE*-Eingang auf. Vom Grillhendlstand waberten Fettgerüche durch die offene Tür zum Brötchentresen und verdrängten den Duft der warmen Backwaren. Theresas feine Geruchsnerven protestierten. Man könnte zum Spontanvegetarier werden, überlegte die Kommissarin, während sie Zeuge einer endlosen Bestellung der Kundin vor ihr wurde.

»Zwei Körnerbrötchen, nein, die mit den Kürbiskernen, und drei Sesambrötchen.«

»Mit oder ohne Schinken?«

»Ohne Schinken. Und zwei Croissants.«

»Nusscroissant oder Laugencroissants? Die sind heute im Angebot.«

»Nein, Vollkorncroissants. Und diese leckeren Brötchen aus Chiasamen.«

Rosenthal verdrehte die Augen; sie stand kurz vor der Explosion. Beim Bäcker, Metzger oder am Käsestand trat die ganze Perversität von 60 Jahren Wohlstandsgesellschaft zutage. Ging es eigentlich um Ernährung oder nur um Distinktion? Ob es bereits getrüffelte Croissants gab?

»Chiasamen sind so gesund«, hörte Rosenthal, wie die grün angehauchte Südstadttussi mit der unerotischen selbst gestrickten Mütze die Verkäuferin weiter ins Gespräch verwickelte. Wartende Kundschaft brachte die grüne Veganerin nicht aus der Ruhe. Theresa hatte große Lust, ihr eine Delle ins Karma zu hauen. Sicher hatte die Rollmützenträgerin ein Lastenfahrrad vor der Tür stehen und würde zu Hause nach den Yoga-Übungen ihren Mann mit Chiabesamung beglücken, denn das Besamen besorgten sie mittlerweile auch selbst, die genderrechtenden Frauen. Natürlich erst, wenn der garantiert feministische Ehemann das Rucksäckchen mit Schnuller, Milchflasche und Schnuckeltuch für den kleinen Thorben abgestellt hatte. Ob sie in dieser selbst gestrickten geschlechtslosen Welt noch Sex hatten? Ihr konnte es egal sein. Theresa war ein Fan von alten, weißen Männern. Die durften ruhig ein bisschen sexistisch sein, verspürten aber wenigstens Lust auf erotische Abenteuer.

Wann ist man alt, überlegte Theresa Rosenthal. Zeit genug für solche Gedanken hatte sie, denn die Reiki-Apostelin, sagte man Apostelin oder Apostelline, egal, die Apostelin vor ihr war gerade erst bei den nachhaltig aufgezogenen Samen der Körnerbrötchen angelangt. Also, wann ist man alt? Wenn einen das Gefühl beschleicht, dass die jüngeren Menschen des Landes auf einem anderen Stern lebten? Gerade war Rosenthal an einem Werbeplakat von *parship* vorbeigefahren mit der Aufforderung: Lasst uns dating detoxen. Dating detoxen. Sie schüttelte den Kopf. Die eigenen Landsmänninnen waren ihr fremd geworden. Alterserscheinung, sinnierte Theresa, als sie endlich an der Reihe war.

»Haben Sie denn Croissants von freilaufenden Hühnern?«, fragte sie mit todernster Miene. Die Verkäuferin schaute ratlos.

»Nein? Egal, geben Sie mir einfach ein Schwarzbrot.«

Mit offenem Mund und aufgerissenen Augen, eine Mimik, die sie offensichtlich für Ratlosigkeit vorhielt, drehte sich die Bäckereifachverkäuferin um, holte ein Paket Schwarzbrot aus dem Regal und reichte es über den Verkaufstresen.

»Das ist mit Sonnenblumenkernen«, erklärte sie.

Rosenthal hätte sich gewundert, wenn es einfach Schwarzbrot gewesen wäre.

»Schon recht«, antwortete sie, zahlte und verließ zügig den Laden, vorbei an der Menschenschlange. Ich muss weg, dachte sie erneut. Es beklemmte sie, nein, es machte sie stinksauer, rasend wütend, dass sie nicht wusste, wohin.

»Lass uns abhauen«, sagte sie zu Georg, als sie nach Hause zurückkehrte. Er versuchte gerade, sich einen Cappuccino zu bereiten. Der Kaffee lief über den Tassenrand hinunter auf den Unterteller. Selbst bei relativ einfachen Handgriffen schaffte es ihr Ehemann, ein kleines Chaos in der Küche anzurichten.

»Ich brauch Tapetenwechsel«, fügte sie hinzu. »Ein Blick aufs Meer wäre schön.«

»Nicht vor der Fleischeslustorgie am Karfreitag«, grinste Georg. »Ich bestehe auf das volle Programm.«

»Dann musst du mich vorher ein bisschen in Stimmung bringen«, sagte Theresa. »Ich bin sauschlecht drauf. Jeden Tag Katastrophenmeldungen, Kriegsberichterstattung. Wo bleibt das Positive? Und nun geh mal schön in deine Höhle zurück und schreib ein gutes Buch, so macht wenigstens einer von uns etwas Produktives.«

»Bring in der Zwischenzeit bitte keinen um, du bist Kommissarin, du gehörst zu den Guten«, lächelte Georg.

»Nicht mehr lange«, antwortete sie. Theresas Tonfall beunruhigte ihren friedfertigen Ehemann.

»Eben war es fast so weit«, gestand Theresa. »Ich bin einem Typen begegnet, der trug den absolut hässlichsten Pullover, den ich je gesehen habe.«

»Wie ich meine Frau kenne, hat sie ihm ihre Meinung ins Gesicht geschmettert«, grinste Georg.

»Nein. Trotzdem – ist es nicht merkwürdig, wie viele Menschen schockiert sind, wenn man ihnen die Wahrheit sagt, und wie wenige darüber entsetzt sind, dass man sie anlügt?«

NICHTS MIT TAPETENWECHSEL

Aus den Ferien am Meer wurde nichts, auch nicht aus der Fleischeslust, zumindest nicht aus dem ersten Teil. Am Karfreitagmorgen, kurz nach acht, brummte das Telefon auf Rosenthals Nachttisch. Er bestand aus einem Bücherstapel, obenauf lag ihr Handy. Rosenthal wachte erst auf, als Georg raunzte: »Dein Vibrator meldet sich. Das zum Thema Fleischeslust.«

Am Apparat war Rosenthals Kollege Marco Bär. Kommissar Bär hatte Stallwache.

»Ich hab' Brückentag«, beschwerte sich Rosenthal über die Störung am frühen Morgen des Feiertags.

»Ich hab 'ne Tote«, konterte Bär.

»Deine Tote«, erwiderte Rosenthal. »Es ist Feiertag, irgendwas mit Ostern. Wieso arbeiten die Mörder?«

»Ich weiß nicht, ob es Mord ist«, druckste Bär herum.

»Und warum weckst du mich?«

»Irgendetwas stimmt hier nicht. Keine Identität, soll aussehen wie Drogentod im Park. Das Opfer ist eher deine Liga, auch wenn sich jemand alle Mühe gegeben hat, es anders aussehen zu lassen. Deshalb rufe ich an.«

»Was heißt, meine Liga?«

Marco Bär wusste von Rosenthals großbürgerlichem Background, wobei das nicht ganz stimmte, sie entstammte einer adligen Familie, was er deshalb erfahren hatte, weil bei einem Fall ein paar Jahre zuvor ein adliger Onkel von Theresa in den Fokus gerückt war. Seine Kollegin machte kein Aufheben von ihrer feinen Abstammung, sprach nie von der Verwandtschaft, offensichtlich lebte sie in Fehde mit ihrer Mutter, die es der Tochter übelnahm, dass sie einen jüdischen Mann geheiratet hatte. Daher der Name Rosenthal. Diese Informationen hatte Bär sich mühsam zusammengepuzzelt.

Manchmal zog Marco die Kommissarin mit ihrem schicken Stammbaum auf, weshalb er nun auf ihre Frage, welche Liga er meine, spöttisch erwiderte: »Golfclub, Silberbesteck, Siegelring, manikürte Hände, Marienburg.«

Marienburg war das Villenviertel am südlichen Stadtrand von Köln. Es grenzte an Bayenthal, der etwas bunteren Wohngegend, für die sich die Kommissarin entschieden hatte.

»Die Tote liegt im Südpark, Theresa, in der Nähe der Kirche. Könntest du kurz vorbeischauen?«, bat Marco Bär. »Zugang Goethestraße, gleich nach links, da steht eine Parkbank, auf der sie gefunden wurde.«

Der Südpark lag tatsächlich fünf Minuten mit dem Fahrrad vom neuen Wohnsitz der Kommissarin entfernt.

»Ich komme sie mir anschauen, Marco. Schnelle Dusche, danach bin ich bei dir.« Rosenthal war kurz angebunden. Das richtete sich nicht gegen den Kollegen. Sie war ein Morgenmuffel und brauchte Anlaufzeit, um auf Trab zu kommen.

»Vergiss nicht, dich anzuziehen«, lachte Bär. »Obwohl …«

»Idiot«, raunzte Theresa in den Apparat und legte auf.

»Bin gleich zurück«, flüsterte sie ihrem Mann zu und küsste ihn flüchtig auf die Wange. Ihre Gedanken waren bereits bei der Toten im Park.

»Für Fleischeslust?«, grunzte Georg im Halbschlaf.

»All you can eat«, sagte sie und verschwand im Bad.

Georg hatte seine Frau einmal dafür gelobt, dass sie jede Competition im Wettkampf um die schnellste Morgentoilette gewinnen würde. Obwohl sie die nötigen Handgriffe im Halbschlaf verrichtete, war Theresa tatsächlich unschlagbar. Sie funktionierte wie ein Apparat. Zehn Minuten, nachdem sie ein Bein aus dem Bett geschoben hatte, stand sie in Jeans und Jacke in der Haustür. Das Fahrrad parkte unabgeschlossen im Garten; sie hatte am Vorabend vergessen, es in den Keller zu stellen. Umso besser.

Der Kollege Marco Bär reichte der Kommissarin Rosenthal eine Paar Handschuhe. Er kannte ihre Schludrigkeit zur frühen Stunde. Die zwei Kollegen von der zuständigen Polizeiwache Rodenkirchen sahen müde aus. Theresa begrüßte die beiden freundlich und wechselte ein paar Worte mit den jungen Kommissaren, die bereits tätig geworden waren. Sie hatten den Weg zu beiden Seiten der Bank abgesperrt.

»Ansonsten ruhige Nacht?«, fragte Rosenthal.

»Wie man es nimmt«, antwortete die Kollegin. »Wir waren gestern gegen Mitternacht schon einmal in diesem Park. Ein Anwohner hatte uns gerufen. Hier war ordentlich Remmidemmi. Wahrscheinlich Jugendliche. Passiert jetzt öfter. Die toben sich hier nachts aus. Wir sind mit Lichtstrahlern rein. Es ist jedes Mal dasselbe Theater: Wenn wir mit Blaulicht ankommen, verschwinden sie alle durch die Büsche in die angrenzenden Straßen. Kleines Spielchen gegen die Langeweile.«

»Kann man nachvollziehen«, meldete sich der männliche Kollege zu Wort. »Wenn wir gerufen werden, müssen wir natürlich anrücken.«

»Sind Sie an dieser Bank vorbeigekommen?«, fragte Marco Bär.

»Nein, der Lärm kam von der anderen Seite der Parkanlage. Wir sind an der Rondorfer Straße, Ecke Südpark rein«, erklärte die Kollegin. »Die Straße heißt Am Südpark. Eine größere Gruppe tummelte sich etwa 100 Meter entfernt. Wie gesagt, als die Kids uns sahen, verdrückten sie sich in die Büsche. Haben eine ganze Batterie Flaschen hinterlassen.«

»Irgendein Hinweis auf Drogen?«, fragte Rosenthal.

»Sie meinen Spritzen oder so was? Nein, nichts. Wir haben natürlich nicht jede Kippe aufgesammelt, zumal wir zum nächsten Einsatz gerufen wurden.«

Rosenthal und Bär bedankten sich bei den zwei übernächtigten Kollegen und schickten sie nach Hause.

»Selbst Polizisten brauchen manchmal etwas Schlaf«, lächelte Theresa den beiden zum Abschied zu.

»Ach, was!«, staunte Bär.

»Rollos runter und gute Nacht!«, empfahl die Kommissarin.

»Das erklären Sie mal meinem dreijährigen Sohn«, grinste der Kollege von der Nachtschicht.

Theresa Rosenthal verspürte spontane Sympathie für die tote Frau auf der Bank. Den Grund konnte sie sich nicht erklären. Bauchgefühl. Marco hatte recht. Etwas stimmte nicht.

»Keine Papiere dabei, kein Handy?«, fragte Rosenthal routinemäßig. Ihr war klar, dass Marco nichts gefunden hatte, sonst hätte er sie direkt informiert. Erwartungsgemäß schüttelte er den Kopf.

»Drogentote im feinen Marienburger Stadtteil. Passt nicht«, meinte Bär.

»Du Ahnungsloser! In den Villen rundherum werden mehr Drogen konsumiert und vertickt als im Rest der Stadt«, verbesserte sie den Kollegen.

»Übertreibst du nicht ein wenig?«

»Klar, übertreibe ich«, gab Rosenthal zu. »Aber hinter den prachtvollen Fassaden tummelt sich tatsächlich eine Jeunesse dorée mit zu viel Geld in den Taschen. Und manche Mamis und Papis ziehen sich auch gern mal eine Nase Koks rein.«

»Upps, wer hätte das gedacht.« Marco schien geschockt. Der Kollege war Ende 30, gut gebaut, mit einem muskulösen Körper, den er sich im Fitness-Studio hart erarbeitet hatte. Er pflegte einen fröhlichen, unverheirateten Lebensstil in der Kölner Südstadt. Die Alteburger Straße mit der angrenzenden Kneipenszene war sein Zuhause. Er war ein guter Polizist. Allerdings fehlte ihm manchmal das Verständnis für Welten, die außerhalb seines Dunstkreises lagen. Er wusste um dieses Defizit, weshalb er seine Kollegin Rosenthal um Hilfe gebeten hatte. Die Frau auf der Bank verursachte ihm Bauchweh. Er konnte sie nicht einordnen. Schon bei der Einschätzung des Alters hatte er Probleme. Vielleicht Mitte 40, überlegte er. Sie machte einen leicht verwahrlosten Eindruck in ihrer zerrissenen Jeans, Turnschuhen, einem Pullover, der nach Alkohol roch. Das dunkelblonde Haar zerzaust, Wimperntusche und Lippenstift auf ihrem Gesicht verschmiert, am Handgelenk trug sie, wenig dazu passend, eine goldene *Rolex*. Das irritierte ihn und hatte zu dem schnellen Schluss geführt, sie sei eher Rosenthals Liga. Auf der grünen Metallbank lag eine gebrauchte Spritze. Rosenthal bemerkte seinen Denkfehler. Weil er sich in der Marienburg[*] aufhielt, erwartete Marco *Chanel*-Kostüm und *Hermès*-Täschchen. Rosenthal hingegen erkannte

---

[*] Kölner Ausdruck

die teure Vernachlässigung im Aufzug der Toten. Die zerrissene Jeans und die weißen Turnschuhe waren Designerware, *Ralph Lauren*, *Candice Cooper*. Marco hatte recht, die Tote war ihre Liga, ganz klar Upperclass. Es sei denn, sie war im Gewerbe tätig gewesen. Eher nicht, überlegte Rosenthal. Zu viel Stil. Na ja, bloß keine schnellen Vorurteile. Auch Nutten konnten Stil haben, der bei den *Escada*-Damen der sogenannten feinen Kölner Gesellschaft manchmal zu wünschen übrigließ.

Während Rosenthal sich mit dem Kollegen unterhielt, nahm sie die Tote und ihr Umfeld in Augenschein. Bei der ersten Besichtigung eines Tatorts, versuchte sie, ein Gefühl für die Situation zu erzeugen. Später kamen die Fakten dazu. Aus Erfahrung wusste sie, dass ihr erstes Bauchgefühl meist nicht trog.

»Raubmord, Suizid, Überdosis?«, murmelte sie vor sich hin und schaute Bär fragend an. Der zuckte ratlos mit den Schultern.

»Wer hat sie gefunden?«, wollte Rosenthal wissen.

»Eine erste Gassigeherin, Frau Melchert«, berichtete Marco. »Sie hat den Park von der gegenüberliegenden Seite betreten und wollte die Runde gehen. Auf der Hälfte bekam sie den Schocker. Neben der toten Frau lag am Boden übrigens ein Labrador, so ein gelblicher, und winselte. Frau Melchert hat ihn mitgenommen. Er folgte widerstrebend, aber sie hatte so eine Art mit ihm. Am Ende zuckelte er hinter ihr her. Ihre Adresse habe ich.«

»Die Hundebesitzer in so einem Park kennen sich meist untereinander«, überlegte Rosenthal. »Du weißt: ›Ist Ihr Affenpinscher schon stubenrein? Und wo lassen Sie denn die Furunkel am Hintern Ihres Welsh Corgis operieren?‹«

Marco grinste.

»Kannte Frau Melchert das Opfer?«, wollte die Kommissarin wissen.

»Ich bin nicht sicher. Sie war unter Schock und mochte die Tote kaum anschauen. Sie stotterte herum. Ja, nein, vielleicht. Ich habe die Frau nach Hause geschickt und gesagt, dass ich sie später aufsuche.« Er zögerte. »Oder vielleicht du? Sie wohnt zwei Minuten von hier.« Marco versuchte, den Job auf sie abzuschieben, bemerkte Rosenthal. Ihn beklemmte das Marienburger Ambiente. Leute, von denen er sich manchmal einschüchtern ließ, weshalb er aggressiv reagierte. Beides war nicht hilfreich.

»Lass mich mal frühstücken«, bat sie und deutete auf die Parkeinfahrt. »Die Kollegen von der Kriminaltechnik sind im Anmarsch. Mal schauen, was die finden. Weißt du, wann der Gerichtsmediziner eintrudelt?«

»Doktor Bellutt ist unterwegs.«

Theresa Rosenthal schwang sich auf ihr Fahrrad. Wie ein junges Mädchen, dachte Bär bewundernd. Nicht zu glauben, dass die Kollegin die 50 gerade überschritten hatte.

»Und die Befragung der Zeugin?«, rief Bär ihr hinterher.

»Ruf mich an.«

Beim Hinausfahren aus der Sackgasse parkte eine Frau ihren Range Rover mit Kennzeichen K-RR – et cetera vor dem Eingang zur Kirche. Sie öffnete die Hinterklappe ihrer Kutsche. Ein schwarzes Riesenvieh sprang aus dem Wagen. Rosenthal zögerte, eigentlich wollte sie Marco den Job überlassen. Andererseits war es wichtig, dass sie die Tote schnell identifizierten. Sie sprach die Dame an, erklärte ihr den Sachverhalt. Sie rief Marco auf seinem Handy an und bat ihn, die Range-Fahrerin zu dem Fundort zu führen. Hundebesitzer unter sich, es gab zumindest eine kleine Chance.

Frühstück, dachte sie in dem Moment, als der Kollege Bellutt in seinem dunkelblauen Golf um die Ecke bog. Er hatte etwas Bodenständiges, das mochte sie an ihm.

Bellutt hievte sich aus dem Auto. Rosenthal beschlich das Gefühl, dass der Gerichtsmediziner ein paar Kilo zugelegt hatte. Offensichtlich entschlüsselte er ihren Blick auf seinen Bauch richtig, warf die Hände in die Höhe und rief:

»Schauen Sie nicht so investigativ, Frau Hauptkommissarin.« Selten sprach sie jemand mit ihrem Dienstgrad an.

»Frau Kommissarin reicht«, lächelte sie.

»Frau Kommissarin«, korrigierte Bellutt. »Ich gestehe, es ist die Bärchen-Wampe. So hat meine Frau sie getauft, wegen meiner Leidenschaft für Gummibären.« Er strich sich mit der rechten Hand über den Leib. »Bitte keine sarkastischen Bemerkungen. Ich kenne Ihre Bösartigkeit, wenn Sie zu früh geweckt wurden.«

»Stimmt, dafür bin ich bei Nachteinsätzen die Liebenswürdigkeit in Person.«

»Das bestätige ich Ihnen schriftlich«, lächelte Mario Bellutt. Sie mochten sich, und das flirtive Geplänkel gehörte bei ihnen zum üblichen Umgangston. »Was haben wir hier?«, fragte der Gerichtsmediziner zum Geschäftlichen übergehend.

»Weibliches Opfer auf der Parkbank, gleich am Eingang links. Kollege Bär ist vor Ort und wird Sie unterrichten.«

»Und Sie?«

»Ich Frühstück, ciao!« Sie bestieg erneut ihr Rad. »Und vergessen Sie in Ihrem Bericht nicht die Gendersternchen. Die sind von unserer Oberbürgermeisterin jetzt vorgeschrieben worden. Auch das Gerundium.«

»Ich bin verwirrt. Gerundium. Was war das noch mal?«, fragte Bellutt. »Die Opfernde?«

»Fragen Sie mich nicht. Ich weiß nicht mal, wo sich das Sternchen auf meiner Tastatur befindet. Ich kenne aber Kolleginnen«, Rosenthal wiederholte das Wort mit Sprechpause: »Kolleg_innen, bei denen ist die Sterntaste völlig abgewetzt.«

Grinsend und Bellutt fröhlich zuwinkend fuhr sie die Goethestraße hinunter Richtung Bayenthal.

Was für eine Frau, dachte Bellutt, attraktiv, witzig und ziemlich dynamisch, gefährlich dynamisch. Lass die Finger von ihr, ermahnte er sich und bewegte seinen fülligen Körper hin zum Tatort, wo er gleich ganz in seinem Beruf aufgehen würde.

Rosenthal beschloss indessen, einen Abstecher zum *REWE*-Markt auf der Goltsteinstraße zu unternehmen. Frische Brötchen und etwas Schinken zum Frühstück.

Mist, Karfreitag, alles geschlossen, lamentierte sie ein paar Minuten später. Da wird dieser arme Mann vor 2.000 Jahren ans Kreuz genagelt und wir machen bis heute einen Feiertag daraus. Kopfschüttelnd kehrte sie heim und trug den Gedanken umgehend ihrem Ehemann vor, der bereits bei einer Tasse Kaffee am Frühstückstisch saß.

»Karfreitag, Läden zu, Feiertag«, platzte Theresa heraus. »Dieser arme Mann wird ans Kreuz genagelt, und die Katholiken haben nichts Besseres zu tun, als daraus einen Feiertag zu machen.«

Georg stand auf und nahm sie fest in den Arm.

»Poor girl. Ein Toter vor dem Frühstück – das geht gar nicht«, tröstete er und streichelte ihr beschwichtigend über den Rücken.

»Eine Tote. Es war eine Frau, wahrscheinlich jünger als ich.« Es klang fast wie ein Schluchzen. Dass seine Gemahlin sich die unschönen Seiten ihres Jobs so zu Herzen nahm, war neu. Georg verbuchte das à conto Ferienmangel und Krieg in der Ukraine. Die Nerven lagen blank. Bei vielen Leuten.

»Kaffee?«, fragte er mitfühlend.

Sie nickte und wischte sich tatsächlich eine Träne aus dem Auge. So kannte er seine Theresa nicht. Als er sie erstaunt musterte, sagte sie mit schiefem Lächeln:

»Ist wegen Jesus.«

Georg war erleichtert, dass ihr Humor nicht gelitten hatte.

FRAU MELCHERT MIT ZWEI HUNDEN

Gegen 11.30 Uhr rief die Kommissarin den Kollegen Marco Bär an.

»Was hat die Frau mit dem riesigen schwarzen Monster gesagt?«

»Sie kannte die Tote nicht«, gab Bär Auskunft.

»Mist! War immerhin eine Chance.«

»Ja. – Und Frau Melchert, übernimmst du die? Bitte, Theresa.«

Die Bitte klang fast kläglich. Marco war zurzeit nicht auf der Höhe. Ein Wasserrohrbruch hatte ihn aus seiner Wohnung vertrieben. Er war bei einem Freund in Wesseling untergekommen. Ihm fehlte die heimelige Atmosphäre seiner geliebten Südstadt, in der er normalerweise zu jeder Tag- und Nachtzeit eine offene Kneipe fand, wo er nach harter Arbeit ein Kölsch trinken konnte, wo er meist jemanden traf, den er kannte, ein bisschen herumflachste und danach in die Kiste ging, gern mit einer Frau, die er abschleppte, eine alte Liebe oder eine neue. Der sogenannte Hafen der Ehe erschien Marco manchmal zwar als echte Alternative. Warum ihm die Richtige nicht begegnete, wusste er selbst nicht. Vielleicht hatte sie irgendwann direkt neben ihm gestanden und er hatte sie einfach nicht bemerkt.

»In Ordnung«, stimmte Theresa zu. Was sollte man an diesem trostlosen Karfreitag sonst machen. Weil die Wettervorhersage nicht schlecht war, hatte sie Georg am

Vortag einen Ausflug in die Eifel vorgeschlagen. Tapetenwechsel. Er wimmelte ab. »Du weißt doch, dass ich diese furchtbaren Schmerzen im Knie bekomme, wenn ich Waldwege sehe.«

Gut, Frau Melchert, dachte sie und bekam von Marco eine Hausnummer in der Straße Am Südpark.

»Telefonnummer schicke ich dir«, sagte Marco. »Und danke, Theresa.«

Frau Melchert bewohnte die untere Etage einer Backsteinvilla mit Blick auf den Park. Nett, dachte Theresa, Anfang 20. Jahrhundert, typisch für die übrig gebliebenen alten Villen der Marienburg, die den Charme des Viertels ausgemacht hatten, bevor in den 70er-Jahren die Erbauer von Betonklötzen ihr Zerstörungswerk begannen. Als die Kommissarin klingelte, kläffte ein Köter rasend hinter der Tür. Sie hörte eine Stimme, die beruhigend auf das Tier einredete. »Ruhig, Laika, aus Laika.« Danach meldete sich dieselbe Stimme an der Gegensprechanlage.

»Ja, bitte?«

»Kommissarin Theresa Rosenthal, wir haben eben telefoniert.«

Als sich die Tür öffnete, schoss ein gescheckter, dackelartiger Hund mit wütendem Gebell auf die Kommissarin zu.

»Das ist Laika, sie ist etwas durcheinander«, sagte eine im grau-blauen Kostüm gekleidete ältere Dame.

»Ach, ist sie doch nicht gestorben?«, fragte Theresa Rosenthal. Auf den ratlosen Gesichtsausdruck der Dame erklärte sie. »Laika, war das nicht der erste Hund im Weltall, irgendwann in den 50ern?«

Frau Melchert lachte: »Natürlich. Dass Sie das wissen. Ich habe die Kleine mit diesem Namen übernommen und wollte sie nicht umtaufen. Ich hoffe, sie erwartet ein besseres Schicksal als das ihrer Namensvetterin im russischen Sputnik.«

»Hübsches Tier«, bemerkte Rosenthal anerkennend. Sie wusste, dass man Hundebesitzer am ehesten milde stimmte, wenn man ihren kleinen Liebling lobte. Sie hatte das Gefühl, dass ihr Besuch nicht ungelegen kam, zumindest der alten grauhaarigen Dame, der scheckige Hund schien weniger begeistert und knurrte weiterhin in Reichweite von Rosenthals Unterschenkel.

»Ab ins Körbchen«, befahl Frau Melchert streng. Die Kommissarin war froh, dass Laika gehorchte.

»Man vereinsamt zurzeit ein wenig«, sagte Frau Melchert und drückte damit das Lebensgefühl aus, das sich überall breitmachte. Erst hatten sich die Pandemiemaßnahmen wie Mehltau über das Land gelegt. Besonders die ältere Generation hatte unter den Beschränkungen gelitten. Die gesellschaftlichen Kontakte kamen erst langsam wieder in Gang. Und nun on top diese düstere Bedrohung des russischen Potentaten, der zu allem bereit schien.

»Kommen Sie herein, Frau Kommissarin. Mögen Sie einen Kaffee?«

Durch einen eleganten, etwas altmodisch eingerichteten Wohnraum führte die Gastgeberin hinaus auf die sonnenbeschienene Terrasse. Dort lag, sichtbar traurig, ein schöner, gepflegter Labrador auf einer grauen Decke, vor ihm ein gefüllter Fressnapf.

»Er ist untröstlich, hat das Futter nicht angerührt. Hunde sind so sensibel. Wenn dem Herrchen oder Frauchen etwas zustößt, trauern sie mindestens wie ein Ehepartner«, erklärte sie, streichelte sanft über das goldgelbe Fell des Tieres und fügte verschmitzt hinzu. »Wenn der Ehepartner überhaupt trauert. Ich bin übrigens verwitwet, habe das alles hinter mir.« Nach einer kurzen Pause fuhr sie fort. »Ich würde den Hund gern behalten, wenn sich niemand findet. Leider scheint meine Laika eifersüchtig zu sein.«

»Schauen wir mal, Frau Melchert«, sagte Rosenthal freundlich. »Zuerst müssen wir den Namen der Besitzerin herausbekommen. Vielleicht können Sie uns dabei helfen. Haben Sie die Tote auf der Bank vorher einmal gesehen? Beim Spazierengehen im Park zum Beispiel. Hundebesitzer kommen doch schnell ins Gespräch.«

»Glauben Sie mir, Frau Kommissarin, ich habe mir den ganzen Vormittag mein Gehirn zermartert.«

»Und?«, fragte Rosenthal erwartungsvoll.

Frau Melchert schüttelte den Kopf. »Hatte sie denn gar keine Papiere dabei, kein Telefon? Ist ungewöhnlich, oder?«

»In der Tat.«

»Leider kann ich Ihnen nicht weiterhelfen. Nehmen Sie trotzdem den Kaffee?«

Rosenthal hatte das Gefühl, dass sie der alten Dame einen Gefallen täte, wenn sie einen Augenblick verweilte.

»Gern«, antwortete sie deshalb. Das frohe Lächeln im Gesicht der Gastgeberin belohnte sie.

»Wir müssen auch darüber sprechen, was aus dem Labrador wird«, sagte Frau Melchert. »Jetzt hole ich erst mal den Kaffee. Setzen Sie sich, genießen Sie die Sonne, ab morgen wird es ganz scheußlich. Regen und Temperaturumschwung. Es soll sogar Schnee geben. Richtiges Aprilwetter – und ich kann nicht einmal fliehen; es ist schwierig, den Hund unterzubringen.«

Die alte Dame kehrte mit einem Tablett zurück, auf dem eine blank geputzte silberne Kanne stand, Queen Anne, tippte Rosenthal, dazu passend ein silbernes Zuckergefäß und ein Milchkännchen, zwei Tassen und ein Teller mit Gebäck.

»So was Modernes wie Cappuccino kann ich Ihnen leider nicht anbieten, Frau Kommissarin. Aber einen guten Bohnenkaffee. Und in der Küche ist mir etwas eingefallen.«

Rosenthal blickte erwartungsvoll, während Frau Melchert bedächtig eingoss. Sie hatte keine Eile und genoss den Besuch als willkommene Abwechslung.

»Nicht mal in die Kirche mag man gehen«, sagte Frau Melchert unvermittelt, als ob sie die Gedanken der Kommissarin gelesen hätte. »Man sitzt da immer so eng beieinander.« Sie klang verunsichert.

»Unerträglich«, bestätigte Rosenthal und errötete ein wenig wegen ihrer blasphemischen Gedanken am Morgen. Manche Leute brauchten Gott und seine Stellvertreter auf Erden, mit denen sie selbst nichts anfangen konnte. »Was fiel Ihnen gerade in der Küche ein, Frau Melchert?«

»Wenn die Frau, diese Verstorbene, hier aus der Gegend ist, findet der Hund sicher nach Hause.« Sie zögerte einen Moment. »Vielleicht bringen Sie ihn zu der Stelle, Sie wissen, zu der Bank und dann …«

»Eine sehr gute Idee«, lobte die Kommissarin. Sie hatte selbst bereits an diese Möglichkeit gedacht, was sie nicht verriet, um die alte Dame nicht um ihr verdientes Lob zu bringen. »Am besten beauftrage ich jemanden von unserer Hundestaffel. Der kann das Tier besser händeln und vorerst mitnehmen, wenn es den Weg nach Hause nicht aufspürt und wir keine Angehörigen finden.«

»Und wenn Sie ein Foto von der Frau, der Toten, haben, können Sie es im Park herumzeigen«, schlug Frau Melchert, durch ihren Erfolg ermutigt, vor. »Tatsächlich kennt man sich in der Gegend, besonders alle, die ihre Hunde dort laufen lassen. Mit manchen redet man, andere grüßt man freundlich. Lachen Sie nicht. Ist so, die Liebe zu den Vierbeinern verbindet.«

»Wir machen Sie zur Hilfskommissarin, Frau Melchert«, lobte Rosenthal. »Darf ich kurz telefonieren?«

Sie rief Marco an, brachte ihn auf den neuesten Stand und bat um Unterstützung durch die Kollegen von der Hundestaffel und durch ein paar Beamte, die möglichst bald mit dem Foto des Opfers den Park abklappern sollten.

»Bist du mit von der Partie, Theresa?«, fragte Marco, kurz bevor sie auflegen wollte. Sie hatte den Anschlag auf ihre Osterferien befürchtet.

»Ich bin eigentlich weg, Marco«, log sie. Tatsächlich war ihr bisher kein Fluchtziel eingefallen. Sie beendete das Gespräch mit einem »Mal sehen«, das alle Möglichkeiten offenließ.

»Ich muss gehen«, entschuldigte sie sich bei Frau Melchert. »Der Labrador wird in der nächsten Stunde abgeholt. Der Kollege meldet sich vorher telefonisch. Ich danke Ihnen sehr für Ihre Unterstützung und den guten Kaffee.«

ICH SAGE NUR -
BUNDESPRÄSIDIALAMT

Theresa überfiel das schlechte Gewissen, weil sie Frau Melchert nicht länger Gesellschaft leistete und weil ihr Tante Clarissa einfiel, ihre mittlerweile 94-jährige Lieblingstante, die ein paar Straßen weiter in der Marienburg wohnte. Sie besuchte sie wöchentlich in ihrem Haus in der Goethestraße, hatte es in der Karwoche aber nicht geschafft. Sie wusste, dass die Tante keinen Mittagsschlaf hielt, höchstens tagsüber mal auf ihrer Terrasse eindöste. Sie nahm sich vor, auf dem Rückweg bei ihr zu klingeln.

Um die muss ich mir keine Sorgen machen, war ihr erster Gedanke, als die Stimme der Tante durch den Flur dröhnte. Sie sah die alte Dame durch die gläserne Tür anmarschieren. Marschieren war das richtige Wort, 94 Jahre, aber sie marschierte mit ihrem Flitzbogenrücken auf rüstigen und flinken Beinen. Unfassbar. Theresa lächelte. Sie freute sich jedes Mal, wenn sie die Schwester ihrer Mutter zu Gesicht bekam, so wenig wie sie sich über die unregelmäßigen Besuche der Frau freute, von der sie, sicher unter Schmerzen, geboren wurde, was ihre Mutter natürlich nie laut sagte, aber wenn man zwischen den Zeilen las … Unter Schmerzen geboren und wahrscheinlich freudlos gezeugt, was für eine Generation. War auch nicht alles Gold damals. Mutter soll man nicht mehr sagen, überlegte Theresa, während die Tante mit ihren Schlüsseln und Schlössern herumhantierte. Das dauerte manchmal etwas. Wie heißt das auf Neudeutsch? Man sagt sicher die Gebärende, dachte Theresa kopfschüttelnd, besser noch »Elternteil 1« und »Elternteil 2«, so war es vorschriftsmäßig, erinnerte sie sich, und Zorn stieg in ihr hoch. Nur weiter so, Frau Rosenthal, ermunterte sie sich, da lässt der Herztod nicht lange auf sich warten. Gut, dass die Tür endlich den Anstrengungen der Bewohnerin nachgab, womit Theresa einen Schlussstrich unter ihre Überlegungen zog, was ihre Chancen auf eine Lebensverlängerung erhöhte. Theresa machte sich keine Illusionen. Choleriker starben früh. Ihr Vater hatte es vorgemacht.

»Du glaubst nicht, mit wem ich eben telefoniert habe«, schmetterte die Tante ihrer Nichte gut gelaunt entgegen.

»Und?«, fragte Theresa.

»Was und?«

»Mit wem hast du telefoniert?«

»Ich sage nur – Bundespräsidialamt«, verkündete Tante Clarissa geheimnisvoll.

»Steinmeier«, rief Theresa. Das war nicht unwahrscheinlich. Tante Clarissa war ihrem Ehemann auf seine diplomatischen Posten rund um die Welt gefolgt. Es hatten die wichtigen Botschaften in Washington und Paris dazugezählt. Ein paar Jahre war Onkel Ferdi Chef des Bundespräsidialamtes gewesen.

»Ach, Steinmeier doch nicht«, winkte Tante Clarissa in verächtlichem Ton ab. »Not our class«, fügte sie hinzu.

»Du bist ein Snob, Tantchen«, lachte Theresa und lag nicht falsch damit. Clarissa von Hammerstadts Snobismus kam allerdings mit so viel humanem Humor und Charme einher, dass man ihr den kleinen Fehler nachsah.

»Du bist übrigens auch ein Snob, meine Liebe«, sagte die Tante. »Mit umgekehrtem Vorzeichen.«

»Weil ich keinen adligen Schnösel geheiratet habe?«

»Zum Beispiel.«

»Diese ›Adel-auf-dem-Radl‹-Veranstaltungen haben mich tatsächlich derartig gelangweilt, dass ich mich in die Arme dieses, von meiner Mutter verachteten, dafür lustigen und gebildeten Juden geflüchtet habe.«

»Wo wir sie mit den besten adligen Häusern hätten vermählen können«, imitierte Tante Clarissa den Tonfall von Theresas Mutter treffend. Sie lachten beide. Theresa wusste, dass die Tante immer auf ihrer Seite gestanden hatte.

»Mit wem hast du gesprochen?«, hakte Rosenthal nach.

»Ich nenne keinen Namen, aber der Gute wollte wirklich ein paar Tipps von mir für die Osteransprache des Bundespräsidenten haben. Im Schloss Bellevue scheinen sie vollkommen ratlos zu sein.«

»Was hast du empfohlen?«

»Komm, trink ein Schlückchen Champagner mit mir«, forderte Clarissa die Nichte auf.

»Es ist erst Mittagszeit.«

»Wunderbar. Und Karfreitag. Wir müssen dem Herrn ein bisschen Ehre angedeihen lassen«, meinte die Tante.

»Mit Champagner? Findest du das passend?«

»Selbstverständlich. Bier wäre doch furchtbar.«

Theresa Rosenthal hatte es geahnt. Ohne einen mittleren Rausch würde sie bei der Tante nicht davonkommen.

»Jetzt weiß ich wenigstens, woher ich meine blasphemische Ader habe«, lachte Theresa und merkte, dass sie sich auf den prickelnden Tropfen freute. Gehörte sie bereits zu den Corona-Alkoholikern? Das Leben ist so kurz, beruhigte sie ihr Gewissen. »Was hast du dem Bundespräsidenten oder seiner rechten Hand geraten?«

»Vermitteln Sie den Menschen ein wenig Optimismus,

ein wenig Freude und Hoffnung, besonders den jungen. Wir Alten haben unser Leben gelebt, jeder Tag ist ein Gratisgeschenk. Aber die jungen Leute, denen soll er Mut machen. Und raten Sie, habe ich gesagt, raten Sie Ihrem Präsidenten, er solle mal lächeln.«

»Das hast du ihm gesagt«, staunte Theresa.

»Selbstverständlich. Prost!« Sie nahm einen kräftigen Schluck.

Theresa glaubte ihr. Die Tante nahm kein Blatt vor den Mund. Warum sollte sie. Sie war über 90 und demnächst höchstens dem Herrgott eine Rechenschaft schuldig – sie würde ihm ihre Meinung schon blasen.

»Meine Freundin Marga, du kennst Marga?«, wollte die Tante wissen. »Ein junges Ding von nicht mal 90, jammert täglich herum, sie werde sicher bald abtreten. Als ich sie fragte, warum sie sich hat impfen lassen, protestierte sie gleich, an Grippe wolle sie nicht sterben. An was denn, habe ich sie gefragt. Ich habe ein sehr schwaches Herz, behauptete das dumme Huhn. Ein schwaches Herz, Marga, habe ich gesagt, du bist fast 90, da hat dein schwaches Herz lange durchgehalten.« Tante Clarissa lachte aus voller Kehle, wurde aber plötzlich nachdenklich: »Ich muss immer an die jungen Männer in der Ukraine denken. Wir dachten, dass wir das alles hinter uns hätten und nun blicken wir nach Osten und sehen erneut einen Diktator bei seinem grauenvollen Werk.« Sie schaute ihre Nichte an und bemerkte plötzlich: »Du siehst nicht gut aus, Kind. Wolltest du nicht ein paar Tage Ferien machen?«

»Wenn du mir verrätst, wo ich mich verwöhnen lassen kann. Eine Auszeit täte mir tatsächlich gut«, sagte Theresa. Bedrückt fuhr sie fort: »Ich hatte heute am Morgen eine Tote im Südpark.«

»Du armes Kind!« Die Tante sprang auf, sie sprang tatsächlich, was angesichts ihres Alters an ein Wunder grenzte, sie sprang auf und nahm ihre Nichte in den Arm. »Was ist bloß los zurzeit? Der Wurm ist drin. Durch das ganze Land frisst sich ein Wurm. Die Armseligkeit der Classe politique«, wetterte die Tante, während sie Theresa zärtlich übers Haar strich. »Die ersten ernsten Krisen seit dem Zweiten Weltkrieg, und plötzlich merken wir, wie schlecht Deutschland darauf vorbereitet ist.« Die Tante steckte sich eine Zigarette an, sog genüsslich den Rauch ein. »Ich sehe die Demokratie in Gefahr«, sagte sie in ernstem Tonfall. »Gut, dass es ein paar Widerständler in unseren Kreisen gibt.« Abrupt brach sie ihre Schimpfkanonade ab, was Theresa stutzig machte. Die Tante nestelte an einer Tüte mit englischen Crackern, kämpfte mit der Verpackung und tat so, als bräuchte diese ihre ganze Aufmerksamkeit.

»Du wirst auf deine alten Tage nicht zur Revoluzzerin?«, fragte Theresa forschend.

Die Tante lachte laut auf, vielleicht ein wenig übertrieben laut, fand die Nichte und hoffte, dass Clarissa von Hammerstadt sich nicht in irgendwelche Abenteuer stürzte. Sie traute es ihr zu. Clarissa hatte sich von Jugend an kämpferisch für Freiheit und Demokratie eingesetzt. Die halbe Familie war beteiligt am Widerstand gegen den Nationalsozialismus gewesen und dem Umsturzversuch der Männer des 20. Juli.

»Wenn ich ein paar Jahre jünger wäre, würde ich in die Opposition gehen, in die Totalopposition«, wetterte sie und zerriss die widerspenstige Verpackung nun mit einem Ruck, sodass die salzigen Kekse quer über den Tisch flogen. Nach einer kurzen Pause bemerkte sie: »Fahr in die Ferien,

Kind. Was du jetzt brauchst, ist ein Zimmer mit Aussicht, am besten mit Meeresblick und keinen Mordfall.«

Wie Theresa es vorausgeahnt hatte, verließ sie das Haus der Tante nachmittags gegen drei Uhr mit einem ordentlichen Schwips und guter Laune. Sie staunte, dass sie eine über 90-Jährige brauchte, um den schwarzen Hund zu vertreiben.

»Tante, wie schaffst du es, dich mit so viel Schwung durch den Tag zu arbeiten?«, fragte sie voller Bewunderung.

»Kind, das erfordert große Disziplin. Glaub mir, wenn man jung ist, lebt sich das Leben so wunderbar selbstverständlich. In meinem Alter musst du um alles kämpfen. Und wenn ich sage, um alles, meine ich um alles, selbst um das morgendliche Aufstehen. Wenn du an einem Tag resignierst und die Beine nicht aus dem Bett hievst, ist es um dich geschehen. Das einfach mal Liegenbleiben erscheint mir manchmal als eine echte Alternative, aber bisher …« Sie stockte.

»Untersteh dich.« Bei der Vorstellung, ihre Lieblingstante bettlägerig vorzufinden, kroch erneut der gerade vertriebene schwarze Hund auf Theresa zu. »Themenwechsel! Kennst du eigentlich eine Frau Melchert«, fragte die Kommissarin, während sie in der Einfahrt versuchte, eine stabile aufrechte Lage zu finden.

»Vom Bridge«, sagte Tante Clarissa. »Nette Frau, grauenvolle Bridgespielerin.« Bei Hinrichtungen fackelte Clarissa nicht lang.

»Tantchen, Tantchen«, rief Theresa. Es klang wie ein Zungenbrecher. »Gut, dass ich kein Bridge spiele. Als Gegnerin möchte ich dich nicht haben. Und als Partnerin besser auch nicht. Wir könnten Krach bekommen.«

»Dich würde ich in vier Wochen zu einer raffinierten Bridgespielerin machen, aber Frau Melchert ...« Tante Clarissa schüttelte den Kopf. »Dafür ist sie eine wahre Opernkennerin. Wir sitzen zusammen im Förderverein der Kölner Oper. Manchmal treffen wir uns in der Pause im Foyer. Es ist eine Freude, ihrer Einschätzung zu lauschen. In letzter Zeit haben wir uns seltener gesehen. Du weißt, die Oper am Offenbachplatz wird wahrscheinlich zu meinen Lebzeiten nicht fertig, und mir ist es mühsam, auf die andere Rheinseite in das Ausweichquartier zu pilgern. Schade, eigentlich.«

»Köln und seine Kulturbauten.« Rosenthal seufzte resigniert. »Gibt es eigentlich irgendein Museum, das nicht total saniert werden muss? Und was soll mich die Renovierung der Oper nun kosten?«

»Mit allem Drum und Dran sind wir gleich bei einer Milliarde«, wusste die Tante. »Du darfst dir die Kosten mit den anderen Steuerzahlern teilen. Und, was werden wir am Ende haben? Ganz bestimmt keine Elphi. Es ist ein Skandal. Die Informationen, die sie sich im Förderverein hinter vorgehaltener Hand zutuscheln, sind empörend. Korruption überall. Wen wundert es bei einem Milliarden-Projekt.«

»Ich bin dann mal weg«, rief Theresa Rosenthal und bestieg ihr Fahrrad. »Uih, uih, hoffentlich merkt der Georg nichts oder wie der Mann heißt, der da bei mir im Haus wohnt.« Sie wedelte mit dem Arm in Richtung Bayenthal.

»Fahr vorsichtig, Kind, und lass dich nicht von der Polizei erwischen.«

»Ich bin die Puliszei, Tantchen.«

WO IST TONGABONGA?

Am Karsamstag, 9.30 Uhr schickte Marco eine SMS. Sie würden die Identität der Toten jetzt kennen. Der Labrador habe nicht zurück nach Hause gefunden, aber bei der Befragung im Park seien sie erfolgreich gewesen, heute am Morgen. Ob sie telefonieren könnten.

»Was ist mit der Kollegin Burrenscheidt?«, simste Rosenthal zurück. Sie war weiterhin mit Fluchtplänen beschäftigt.

»Merkwürdiges aus der Gerichtsmedizin«, simste Marco, ohne auf ihre Frage einzugehen. Er wusste die Neugierde der Hauptkommissarin zu wecken.

Trotzdem hätte Rosenthal sich wahrscheinlich in die geplanten Osterferien abgesetzt, wenn da nicht der Anruf ihres Chefs gewesen wäre. Kriminalrat Hehemann druckste herum. Sie kannte ihn lang genug, um zu erkennen, wenn ihm etwas peinlich war. Am Samstagvormittag versank er am anderen Ende der Leitung fast im Boden. Sie spürte den Erdrutsch. Es seien Umstände, die es nötig machten, Kollegen einzuschalten. Sie wisse Bescheid, es habe mit der Identität der Toten zu tun. Der Verfassungsschutz sei auf dem Plan.

»Holla«, rief sie in die Leitung. »Wir kennen erst seit ein paar Stunden die Identität der Toten – und Rubbeldiekatz fahren die Kollegen das ganz große Geschütz auf. GSG9 bereits im Anmarsch, Herr Kriminalrat? Geht's noch?«

»Ruhig, Rosenthal! Ihr Temperament geht mit Ihnen durch«, besänftigte Kriminalrat Hehemann. Er kannte seine tüchtige, manchmal leider aufbrausende Mitarbeiterin. »Sie wissen, ich stehe hinter Ihnen und der Mannschaft, aber wenn die mit irgendeinem Verschwörungskram kommen, sind mir die Hände gebunden. Sie brauchen Ferien, machen Sie Ihren Ostertrip, lassen Sie es sich irgendwo eine Woche gut gehen und danach sehen wir weiter.«

»Herr Kriminalrat, Sie haben sicher eine Idee, wo ich es mir gut gehen lassen soll? Florida, Malediven, Tongabonga?«

»Wo liegt Tongabonga, Frau Rosenthal?«

»Da, wo kein Mensch sich um dieses blödsinnige Corona und diesen Krieg schert.«

»Nie gehört, vielleicht das Richtige für Sie.«

»Nee, ich habe gerade beschlossen, dass es mir gleich in meinem Büro verdammt gut gehen wird.«

»Ich verbiete Ihnen nicht, hier aufzutauchen, Frau Kollegin, aber halten Sie Ihr Temperament im Zaum«, ordnete Hehemann in strengem Tonfall an.

»Danke! Wunderbar!« Rosenthal kam in Fahrt, legte auf und rief Marco an. »Bin in einer Stunde bei dir.«

»Holiday ist Scheiß!«, sagte sie zu Georg und verließ das Haus.

Ihr Ehemann hörte nur Holiday on Ice, blickte seiner unter Volldampf davonrauschenden Gemahlin nach und verstand gar nichts. Er schüttelte den Kopf und wandte sich dem Kant'schen Satz zu, an dem er gerade herumkaute: »Aufklärung ist die Maxime, jederzeit selbst zu denken.«

Gegen Mittag riss die Hauptkommissarin schwungvoll die Bürotür auf. Sie sah beeindruckend aus. In Kampfmontur, dachte Kollege Marco Bär. Zur Kampfmontur gehörten bei seiner Chefin High Heels, durch die sie auf imposante 1,80 Meter anwuchs. Ihre Größe setzte sie gezielt ein, wissend, dass sie manche Leute, vor allem Männer, damit einschüchterte. In ihrem Job war das oft hilfreich. Rosenthal war keine klassische Schönheit, aber eine auffallende Erscheinung: Ihre blauen Augen strahlten Humor und Spottlust ab; die nicht ganz gleichmäßigen Gesichtszüge verrieten Klasse; die hohe Stirn und die gerade lange Nase, gepaart mit einem entschlossenen Zug um den Mund, deuteten auf einen Herrschaftsanspruch hin, der sich in der ungefähr 800-jährigen Geschichte ihrer Familie herausgebildet hatte. Damit ging sie nicht hausieren, aber es war nicht zu übersehen, dass sie sich von den Kollegen unterschied. Sie hat Format, bemerkte Marco Bär voller Respekt.

Es war merkwürdigerweise derselbe Gedanke, der kurz darauf Doktor Bellutt durch den Kopf schoss, als Rosenthal die Gerichtsmedizin betrat.

»Also, Claudia Ruppert«, brachte Marco Bär die Kollegen auf den Stand der Ermittlungen. »Sie ist 45 Jahre alt, Journalistin, arbeitet zurzeit beim *WDR*, war früher Auslandskorrespondentin in London, danach im *ARD*-Hauptstadtbüro Berlin.«

»Ah, das erklärt, warum sie mir bekannt vorkam«, unterbrach Rosenthal den Vortrag. »Dieses Bekanntvorkommen wird im Alter zur Manie, deswegen hatte ich mir das aus dem Kopf geschlagen.«

»Die alte Frau Rosenthal, kurz vor der Pension«, spottete Bär und fuhr fort. »Claudia Ruppert ist erst vor Kurzem nach Köln gezogen. Deshalb liegt nahe, dass keiner im Park sie kannte.«

»Bis auf unseren Zeugen. Wer ist er?«

»Christoph Schmalbeck, Besitzer einer stattlichen Dogge. Ich glaube, er war interessiert an unserem Opfer«, überlegte Marco. »Natürlich, bevor sie zum Opfer wurde. Kann man verstehen, sieht attraktiv aus, nachdem sie von der verschmierten Schminke gesäubert wurde. Und sie scheint verfügbar gewesen zu sein. Sie ist ohne Mann und Kind nach Köln übergesiedelt. Die Tochter ist auf einem Internat in England. Der Mann weiterhin in Berlin, hohes Tier, Staatssekretär im Kanzleramt oder so. Die beiden sind getrennt, nicht geschieden. Wir haben mit dem Ehemann heute Vormittag kurz telefoniert. Er ist im Anmarsch.«

»Ihr Auftritt, Herr Bellutt!«, wandte sich Rosenthal an den Gerichtsmediziner. »Todeszeitpunkt?«

»Donnerstagabend um die 22 Uhr herum. Todesursache, ganz klar eine Überdosis Heroin.«

»Selbstmord, oder was?«, fragte Rosenthal.

»Nicht so schnell, Frau Kollegin«, sagte Bellutt. »Klar, Suizid ist nicht auszuschließen. Merkwürdig ist, dass nichts auf Suchterkrankung hindeutet. War wahrscheinlich der erste Schuss. Auch sonst: fast kein Alkohol im Blut, keine Hinweise auf erhöhten Alkoholkonsum, kein Cannabis, keine Schlaftabletten. Die Frau ist absolut clean. Warum bringt sich eine solche Frau im Park mit einer Überdosis Heroin um, und wo hatte sie das Zeug her?«

»Gute Frage. Äußere Gewalteinwirkung?«

»Nein. Alles deutet auf Suizid hin«, sagte Bellutt nachdenklich.

»Oder soll darauf hindeuten?«, fragte Rosenthal.

»Ja.« Bellutt blieb vorsichtig. Er war Wissenschaftler und hielt sich an Fakten. »Wenn da nicht die Sache mit dem Hund wäre.«

Rosenthal wurde hellhörig. »Was ist mit dem Hund?«
»Er wurde betäubt.«

»Wer kam auf die grandiose Idee, den Hund zu untersuchen«, lobte die Kommissarin.

»Die Lorbeeren kann ich leider nicht für mich einstreichen«, gab Marco Bär zu. »Der Kollege von der Hundestaffel schlug das vor. Er fand, das Tier verhalte sich merkwürdig. Kurzum die Blutprobe ergab, dass der arme Labi betäubt wurde.«

»Ha, wusste ich es doch«, triumphierte Rosenthal. »Irgendwas geht nicht mit rechten Dingen zu. Diese Typen vom Verfassungsschutz melden sich beim Kriminalrat, und zwar kurz nachdem wir die Identität der Frau herausbekommen. Das stinkt bis zum Himmel. Als ob die Jungs in den Startlöchern gestanden haben.«

»Davon hast du bisher nichts erzählt.« Bär war erstaunt.

»Ich wollte erst die Fakten checken. Was glaubst du, warum ich am Ostersamstag hier stehe, statt in einem Appartement in der Bretagne aufs Meer zu gucken? – Wo mich der Kriminalrat übrigens am liebsten sähe«, fügte sie hinzu. »Ich stand kurz vor der Zwangsbeurlaubung.«

»Ach so«, bemerkte Bär. »Er dachte, dass er das Fußvolk leichter händeln kann.«

»Sei nicht so streng mit ihm«, lächelte Rosenthal. Sie kam normalerweise gut zurecht mit dem Chef. Nachdenklich betrachtete sie die Tote. »Ehemann Staatssekretär oder Staatsminister«, grübelte sie laut. »Erklärt, warum Hehemann sich duckt und der Verfassungsschutz vor der Tür steht.«

»Ich lass die Eva gerade recherchieren. Mal sehen, was sie über Claudia und Stefan Ruppert herausfindet«, sagte

Marco Bär. »Damit wir dem Herrn Staatsgedöns mit gebührendem Respekt entgegentreten können«, fügte er ironisch lächelnd hinzu.

»Darf ich auch etwas sagen?«, fragte Bellutt, als das Gespräch der Kollegen kein Ende fand. »Ich habe hier nämlich ein bisschen Arbeit herumliegen.«

»Entschuldigung, Herr Bellutt. Ihr Auftritt!«

»Es gibt eine weitere Merkwürdigkeit. Ich habe noch eine Essenz im Blut des Opfers gefunden. Ein Benzodiazepin – das ist ein K.o.-Mittel.«

»Wird das nicht als Partydroge verwendet? Und versuchen nicht üble Typen, die kleinen Mädels damit willenlos zu machen, um sie zu vergewaltigen?«, fragte Theresa.

»Ja, aber eine Vergewaltigung liegt in diesem Fall nicht vor. Keine Anzeichen. Und zum Thema Selbstmord: Warum sollte eine Selbstmörderin sich erst K.o.-Tropfen einflößen und sich danach den letzten Schuss geben, mit dem Risiko, dass der daneben geht, weil sie sich selbst ausgeknockt hat. Ein paar Stunden später wacht sie auf und denkt, upps, das hat jetzt nicht geklappt? Mit der Dosierung dieser sogenannten K.o.-Tropfen ist das so eine Sache. Richtig dosiert, gerät das Opfer in Euphorie, zu viel davon kann zum Tod führen.«

»Macht keinen Sinn«, überlegte Bär. »Was denken Sie, Doc?«

»Mord«, sagte der Gerichtsmediziner lakonisch. »Da hat jemand die Dame außer Gefecht gesetzt, um ihr in aller Ruhe und ohne Gewaltanwendung die Spritze zu verpassen. Es war dem Täter offensichtlich wichtig, dass keine Spuren von Gewalt zurückblieben. Ist alles Spekulation. Wie gesagt, Gewaltanwendung lässt sich an dem Körper der Toten nicht nachweisen.«

»Dem Täter musste klar sein, dass wir die Spuren des K.o.-Mittels finden«, wandte Rosenthal ein.

»Vielleicht hoffte er auf eine Schlamperei oder er wollte das Opfer diskreditieren.« Bellutt überlegte. »Vielleicht ging es ihm auch darum, die Identifizierung hinauszuzögern, um Zeit zu gewinnen.«

»Um in ihrer Wohnung zu stöbern, Handy, Computer, einzusacken und vielleicht irgendwelche kompromittierenden Unterlagen. So könnte es gewesen sein«, spekulierte Rosenthal. »Aber wer kam so nah an sie heran, um ihr diese Tropfen ins Getränk zu schütten? Es muss jemand gewesen sein, den sie kannte. Eine Zufallsbekanntschaft im Café oder Restaurant? Eher unwahrscheinlich. Wie wäre sie so angezählt in den Park gekommen oder hat sie etwas mit jemandem im Park getrunken? Alles merkwürdig.«

DER CONTE

Sandro hatte am Gründonnerstag abends gegen acht Uhr zuletzt mit Claudia telefoniert. Sie telefonierten meist mehrere Male am Tag, der Morgen- und Abendgruß waren lebenswichtig, überlebenswichtig, für beide. Er hatte nicht erwartet, dass ihm noch einmal die große Liebe begegnen würde, die große Liebe mit allem Drum und Dran, Schmetterlingen im Bauch, Sehnsucht im Herzen, dem Gefühl, verstanden zu werden, alles besprechen zu können. Ana Bentlow hatte er bewundert, sogar geliebt, sie hatte ihn eher verachtet, weil sie ihm in seiner verkommenen Phase über den Weg gelaufen war. Er hatte das bedauert. Es gelang ihm damals nicht, ihre Meinung zu ändern. Mit Claudia war es anders. Seelenverwandtschaft? Und Liebe. Er rief Claudia am Morgen des Karfreitags gegen 8.30 Uhr an. Vielleicht ist sie im Bad, dachte er, als er sie beim ersten Versuch nicht erreichte. Danach ging sie meist mit dem Hund. Vielleicht hat sie ihr Handy vergessen, überlegte er und machte sich nicht allzu große Sorgen. Merkwürdig war, dass die Anrufe nicht durchgingen. Er sprach auf die Mailbox. Normalerweise stellte Claudia ihr Smartphone nicht ab, vor allem wegen Luise. Sie wollte jederzeit für die Tochter erreichbar sein. Bis zum Mittag hatte Sandro es sicher zehn Mal versucht, mit wachsender Unruhe. Er überlegte, ob es jemanden in Köln gab, den er bitten konnte, bei Claudia vorbeizuschauen. Eine unbestimmte Angst schnürte ihm die Kehle zu und hinderte ihn daran, klar zu denken. War sie zu ihrem Mann zurückgekehrt? Der Gedanke zerrte an seinen Nerven. Er verwarf ihn. Das Gespräch am Vorabend war sehnsuchtsvoll gewesen, sie freuten sich beide auf das Treffen am Karsamstag. In Köln, das erste Mal in ihrer neuen Wohnung, die sie endlich fertig eingerichtet hatte, neben all der Arbeit für den Sender. Die Doppelbeschäftigung hielt sie in Atem. Sandro machte sich Vorwürfe, dass er sie für die *Rheinjunker* angeworben hatte. Warum hatten sie nicht einfach ihr Glück genossen? Ein Häuschen an der Adria oder in der Bretagne, in einem Fischerort, Claudia liebte die Bretagne. Nicht St. Tropez, nicht Porto Cervo, kein Kitz und Moritz, nie wieder Schickimickiorte. Ein Domizil an der bretonischen Küste, urig, wild, Meeresblick. Er könnte ein Buch schreiben, Material gab es genug. Sie würden beide schreiben und sich lieben. Er würde ihr das vorschlagen, gleich morgen beim Wiedersehen in Köln. Wen kannte er in der Rheinmetropole? Niemand, dem er nahe genug stand, um ihn mit dem Auftrag zu betrauen, einmal kurz an Claudias Tür zu klingeln.

Oder doch die Rückkehr zum Ehemann? Sandro war kurz davor, ihn anzurufen. Was sollte er ihm sagen? Ich bin der Geliebte Ihrer Ehefrau und kann sie nicht erreichen. Er wusste, wo Stefan Ruppert wohnte. Westend, Eschenallee, die lag zehn Minuten entfernt von seiner eigenen Wohnung. Er musste etwas tun, irgendetwas, bloß nicht weiter zu Hause aus dem Fenster starren. Nicht weiter dieser Marathon zwischen Küche und Esszimmer. Er rannte die Treppen hinunter. Sein Auto parkte in einer Querstraße. Die Bewegung tat ihm gut. Kurz nach 13 Uhr fuhr er im Schritttempo durch die Eschenallee. Er kannte Claudias ehemalige Adresse, weil er sie einmal nachts nach Hause gebracht hatte. Eine ziemlich luxuriöse Altbauvilla für einen Staatssekretär. Wahrscheinlich Claudias Besitz. Er hatte sie nicht danach gefragt. Sandro wusste von ihrer Herkunft, ihrem Erbe, nichts Genaues. Ihm war klar, dass es sich nicht um die berühmten Peanuts handelte. Wer hatte das gesagt, ach ja, Hilmar Kopper, *Deutsche Bank*, er war mit dem Spruch in die Geschichte eingegangen. Sandro fand einen Parkplatz, von dem aus er den Eingang der Villa im Blick behielt, und hoffte, dass er nicht der Polizei auffiel, die routinemäßig bei einem Staatssekretär kontrollierte – oder nur bei den Ministern? War ihm entfallen. Im Grunde war ihm alles entfallen. Sein Kopf arbeitete nicht mehr richtig, seit er sich um Claudia sorgte. Panik mit Blackout. Es blieb ruhig in der Straße, kaum Verkehr. Karfreitagsruhe, selbst im gottlosen Berlin, zumindest in den bürgerlichen Vierteln. In Mitte und Kreuzberg brummte wahrscheinlich das Leben. Gegen 14 Uhr glitt ein grüner Volvo Geländewagen an Sandro vorbei und bog in die Auffahrt der Villa. Ein Mann stieg aus. Sandro erkannte Stefan Ruppert, der zur Haustür eilte, den Schlüssel ins Schloss schob, sich nervös umdrehte und die Straße in beiden Richtungen checkte. Ruppert sah grauenvoll aus, übernächtigt. Völlig übermüdet, das auch, dachte Sandro, aber da war noch etwas anderes. Der Ehemann seiner Geliebten hatte etwas Irres im Blick. Sandro überkam unbändige Lust, diesen Mann zu schütteln, alles aus ihm herauszuschütteln, was er über den Verbleib seiner Noch-Ehefrau wusste. Ruppert verschwand im Haus. Farinesi wartete weitere 20 Minuten. Nichts tat sich. Vielleicht hatte Claudia ihn angelogen, vielleicht war sie im Haus. Ihr Auto stand nicht vor der Tür.

Der Conte kehrte zurück nach Hause. Am liebsten wäre er sofort losgefahren, nach Köln, aber der Gedanke, Claudia könne aus irgendeinem Grund auf dem Weg nach Berlin sein, hielt ihn ab. Die Nacht zum Karsamstag war grauenvoll. Morgens fiel er in einen unruhigen, von quälenden Träumen unterbrochenen Schlaf. Er robbte sich durch einen Gang, der enger und dunkler wurde. Er suchte den Ausgang und wusste, dass er sich in die falsche Richtung bewegte. Kein Licht am Ende des Tunnels und das beklemmende Gefühl, dass dort in der Finsternis etwas Böses lauerte. Gegen 8.30 Uhr schreckte er aus dem Schlaf mit einem Druck auf der Brust auf, als drohe ein Herzinfarkt. War da nicht ein Schmerz im linken Arm? Ebenfalls ein Symptom für Herzinfarkt. Sandro fühlte sich, als habe er die Nacht am Marterpfahl verbracht. Der erste Blick auf sein Handy. Keine Nachricht von Claudia. Erneut wählte er ihre Nummer, ohne die Hoffnung, es würde plötzlich ihre fröhliche Stimme erklingen. Sandro packte ein paar Sachen in seine Reisetasche, schmiss sie auf den Rücksitz seines Golf GTi und fuhr los. Seine Wohnung lag in Charlottenburg, nicht weit entfernt von der Autobahnauffahrt. Es war ruhig in der Stadt. Eine merkwürdige Stille in der sonst brummenden und summenden Metropole. Ein paar Ausflügler nutzten den Ostersamstag für eine Fahrt ins Grüne, aber die Straßen waren nicht verstopft. Er stellte das Radio an, Nachrichten. Sandro wettete seit ein paar Monaten mit sich selbst, dass in den ersten drei Sätzen das Wort Ukraine-Krieg oder Klimakatastrophe fallen würde. Bingo. Gewonnen.

Vielleicht war etwas dran an Claudias Informationen. Als sie von ihren Rechercheergebnissen berichtete, kam ihm das alles ungeheuerlich vor, Orwell, Science Fiction,

Verschwörungstheorie. Je länger er darüber nachdachte, desto mehr fürchtete er sich vor der Erkenntnis, dass im Berliner Machtzentrum etwas Ungutes vor sich ging. Er zählte sich nicht zu den Verschwörungstheoretikern, aber Claudia saß an der Quelle und sie hatte Merkwürdiges erzählt, das konnte er nicht mit leichter Hand wegwischen.

Sandro erreichte die Autobahnauffahrt ungehindert. Auf der Strecke drückte er in kürzer werdenden Abständen die Wiederwahltaste seines Telefons. Bei Hannover war er verrückt vor Angst und kurz davor, die Polizei anzurufen. Er kam gut vorwärts, trotzdem zogen sich die Kilometer zäh dahin, selbst wenn er auf den wenigen freigegebenen Strecken mit 180 Stundenkilometern über die Autobahn raste. Lieber Gott, lieber Gott, flüsterte er in immer kürzeren Abständen, obwohl er seit Ewigkeiten nicht mehr an den katholischen Herrn im Himmel glaubte, der den Takt seiner Jugend in Oberitalien angegeben hatte. Lieber Gott, lass alles eine Verquickung blöder Umstände sein. Er fand keine beruhigende Erklärung für den Abriss der Verbindung. Lieber Gott, murmelte Sandro erneut, ahnend, dass der gute Gott auch diesmal nicht der richtige Ansprechpartner war. Genau wie bei Ana Bentlow, die der Allmächtige in einer Lawine ersticken ließ, damals, in den Tiroler Bergen. Sandro war in der Nähe, aber nicht zur Stelle gewesen, um sie zu retten. Dortmund, Wuppertal, Remscheid, das Navi zeigte eine halbe Stunde Fahrtzeit bis zum Zielort an. Je näher er Köln, je näher er der Gewissheit kam, desto zögerlicher trat er auf das Gaspedal. Noch waren alle Optionen offen; was würde er in einer halben Stunde erfahren? Claudia, mia amata, mia bella amata. Er verfiel in die Sprache seiner Jugend, in der alles so viel zärtlicher klang als in Deutsch. Claudia mochte es, wenn er ihr auf

Italienisch Liebesworte ins Ohr flüsterte. Ti voglio bene, piu bella donna del mondo. Das Drücken der Wiederholwahltaste war nur noch Manie, er glaubte nicht mehr daran, dass sie sich mit ihrer schönen dunklen Stimme melden würde. Mia amata, amata massima, ti voglio bene, ti amo, mi manchi. Kreuz Leverkusen, Köln-Ost. Ankunft 15.26 Uhr. Er spürte bereits jetzt einen gewissen Widerwillen gegen diese Stadt, war nur einmal dort eingeladen gewesen. Warum war sie dort hingezogen, zurückgekehrt in die, von ihr ungeliebte, Heimatstadt? Es gab Gründe; sie erschienen ihm plötzlich alle nichtig. Warum sollten gerade sie die Welt, das Land retten? Sollten das andere machen, jüngere. Er nahm die Abfahrt Köln-Süd, Bonner Straße, die ganze Einfahrtsschneise eine einzige Großbaustelle. Wieso wohnte Claudia in einer solchen Gegend? Das Mädchen mit dem goldenen Löffel. Rechts abbiegen in die Marienburger Straße, befahl die emotionslose Stimme aus dem Navi. Als ob die *Bezaubernde Jeannie* einmal mit den Augenlidern geklimpert hätte, befand er sich plötzlich in großbürgerlicher Wohlhabenheit, prachtvolle Jahrhundertwendevillen in begrünten Straßen. Merkwürdig, wie hier die städtebauliche Grausamkeit einer Einfallstraße abrupt in ein Luxusviertel überging. Merkwürdig, brummte er in dem Moment, als er die eingegebene Adresse erreichte. Ankunft, Ziel auf der rechten Seite, meldete die deprimierend freudlose Dame seines *Tom-Toms*.

Vor Claudias Haus stand ein Polizeiwagen.

Oddio, stöhnte Sandro und sank erschöpft und schwer atmend über dem Steuerrad zusammen. Die Aufregungen des Vortags, die quälende Nacht, die anstrengende Fahrt und nun der Anblick des Polizeiwagens, der Böses ahnen ließ. Er verharrte minutenlang in der zusammengesunkenen Stellung, bis er sich traute, die Wagentür zu öffnen. Mit verhaltenen Schritten bewegte er sich auf das Haus zu, um den Moment der Wahrheit einen Augenblick hinauszuzögern, die Konfrontation mit der Wahrheit, von der er plötzlich wusste, dass sie erneut eine Katastrophe für ihn bereithielt. Als er die Hand an die Klinke des Gartentors legte, entstieg ein Uniformierter dem Polizeiwagen.

Er war sehr höflich: »Wohnen Sie in dem Haus?«, wollte er wissen.

»Nein, ich möchte eine Freundin besuchen«, antwortete Sandro. Ruhe bewahren, dachte er. Ihm schoss der Gedanke durch den Kopf, dass etwas mit den *Rheinjunkern* schiefgelaufen sei. Vielleicht hatte Claudia zu viel riskiert.

»Und Ihr Name?«, fragte der junge Kommissar.

»Farinesi. Sandro Farinesi.«

»Italiener?«

»Ja, Gastarbeiter«, antwortete Sandro, langsam ungeduldig werdend. »Was ist hier los?«

»Ich begleite Sie zur Kommissarin Rosenthal, sie ist im Haus.« Der Polizist fasste Sandro leicht am Arm, um ihn zur Eingangstür zu führen.

»Non toccare«, zischte Sandro. Nicht anfassen.

»Wie bitte?«, fragte der Polizist.

»Da niente.« Sollte der Bulle seinen Gastarbeiter haben.

Ein großer, muskelbepackter Typ öffnete die Wohnungstür.

»Kommissar Bär, das ist Herr Farinesi. Er wollte die …«, stotterte der Polizist. »Ich meine, er möchte Frau Ruppert besuchen.«

Es war das erste Mal, dass Sandro private Räume seiner Geliebten betrat. Er tauchte ein in ihre Aura. Sein Blick schweifte herum: zwei große ineinander übergehende Zimmer mit hohen Decken, hellem Holzboden, kaum möbliert, ein Sofa und ein paar Sessel in dem einen, ein Esstisch mit acht Stühlen in dem anderen Teil des Raumes, direkt angrenzend die offene Küche. Ein farbenfroher riesiger Sam Francis im Esszimmer, im Salon ein Farbspektrum, von Mack, vermutete er. Claudia, das ist sie, nichts Überflüssiges stand herum in diesen schlichten Räumen, als habe sie Ballast abgeworfen. Einzige Dekoration, ein riesiger bunter Tulpenstrauß in einem silbernen Champagnerkühler. Eine schlichte Behausung und trotzdem Wärme abstrahlend, das war das Kunststück.

»Das ist die leitende Hauptkommissarin Rosenthal«, sagte der Muskelprotz. »Ich bin Kommissar Bär. Herr Farinesi«, stellte er den Besucher vor.

»Darf ich fragen, wie Sie zu Frau Ruppert stehen?«, fragte Rosenthal.

Sandro überlegte in der kurzen Zeit, die ihm für eine Antwort blieb, ob er den Kommissaren von seiner Liebesbeziehung zu Claudia erzählen sollte oder vorerst nur ihr Arbeitsverhältnis erwähnte, zufälliger Besuch, gerade mal in der Stadt. Sobald sie Claudias Telefon fänden, dachte er, würden sie sowieso herausfinden, dass er etwa hundert Mal versucht hatte, bei ihr anzurufen, und all die Nachrichten, die er ihr auf Band gesprochen hatte – kein Geheimnis mehr, alles enthüllt, abgehört von einem am Computer sitzenden Polizeibeamten.

»Wir sind befreundet«, begann er vorsichtig.

»Wie befreundet?«, fragte die Kommissarin freundlich. Sandro Farinesis Gesichtszüge verklärten sich für einen Moment, und Rosenthal wusste, dass sie in den nächsten Minuten einem Mensch Schmerz zufügen würde. Wie oft hatte sie das in ihrem Beruf machen müssen, die Übermittlung einer Todesnachricht, die Verzweiflung auslöste, laut herausgeschrien bei dem einen, stumm, mit unterdrückten Tränen erduldet bei dem anderen. Wie lange werde ich das noch machen können, fragte sie sich, wie lange werde ich es noch aushalten, der Überbringer von Hiobsbotschaften zu sein?

»Wir leben in einer Beziehung«, sagte Farinesi. Man merkte, dass ihm diese Bezeichnung widerstrebte. Er suchte sichtlich nach einer besseren, die aber vor zwei Kommissaren nicht zu intim wirkte. »Wir sind ein Paar«, fügte er leise hinzu.

»Leben Sie zusammen in dieser Wohnung?«, fragte Rosenthal.

»Nein, es ist kompliziert«, stotterte Farinesi, »bitte, Frau Kommissarin, sagen Sie mir, was passiert ist. Ich bin den ganzen Tag gefahren, weil ich Claudia seit gestern Morgen nicht mehr erreiche. Ich bin in größter Sorge. Und jetzt Sie, hier, in Claudias Wohnung.«

»Es tut mir leid, Ihnen sagen zu müssen, dass Ihrer Freundin etwas zugestoßen ist. Sie wurde tot aufgefunden«, sagte Rosenthal. Und da war er wieder, dieser Moment, in dem alle Farbe aus dem Gesicht des Empfängers dieser Nachricht weicht, Fassungslosigkeit, dieses nicht glauben wollen, gepaart mit der Erkenntnis, dass etwas Entsetzliches passiert ist, erste Anzeichen von Verstehen und Hoffnungslosigkeit.

»Setzen Sie sich«, bat Rosenthal und deutete auf einen apfelgrün bezogenen Sessel, ein Farbtupfer, der dem schlichten Raum einen Akzent verlieh, der eine kleine Aufsässigkeit der Bewohnerin verriet. Farinesi sackte in den Sessel hinein, ein gebrochener Mann. Beim Hineinkommen hatte Theresa Rosenthal seine Unruhe bemerkt. Sie hatte einen eleganten Anfangsechziger registriert. Ein Mann von Welt, war ihre erste Reaktion, ein Lebemann mit Stil und Charme. Sympathisch. Sie war professionell genug, um sich davon nicht blenden zu lassen. Es gab durchaus sympathische Mörder. War ihr alles begegnet in ihrer Karriere.

»Wann hatten Sie zuletzt Kontakt zu Ihrer Freundin?«, fragte die Kommissarin.

»Am Donnerstagabend, vielleicht so gegen 8 Uhr«, berichtete Sandro. »Wir telefonieren jeden Abend, auch morgens, meist mehrere Male am Tag. Am Freitagmorgen erreichte ich sie nicht, der Ruf ging nicht durch. Das war merkwürdig, weil Claudia ihr Handy wegen ihrer Tochter immer eingeschaltet hat. Die ist in England im Internat. Ich habe Claudia auf Band gesprochen, keine Rückmeldung. Freitag habe ich es den ganzen Tag versucht, heute Morgen bin ich dann losgefahren.« Er verbarg sein Gesicht in den Händen, eleganten schmalen Händen, ein Siegelring am linken kleinen Finger, bemerkte die Kommissarin – mit Adelswappen. Ein Standesgenosse.

»Was ist passiert?«, fragte Farinesi aufblickend. Das Leid in seinen Augen war kaum zu ertragen. Theresa wandte den Blick ab und gab dem Liebhaber des Opfers ein wenig Zeit, um das Unfassbare zu erfassen.

»Vielleicht waren Sie der Letzte, der mit Claudia Ruppert Kontakt hatte«, bemerkte die Kommissarin, Farinesis Frage ignorierend. »Wie war ihre Stimmung am Donnerstagabend?«

»Bester Laune, wir freuten uns auf unser Wiedersehen. Wir wollten die Ostertage zusammen verbringen. Hier. Claudia war gespannt, wie ich ihr neues Heim finden werde. Sie ist erst seit knapp drei Monaten zurück in Köln.«

»Wieso zurück in Köln?«, unterbrach Kommissar Bär.

»Sie ist hier geboren und aufgewachsen.«

»Wieso ist sie von Berlin weg und zurück in ihre Heimatstadt gegangen?«

Sandro zögerte mit der Antwort. Nicht zu viel preisgeben, tickerte es in seinem angeschlagenen Hirn. »Trennung vom Ehemann, etwas Abstand bekommen, neuer Job beim *WDR*.«

»Können Sie sich einen Suizid vorstellen?«, überraschte Rosenthal den Befragten.

»Claudia?« Fast brüllte Sandro Farinesi den Namen seiner Geliebten heraus. »Niemals!«

»Die Trennung vom Ehemann?«

»Sie ist gegangen. Der Schritt war seit Langem überfällig. Und dann lernten wir uns kennen.« Sandro zeigte ein zaghaftes Lächeln. »Blitzeinschlag. In unserem Alter. Es geschehen noch Wunder.« Sein Blick verdüsterte sich. »Also, Mord?«, fragte er.

»Wir schließen das nicht aus«, antwortete Marco Bär vorsichtig.

»Wie ist sie gestorben?«

»Aus ermittlungstechnischen Gründen dürfen wir dazu im Moment nichts sagen«, erklärte Bär.

In Sandros Kopf schossen die Gedanken kreuz und quer. Erinnerungen an den Tod von Ana Bentlow mit all seinen Merkwürdigkeiten, die nie aufgeklärt wurden. Sie war umgebracht worden, da war er sich sicher. Staatliche Stellen waren involviert gewesen. Und nun Claudia. Er hielt alles für möglich. War sie der Wahrheit zu nahegekommen, so wie Ana damals dem Kanzler zu nahegekommen war? Oder wollte man ihn, Sandro, persönlich treffen? Rache für den Kanzlersturz, an dem er vor Jahren beteiligt war, lange her, aber vielleicht hatten sie ihn nie aus dem Auge gelassen. Wer waren sie? Verfassungsschutz, BKA? Es ratterte in seinem Hirn. Einen klaren Gedanken formulierte es nicht.

Rosenthal bemerkte, dass da noch etwas war, dass Farinesi nicht alles gesagt hatte. Sie ließ ihm Zeit, aber der italienische Herr mit dem Siegelring zog es vor zu schweigen. Sie würden ihn durchleuchten. Mal sehen, was sich hinter der Fassade des Snobs verbarg.

»Wo waren Sie am Donnerstagabend – so gegen zehn Uhr?«, meldete sich Bär mit der unvermeidlichen Frage.

»In Berlin, in meiner Wohnung, allein, um acht habe ich – wie gesagt – mit Claudia telefoniert«, antwortete Farinesi. »Sie haben sicher Ihr Handy gefunden. Sie werden meine Aussage bestätigt finden.«

»Man kann von überall telefonieren«, sagte Bär, ohne zuzugeben, dass sie das Mobiltelefon bisher nicht entdeckt hatten. »Und Sie sind heute Morgen in Berlin losgefahren?«

»Richtig, gegen halb zehn.«

»Beweise?«

Farinesi rieb sich die übermüdeten Augen, leere Augen, die ratlos auf die Kommissare blickten. Er dachte nach, seine wirren Gedanken sortierend. »Ich habe getankt, bei der Rausfahrt und mit Kreditkarte bezahlt«, klaubte er schließlich mühsam die Worte zusammen. »Reicht das als Beweis?«

»Und für den Donnerstagabend, haben Sie da Zeugen für Ihren Aufenthalt in Berlin?«, hakte Rosenthal nach.

»Eher nicht«, sagte Farinesi. »Darf ich rauchen?« Rosenthal nickte. »Ich denke, dass eine Menge Menschen herumlaufen, die keine Alibis haben. Wenn man keine Ehefrau zu Hause hat, wird es schwierig mit den Zeugen. Ach, entschuldigen Sie, ich bin ziemlich durcheinander, die letzten zwei Tage habe ich wie in Absenz erlebt. Am Donnerstagabend war ich bei Freunden zum Drink, wir waren zu fünft. Auf dem Nachhauseweg habe ich Claudia angerufen.«

Rosenthal nickte. »Wir überprüfen das, Herr Farinesi. Wo können wir Sie erreichen, wenn wir weitere Fragen haben? Bleiben Sie in Köln?«

Farinesi verzog fast angeekelt das Gesicht. »Kenne hier kaum jemanden. Ich fahre am besten zurück nach Berlin.«

»Das sollten Sie besser nicht tun«, sagte Rosenthal mitleidig. »Sie sehen nicht aus, als würden Sie eine Rückfahrt überstehen. Wir können Ihnen ein Hotel buchen.«

Sandro fühlte sich erschöpft, vollkommen ausgelaugt. »Vielleicht haben Sie Recht«, sagte er fügsam. Nach Widerstand war ihm nicht zumute. »Irgendetwas in der Nähe. Gibt es hier im Viertel ein Hotel?«

»Direkt um die Ecke, heißt, glaube ich, *Haus Marienburg*, Robert-Heuser-Straße. Marco, kannst du dort anfragen?«

»Da läuft ein Band, irgendwas mit urlaubsbedingt nicht erreichbar.«

Farinesi hatte seinen Adelstitel bei der Vorstellung nicht erwähnt, aber Rosenthal hatte ein Gespür dafür, wenn sie es mit Standesgenossen zu tun hatte. Adelsgedöns, hatte ihr Kollege Fett aus Aachen mal genervt bemerkt. Bei Farinesi tippte sie auf alten italienischen Adel. Wahrscheinlich deshalb erwähnte sie, dass ihr Onkel Hammerstadt, Tante Clarissas Ehemann, einst Botschafter in Rom war.

»Clarissa Hammerstadt, eine wunderbare Frau. Long time – no see. Wo lebt sie?« Sandro Farinesis Gesichtszüge hellten sich ein wenig auf. »Was für eine Frau, was für ein Humor! Ich hatte die Ehre, in der römischen Residenz zu Gast zu sein. Molto tempo fa.«

»Sie wohnt um die Ecke, hat ein großes Haus und eine Einliegerwohnung. Vielleicht könnte ich Sie dort unterbringen. Wäre Ihnen das recht?«

Farinesi nickte müde mit dem Kopf.

Rosenthal ging vor die Tür, um mit der Tante zu telefonieren.

»Ach, der kleine Conte!«, rief Tante Clarissa begeistert. »Ein herrlicher Bonvivant. So lustig.«

Farinesi hatte sich nicht mit seinem Grafentitel vorgestellt. Typisch alter Adel. Entweder, man wusste, wer sie waren oder nicht. Wenn nicht, zählte man sowieso nicht. Sie kannte das von ihrer Familie. Ihre Mutter war genauso. Rosenthal erklärte die Situation, und dass der Bonvivant wahrscheinlich nicht in bester Stimmung sei.

»Der Arme! Ist er des Mordes verdächtig?«

»Klar, deshalb schicke ich ihn dir«, spottete Theresa. »Nein, natürlich nicht. Ich kläre sein Alibi vorher ab.«

»Ach, was, nicht nötig«, trompetete die Tante ins Telefon. Sie hatte trotz ihres hohen Alters eine kräftige Stimme. »Aber ich horche ihn nicht für dich aus, Kind«, fügte sie hinzu. »Ich war schon mal Hilfssheriff.«

»Du hast eine Entlohnung erhalten, Tante, eine Flasche *Roederer*, du erinnerst dich? – Farinesi – was ist das für eine Familie?«, wollte Theresa wissen.

»Jedenfalls nicht solche Conte pinco Pallino.«

»Was meinst du damit?«

»Das ist eine Verhöhnung, weil Italien voll von irgendwelchen mehr oder weniger seriösen Adelstiteln ist. Die Farinesis sind alter Adel. Und der kleine Alessandro ist ein Schatz.«

»Der kleine Alessandro ist ungefähr 60«, korrigierte Theresa.

»Eben«, erwiderte die Tante. Aus ihrer Sicht waren fast alle Leute Kinder. »Schick ihn mir. Ich kümmere mich um den Jungen.«

Sie baten Farinesi um seinen Fingerabdruck. »Für den Fall, dass Sie hier etwas angefasst haben«, sagte Rosenthal. Einem Profi wie ihr passierte ein solcher Lapsus nicht, aber es war eine gute Ausrede, um an das gewünschte Material zu kommen. Farinesi wehrte sich nicht, bereitwillig ließ er den Vorgang über sich ergehen. Danach beauftragte sie zwei Kollegen, ihn in die Goethestraße zu Clarissa Hammerstadt zu begleiten.

»Hat man sie hier gefunden?«, fragte der Conte im Hinausgehen. Er ließ den Blick schweifen, als suche er die Stelle, an der seine Geliebte leblos gelegen hatte.

»Nein«, sagte Rosenthal. »Man hat sie auf einer Parkbank ganz in der Nähe gefunden.« Es gab keinen Grund, diese Information zurückzuhalten.

»Auf einer Parkbank«, murmelte Farinesi ungläubig und schauderte. Er fror.

JEDEM ANFANG WOHNT EIN ZAUBER INNE

Die Kommissare hatten gerade erst angefangen, Claudia Rupperts Wohnung zu durchsuchen, als Sandro Farinesi vor der Tür gestanden hatte. Ein Glücksfall. Auf Recherchen angewiesen, hätten sie tagelang gebraucht, einen Liebhaber aufzustöbern. Liebhaber liefen meist unter dem Schirm. Wenn man ein Handy gefunden hatte, war es kein Problem. Da stand der Liebhaber an Nummer eins in der Anruferliste; ohne Handy dauerte alles länger. Merkwürdig war, dass sie keinen Schlüssel bei der Toten gefunden hatten. Handy vergaß man mal, aber ohne Haustürschlüssel ging eine alleinstehende Person sicher nicht mit dem Hund Gassi.

Beim Betreten von Claudia Rupperts Wohnung war Rosenthal ein spontanes »Ah« entfleucht. Die lichtdurchfluteten Räume gaben ihr sofort ein Gefühl des Wohlbefindens. Und die karge Möblierung. Mehr braucht man nicht, dachte die Kommissarin und genoss die Atmosphäre des Wohnraums, der zur ruhigen Marienburger Straße hinausging. Vielleicht war Frau Ruppert mit der Einrichtung nicht fertig geworden, aber die Schlichtheit wirkte eher wie eine bewusste Entscheidung. Eine Frau, die von vorn anfangen wollte, überlegte Rosenthal. Wie traurig, dass sie diesen Neuanfang nur kurz genießen durfte.

»Keine Selbstmörderin«, sagte die Kommissarin und Bär nickte.

»Nein. Neuanfang mit neuer Liebe, wo soll da der Gedanke an Suizid herkommen?« Bärs Blick wanderte herum. »Schön hier. Ich habe mich mal ein bisschen umgeschaut. Kein Handy, kein Laptop. Sie ist Journalistin. Wo ist ihr Handwerkszeug?«

»Denkst du, was ich denke?«, fragte Rosenthal.

»Yup! Hier war vor uns jemand.«

»Vielleicht unsere Freunde von der Merianstraße.« Sie meinte die Mitarbeiter des in Köln ansässigen Bundesamts für Verfassungsschutz.

»Ich schau mir mal die Eingangstür an, ob ich Spuren entdecke«, schlug Bär vor und ließ seinen Blick schweifen. »Und die Terrassentür.« Er deutete auf eine Glastür, die mit speziellen Steckzapfen gesichert war. »Ich mache mir nicht allzu große Hoffnung. Die arbeiten sauber.«

»Oder hatten den Schlüssel«, überlegte Rosenthal. »Ist so eine Idee.«

Rosenthal betrat das Schlafzimmer, stöberte durch den Einbauschrank, in dem eine übersichtliche Anzahl an Kleidungsstücken untergebracht war: Jeans, Blazer, Blusen, sechs Paar Turnschuhe in unterschiedlichen Farben, alles sportlich, Arbeitsoutfits, keine elegante Abendgarderobe. Das circa 1,60 Meter breite Bett war mit einer gelbgrünkarierten Überdecke ordentlich bezogen.

»Lustig, diese 1,60-Meter-Betten. Single mit Besuchserlaubnis. Wie breit ist dein Bett, Marco?«, fragte Rosenthal den eingefleischten Junggesellen.

»Erwischt! 1,60 Meter«, lachte der Kollege.

Auf dem Nachttisch lag eine Brille, daneben ein Buch. Douglas Murray, *Der Selbstmord Europas*.

Rosenthal blätterte und las die unterstrichenen Zeilen. Sie versuchte, sich in das Denken der Ermordeten hineinzuversetzen. Wenn ein Leser eine Zeile unterstrich, bedeutete sie ihm etwas.

Rosenthal fing an, sich für das Buch zu interessieren.

»Leg dich ins Bett, mach's dir gemütlich und lies ein bisschen«, schlug Bär vor. »Soll ich einen Kaffee bringen? Oder lieber Tee, die Dame?«

Seine Bemerkungen ignorierend, stöberte Rosenthal weiter durch die Seiten. »Hör zu!«, sagte sie: »2005 fragte ein Journalist die parlamentarische Staatssekretärin der schwedischen Regierung und leitende Beamtin für Integrationsfragen, Lise Bergh, ob es sich lohne, die schwedische Kultur zu erhalten. Ihre Antwort lautete: ›Tja, was ist schon schwedische Kultur? Ich denke, damit habe ich die Frage beantwortet.‹ – Das Buch kaufe ich mir«, beschloss Rosenthal und legte es zurück auf seinen Platz. Sie schlug die Bettdecke zurück und fand ein weiteres Buch, einen dicken Schinken in goldener Farbe mit dem passenden Titel *Köln Gold*. Sie schlug die erste Seite auf und las in einem Brief, den offensichtlich ein Schenker beigelegt hatte: »KölnGold – das sind Ideen und Schätze aus Kunst, Kultur und Alltag aus 2.000 Jahren Geschichte und Sammelleidenschaft. Zusammengetragen in dem größten und aufwändigsten Köln-Buch, das es je gab. – Vielleicht inspiriert es Sie bei Ihren Recherchen. Rücken Sie ihnen auf die Pelle, diesen korrupten Arschlöchern. Herzlichst F.S.« Schwungvolle Schrift mit langen Unterlängen, dynamisch. Wer war F.S.? Ein Mann, da war Rosenthal sich sicher. Sprachgebrauch eines Mannes. Ganz bestimmt.

Die Kommissare nahmen sich die beiden anderen Räume vor. Das Zimmer der Tochter war ebenfalls karg möbliert, nur das Nötigste, Bett, Schreibtisch und Schrank. Es wirkte, als ob die Mutter warten wollte, bis das Mädchen selbst Wünsche äußerte. Das Gästezimmer war mit einem Schlafsofa und einem Schreibtisch ausgestattet, diente wohl auch als Arbeitszimmer. Ein paar beschriftete Aktenordner standen in einem Regal: Bankauszüge, Krankenkasse, Steuer. Keine Rechercheunterlagen, ungewöhnlich für eine Journalistin. Woran hatte sie gearbeitet? Sie würden ihrem Büro beim *WDR* einen Besuch abstatten.

»Alles so schön sauber und ordentlich hier«, bewunderte Bär neidvoll die Räume. »Alles picobello.«

»Ob sie eine Putzfrau hat?«, dachte Rosenthal laut nach.

»Finden wir raus«, sagte Bär. »Hoffentlich hat die Putze, wenn es sie denn gibt, nicht einen Schlüssel und gestern ihren Feudel geschwungen. Dann kann die Kriminaltechnik sich die Arbeit hier sparen.«

»Apropos, wann werden die ihre Spurensuche beginnen?«

»Müssten gleich da sein.«

»Sieht in der Wohnung tatsächlich nach der perfekten Raumpflegerin aus. Vielleicht kann ich die übernehmen. Ich suche eine Hilfe. Oder ist die Ruppert pedantisch gewesen?«, überlegte Rosenthal. »Vielleicht ist es auch die Frische des Neubeginns.«

So wie man als Schüler mit seiner Schönschrift ein neues Heft anfing, dachte sie, bis sich spätestens auf der dritten Seite der alte Schlendrian einstellte. Ihre Söhne hatten vor Jahren ein altes Schulheft der Mutter gefunden und es ihr lachend unter die Nase gehalten. Unsere Mutter, die uns gerne zur Ordnung mahnt, hatte ihr Erstgeborener David gespottet. Mit einer neuen Wohnung war es ähnlich, sie hatte selbst gerade das Haus in Bayenthal bezogen, Altes vorher ausgemistet, nichts Überflüssiges durfte über die Schwelle getragen werden. Georg hatte fast einen Nervenzusammenbruch erlitten, als er sich von einer uralten Jacke, die er zehn Jahre nicht vermisst hatte, unter ihrem Druck trennen musste.

»Das ist meine Lieblingsjacke«, jammerte er herzzerreißend, als Theresa das gute Stück in einen Rot-Kreuz-Sack stopfte.

»Ich schenke dir eine neue«, hatte sie rigoros geantwortet und er, wie ein trotziges Kind, sich an die Jacke geklammert und protestiert: »Ich will aber die alte.«

»Jedem Anfang wohnt ein Zauber inne«, hatte sie Hermann Hesse zitiert.

»Es muss das Herz bei jedem Lebensrufe bereit zum Abschied sein und Neubeginne, um sich in Tapferkeit und ohne Trauern in andre, neue Bindungen zu geben.« Mit diesen Worten übergab er ihr die Jacke. Es war schön, mit einem gebildeten und humorvollen Mann verheiratet zu sein.

Jedem Anfang wohnt ein Zauber inne. So hatte es Claudia Ruppert wohl empfunden – und nun war sie tot. Warum?

DER TRAUERNDE WITWER

Getrennt, geschieden, was auch immer – Stefan Ruppert war in tiefer Trauer, darüber gab es keinen Zweifel. Nach 25 Jahren im Job traute sich Rosenthal zu, die echt Verzweifelten von denen mit gut gespielter Zerknirschung zu unterscheiden. Zugegeben, auf den ein oder anderen begabten Schauspieler war sie hereingefallen, und letztlich waren Politiker nichts anderes als Schauspieler, aber so elend wie Stefan Ruppert konnte man gespielt nur aussehen nach stundenlangem Bemühen einer genialen Maskenbildnerin. Der Mann war fertig.

Ruppert hatte ein markantes Gesicht, kurze grau melierte Haare, dunkle Augen, die unsicher herumirrten, was Rosenthal bei einem gestandenen Karrieristen erstaunte. Sein fülliger Körper strafte das kantige Gesicht Lügen. Vielleicht war er einst ein durchtrainierter Mann gewesen, aber er hatte für 30 Jahre Sitzfleisch in Hinter- und später Vorderzimmern Tribut zahlen müssen. Zu viele schnelle Burger zwischen den Sitzungen, zu viele Dienstessen.

»Wie geht es Ihrer Tochter?«, fragte Rosenthal nach den üblichen Beileidsbekundungen. Sie hatte das alles selbst einmal durchgemacht, den Tod ihres zweiten Mannes, die Trauer der beiden gemeinsamen Kinder.

»Luise ist in England, sie ist über Ostern nicht nach Hause gekommen, Prüfungen et cetera.« Was er mit et cetera meinte, fragte Rosenthal vorerst nicht nach. Ruppert strich sich über das Gesicht, als wische er Tränen ab. Als er die Hand sinken ließ, sah Rosenthal zwei trockene, leere Augen. »Jetzt erhält sie natürlich eine Sondergenehmigung. Luise reist morgen an. Ich habe ihr einen Flug gebucht.« Er verstummte. »Armes Kind«, fügte er nach einer langen Pause und einem tiefen Seufzer hinzu. Er wirkte hilflos.

Ruppert war am Spätnachmittag mit *Eurowings* am Flughafen Köln-Bonn gelandet. Kommissar Bär hatte dem Staatssekretär einen Wagen geschickt, der ihn direkt ins Polizeipräsidium am Walter-Pauli-Ring in Köln-Kalk gebracht hatte.

»Herr Ruppert«, übernahm Marco Bär das Gespräch. »Haben Sie irgendeine Idee, wie es zu dem Tod Ihrer Frau gekommen ist?« Bär hielt sich bewusst zurück in der nicht geklärten Frage, ob es sich um Suizid oder Mord handelte.

»Ich habe kaum Informationen«, sagte Ruppert. »Sie ist im Park gefunden worden, bekam ich gesagt.«

»Sie leben getrennt?«, überraschte Rosenthal den Befragten.

»Zurzeit, beruflich, Claudia ist, war ...« Der Mann mochte ein Profi auf dem politischen Parkett sein, im Bereich des Emotionalen stellte er sich weniger geschickt an. Nun ja, er hatte gerade erst vom Tod seiner Frau erfahren, das hielt Rosenthal ihm zugute, aber offensichtlich hatte er Probleme, die Trennung zuzugeben. Verlassen zu werden, passte nicht in sein Selbstbild. Das hatte er gemeinsam mit vielen anderen Männern. Manche stalkten ihre Frauen, manche mobbten sie. Ermordungen kamen ebenfalls vor, aber eher selten. Ruppert warf ein paar Nebelkerzen.

»Claudia hatte ein gutes Angebot vom *WDR*, und ich kann nicht weg von Berlin, sodass sie erst einmal allein ...«

Er beendete den Satz nicht, schaute hilflos auf die Kommissarin. »Sie wissen, wie das ist.«

»Wie ist das, Herr Ruppert?«

»Unsere Berufe, man sieht sich selten, da gibt es schon mal Probleme.«

»Wann genau haben Sie Ihre Frau zuletzt gesehen?«

»Ja, wann genau, vor sechs Wochen, vielleicht zwei Monaten.«

»Das ist lange her. Wo war das?«

»Sie war in Berlin.«

»Einfach so oder gab es einen bestimmten Grund?«

»Sie hat ein paar persönliche Sachen aus unserem gemeinsamen Haus geholt«, gab Ruppert stockend zu. Der Verlauf des Gesprächs widerstrebte ihm sichtlich. Er fühlte sich unwohl in seiner Haut, was sich durch ein eigenartiges Zucken in der Schultergegend bemerkbar machte, als müsse er sich ständig neu in seinen Anzug hineinsortieren. Rosenthal wunderte sich, wie ein solcher Typ es bis zum Staatssekretär gebracht hatte. Und sie überlegte, was eine Frau wie Claudia Ruppert einst an diesem Mann angezogen hatte. Offensichtlich hatte die Journalistin ihren Fehler erkannt. Rosenthal war nicht diejenige, die den ersten Stein warf. Ihre erste Ehe war eine ebensolche Fehlentscheidung gewesen. Die zweite nicht, die wurde durch den Tod beendet.

»Und Ihr letzter telefonischer Kontakt?«, bohrte die Kommissarin weiter.

Ruppert war offensichtlich froh, endlich eine, aus seiner Sicht, positive Antwort geben zu können. Seine Gesichtszüge entspannten sich.

»Wir telefonieren häufig«, gab er bekannt. »Wegen unserer Tochter. Und auch sonst«, fügte er hinzu.

»Das war zuletzt?«, fragte Rosenthal.

»Zuletzt am Donnerstag, irgendwann im Laufe des Tages. Zwischen zwei Sitzungen. Wollen Sie das jetzt genau wissen?«

»So ungefähr würde uns reichen«, sagte Bär jovial.

»Um die Mittagszeit herum.«

»Was war der Inhalt des Gesprächs?«, fragte Bär nach. Er wusste, dass es die Details waren, mit denen ein möglicher Täter im Verlauf der Untersuchung durcheinandergeriet, obwohl er Ruppert zu diesem Zeitpunkt nicht als Schuldigen betrachtete. Dazu war es zu früh, aber neben dem Gärtner gehörten gehörnte Ehemänner durchaus zu den Tatverdächtigen.

»Dies und das, sicher über unsere Tochter und die Probleme wegen der Schule in England«, erinnerte sich Ruppert. »Probleme an den Flughäfen, Verspätungen, alles schwierig zurzeit.«

»Wie stehen Sie eigentlich zu dem Liebhaber Ihrer Frau?« Überraschungsangriffe waren Rosenthals Spezialität, und dieser war ein Volltreffer. Dass sie so kurz nach der Tat bereits über die Beziehung seiner Ehefrau zu Sandro Farinesi im Bilde waren, traf Ruppert wie ein Faustschlag mitten in die Magengrube. Wie ein Boxer nach einem Knock-out-Punch sackte er auf seinem Stuhl zusammen und begann erneut, sich nervös in seine Jacke hineinzuwinden. Endlich raffte er sich auf.

»Ich habe gerade meine Frau verloren und Sie behandeln mich hier wie einen Verdächtigen«, donnerte er los. Rosenthal hatte damit gerechnet, eigentlich darauf gewartet, dass er Zähne zeigen würde.

»Es reicht«, brüllte der Staatssekretär. »Sie können sich vorstellen, dass ich in meinem Amt Beziehungen zu den entsprechenden Organen habe. Das hier wird nicht folgenlos bleiben.«

Hauptkommissarin Rosenthal war nicht sehr beeindruckt. Solche Drohungen kannte sie. Sie gehörten zu ihrem Job. Ruppert war nicht Abgeordneter und besaß keine Immunität.

»Herr Staatssekretär«, fuhr Rosenthal fort. »Kennen Sie den Grafen Farinesi?«

»Ja, und mehr erfahren Sie von mir nicht.« Ruppert stand auf, griff nach seiner Reisetasche und machte sich zum Gehen bereit.

»Wo werden Sie wohnen?«, fragte Bär. »Es könnte sein, dass Sie mit Ihrer Tochter in der Wohnung Ihrer Frau … Verzeihen Sie, dann müssten Sie uns ein paar Fingerabdrücke hinterlassen, damit wir, das verstehen Sie?« Marco war verunsichert, merkte Rosenthal. Sie half ihm.

»Die Kriminaltechnik kann sofort hier sein.«

Ruppert stimmte mürrisch zu, stellte seine Reisetasche ab und meinte, es mache wohl Sinn, in der Wohnung zu übernachten, auch wegen der Tochter. Während der Kollege von der KTU seine Routine verrichtete, nutzte Rosenthal die Gelegenheit: »Eine Frage noch, Herr Staatssekretär.« Die Kommissarin ließ den »Staatssekretär« jedes Mal genüsslich auf ihrer Zunge zergehen. Je ruppiger der Gegner wurde, desto förmlicher reagierte sie. In Sachen Formen machte ihr keiner etwas vor. Sie war damit aufgewachsen. Sie bedankte sich im Stillen bei ihrer sonst wenig geliebten Mutter.

»Wo waren Sie am Donnerstagabend?«, fragte Rosenthal. »Sagen wir mal so zwischen 20 und 22 Uhr?«

»In Berlin. Und ich nenne Ihnen gern meinen Gesprächspartner: Herr Soldeck vom Bundesamt für Verfassungsschutz, Sondereinheit *Diversity Control*. Wir brauchen Lösungen für die Kultureinrichtungen, audience development«, fügte er überheblich hinzu.

In der Kulturszene sprach man nur noch Englisch, fiel Rosenthal auf. Während die sogenannten Kulturschaffenden prahlten, sie lockten breite Bevölkerungsschichten in die Museen und Theater, drückten sie sich immer unverständlicher aus. Und Englisch klang natürlich wichtig.

»Die Besucherzahlen in den Theatern und Museen sind nicht auf dem Stand, den wir uns wünschen. Wir brauchen auch content control. Schon gehört? Wir müssen aufpassen, dass die schnell anwachsende Rechte nicht in die Kulturszene eindringt.«

Rosenthal runzelte die Stirn. Ihr war nicht bewusst, dass die Dienste mit ihren langen Fingern jetzt auch in der Kulturszene herumfummelten.

Der Staatssekretär gewann an Sicherheit, sobald er sich auf eigenem Terrain bewegte. »Wichtiges Thema – *Diversity Control*. Soldeck, wichtiger Mann – prüfen Sie das gern nach.«

Wow, dachte Rosenthal, Sondereinheit ›Diversity Control‹, so was gab es, sie hatte bisher nichts von der Truppe gehört. Ruppert zog sein Handy aus der Tasche und schrieb ihnen eine Telefonnummer auf, danach drehte er sich zackig zur Tür, zuckte im Oberkörper und verließ grußlos den Raum.

»Das riecht nach Problemen«, sagte Bär ein wenig besorgt. »Ich tippe auf einen Anruf mindestens vom Polizeipräsidenten innerhalb der nächsten zwei Stunden.«

»Ich wette nicht dagegen«, sagte Rosenthal. Es war nicht das erste Mal, dass sie Druck von oben bekam. Polizeiarbeit wurde kniffliger. Ermittelten sie in Sachen Clankriminalität, kamen sie in den Rassismusverdacht. Bei Kontrollen in der Drogenszene am Ebertplatz wurde ihnen Racial Profiling vorgeworfen, obwohl es nicht wirklich Sinn machte, eine kölsche Oma mit Rollator nach Drogen zu durchsuchen.

Marco riss sie aus ihren Gedanken. »Der hatte sein Alibi schnell parat. Mundgerecht serviert.«

»Mmmh.«

»Wie meinen?« Er wusste, dass die Kollegin manchmal in ihre Gedanken abtauchte. In letzter Zeit häufiger. Oft rückte sie danach mit einer guten Idee heraus.

»Du hast recht, check es halt mit allen Details und danach durchsuchen wir Claudia Rupperts Arbeitsplatz beim *WDR*.«

Bereits am Samstagabend erfuhren sie, dass Stefan Rupperts Alibi wasserdicht war. Karsten Soldeck, Abteilungsleiter beim Verfassungsschutz, machte auf ganz präzise, blätterte hörbar in seinem Terminkalender, wer hatte denn noch einen papierenen Terminkalender. Soldeck schien tatsächlich ein solches Ding zu besitzen. Er räusperte sich so laut, dass Bär den Hörer auf einen halben Meter Abstand hielt.

»Jaa«, sagte Herr Soldeck lang gedehnt. »Das ist richtig, Termin am Donnerstag, 18 Uhr, in Herrn Rupperts Büro. Wir hatten viel zu besprechen, das ging bis tief in den Abend.«

»Und da sind Sie ganz sicher?«, hakte Bär nach.

»18 Uhr, da beißt die Maus keinen Faden ab«, bekräftigte Soldeck.

Mein Gott, wer quatscht denn so daher, dachte Bär kopfschüttelnd. »Gut, gut«, verabschiedete er sich. »Wenn da die Maus keinen Faden abbeißt, notiere ich das hier mal so. Danke, Herr Soldeck. Dann ist ja alles in Butter.« Bär grinste. Sollte er sich ruhig ein bisschen verarscht fühlen, der Herr von der Sondereinheit »Diversity Control« und seiner fadenbeißenden Maus.

Bombensicheres Alibi, vom Verfassungsschutz mundgerecht serviert. Keine weiteren Zeugen, warum auch, wenn man einen Verfassungsschützer präsentieren konnte. Fehlte die Information, mit welcher Biersorte sie sich bei diesem Treffen zugeprostet hatten.

Den *WDR*-Besuch sparten sie sich vorerst. Claudia Ruppert habe zurzeit keinen Arbeitsplatz beim Sender, wurde ihnen vom Leiter der Redaktion Innenpolitik am Telefon mitgeteilt. Homeoffice, erklärte er knapp. Sie hätten hauptsächlich per Telefon und online verkehrt. Das Büro sollte erst eingerichtet werden. Frau Ruppert sei gerade von Berlin übergesiedelt und hätte sich ein paar Tage frei genommen für ihren Umzug.

Aber wo war ihr Computer abgeblieben?

ERFOLGREICHE
FEHLKONSTRUKTION

Selbst nach über 20 Dienstjahren wunderte sich Kommissarin Rosenthal jedes Mal neu, wie viele Verdächtige es bei einem Mordfall gab. So viele Verwerfungen in Familien, im Berufsumfeld, im Freundeskreis, so viele Motive. Der Glaube an die Menschheit ging ihr mit jedem Jahr im Job mehr verloren. So viel Hass, Neid, Eifersucht, so wenig Zuneigung und Liebe. Der Mensch, eine erfolgreiche Fehlkonstruktion, dachte sie traurig. Erfolgreich, weil er sich als Spezies durchgesetzt hatte; Fehlkonstruktion lag auf der Hand. Ich brauche ein Sabbatical, beschloss sie. Ich will nicht zu einem dieser trostlosen Pessimisten werden. Alle machten jetzt Sabbatical, putzten Elefantenpos in Afrika ab, pflanzten Bäume im brasilianischen Dschungel, liefen in 40 Tagen um die Welt oder schwammen sie? Die bewegten Deutschen retteten Straßenhunde aus Rumänien und schickten sie in Köln zum Psychotherapeuten, aber die Nachbarin im Nebenhaus verging vor Einsamkeit.

Der Gedanke, dass der Mensch eine Fehlkonstruktion sei, beschlich sie erneut beim Gespräch mit den Brüdern Adrian und Boris von Heiden. Die Kollegin Eva Burrenscheidt, die jüngste im Kommissariat, hatte ordentliche Recherchearbeit geleistet und herausgefunden, dass Claudia Ruppert eine geborene von Heiden war. Ein großer Name in Köln, Bankiers seit 1793. In der Wirtschaftskrise 2009 war das Bankhaus ins Trudeln geraten und von einer britischen Großbank geschluckt worden. Was war geschehen, warum hatten die Inhaber es mit über 200 Jahren Erfahrung im Rücken nicht geschafft, den Laden durch stürmische Gewässer zu steuern?

Es gab keinen Grund, die Brüder vorzuladen, deshalb besuchten die Kommissare sie am Dienstag nach Ostern in ihren repräsentativen Eigenheimen. Es war etwas übrig geblieben von dem gewaltigen Familienvermögen. Beide Brüder hatten das Kölner Pflaster verlassen, wahrscheinlich aus Scham über ihre Unfähigkeit, das Bankhaus im Familienbesitz zu halten. Adrian war nach Mettmann gezogen, eine Kreisstadt im Speckgürtel von Düsseldorf. Vielleicht hatten es ihm die Neandertaler angetan, die dort ein paar Jährchen zuvor siedelten.

»Direkt bei den Neandertalern«, sagte Eva Burrenscheidt, als sie den Kollegen erklärte, wo sie Adrian von Heiden finden würden. Als Marco Bär irritiert schaute, erklärte sie: »Ist was her. Du kannst etwas für deine Bildung tun, Marco, und bei der Gelegenheit das Neandertal-Museum besuchen«, neckte sie den Kollegen, den sie eher der Bodybuilder-Fraktion zuordnete. »Ah, schade!«, rief sie mit Blick auf den Bildschirm. »Heute leider geschlossen.«

»Haben die Neandertaler Ausgang, oder was? Fünftagewoche?«, sinnierte Rosenthal. »Frau Burrenscheidt, am besten kommen Sie mit zu Adrian, Sie haben sich ja bereits in die Thematik eingearbeitet.«

Eva Burrenscheidt war ein üppiges Vollweib mit blonden langen Haaren, ihre Jeans saß knackig, die Bluse auch, deshalb nahm Theresa Rosenthal sie manchmal gezielt zu Befragungen von Herren mit. Davon durfte die Genderbeauftragte in der Personalabteilung keinen Wind bekommen oder saß die im Innenministerium? Im Zweifel saßen sie überall und bewachten den Gender-Gap. Eva Burrenscheidt störte es nicht, wenn sie mit ihren Reizen kokettieren sollte. Sie lachte darüber. Macht mir das Leben leichter, sagte sie und lächelte mit ihren verschmitzten blauen Augen – why not? Rosenthal schmunzelte. Mit Anfang 30 hatte sie genauso gedacht.

»Und ich kümmere mich mal um deinen Conte«, schlug Bär vor. Er zog Rosenthal gern mit ihren Verbindungen in die Welt des Adels auf. »Ich habe da was gefunden. Eine merkwürdige alte Geschichte in Berlin. Tod einer Frau, die dem damaligen Kanzler nahestand. Der Conte war in die Sache verwickelt. Und nun wieder eine ermordete Frau in seinem Umfeld. Bisschen viele Zufälle, oder?«

VIEL SÜSSHOLZ UND VIEL
»JA UND NEIN«

Adrian von Heiden war ein geschwätziger Süßholzraspler, dessen Charme sich im fortgeschrittenen Alter abgenutzt hatte, da er aus Faulheit oder Fantasielosigkeit gern dieselben Floskeln recycelte. Das fiel selbst den weniger hellen Frauen in seinem Umfeld nach einiger Zeit auf. Adrian suchte sich deshalb im Schnitt nach fünf Ehejahren eine neue Partnerin, um sein angekratztes Selbstbewusstsein aufzupolieren. Er legte sich jedes Mal eine Erklärung zurecht, warum die derzeitige Ehefrau, die er beim Kennenlernen mit Euphorie umschwärmt hatte, nun seinen Ansprüchen nicht mehr genügte. Solange seine Mutter lebte, hatte sie ihm Rückendeckung gegeben. Für ihn war ihr früher Tod deshalb ein Schock gewesen. Den Vater, der das Auto gesteuert hatte, in dem die Eltern bei einem Unfall starben, vermisste er weniger. Sein Erzeuger war ein Big Boss gewesen, ein genialer Banker und Netzwerker. Unter seiner Ägide prosperierte das alte Bankhaus. Er gab seinen Söhnen das Gefühl, Versager zu sein. Stolz präsentierte der Vater einst Claudia als die geborene Bankerin, die in seine Fußstapfen treten sollte. Der Senior hatte mit seinem frühen Tod nicht gerechnet und deshalb Adrian und Boris nicht von der Nachfolge ausgeschlossen.

Mit ihrem Schachzug, die junge Burrenscheidt bei diesem Termin einzusetzen, lag Rosenthal genau richtig.

»Ich wusste gar nicht, dass sie jetzt Models bei der Polizei beschäftigen«, sagte Adrian von Heiden bei Evas Begrüßung und packte sein charmantestes Altherrenlächeln aus. Na gut, er hatte die 50 weit hinter sich gelassen, aber da hatte man als gut situierter Mann Chancen in allen Altersklassen und Adrian sah nicht übel aus. Schlank, hoch aufgewachsen und braun gebrannt wirkte er bei der ersten Begegnung attraktiv. Die grauen Haare waren etwas lang.

»Herr von Heiden, Sie schmeicheln mir«, ging Eva auf das Spielchen des Playboys ein. »Aber für die Modelkarriere müsste ich zehn Kilo abnehmen.«

»Um wie all diese Kleiderständer auszusehen, um Gottes willen«, tat er entsetzt. »Bleiben Sie, wie Sie sind. Alles perfekt.« Er zeichnete mit seiner Hand ihre Kurven in der Luft nach. »Kann ich den Damen etwas anbieten?«, wandte er sich an Theresa Rosenthal, die für diesen Termin in ihre High Heels geschlüpft war. Die Absätze hoben die Kommissarin fast auf Augenhöhe mit dem Bankierssohn, was ihn zu beklemmen schien. Genau dafür brachte sie die Dinger zum Einsatz.

Das Gespräch war bis zu diesem Zeitpunkt launig verlaufen. Rosenthal gewann den Eindruck, dass Herr von Heiden nicht in tiefe Trauer über den Tod seiner Schwester versank.

Zum Thema angesprochen, verlieh er seinen Gesichtszügen, wie ein schlechter Schauspieler, umgehend einen schmerzvollen Ausdruck. »Ach, die Claudi«, ächzte er. »Immer auf Krawall gebürstet. Und nun dieses Ende. Es ist tragisch, aber nicht vollkommen überraschend.«

»Nein, wirklich«, spielte Rosenthal die Erstaunte. »Darf ich fragen, wieso Sie das nicht überrascht?«

Adrian von Heiden merkte, dass er zu forsch vorgeprescht war, und ruderte zurück. »Ja, nein, erwartet habe ich ihren Tod natürlich nicht, vor allem nicht auf diese Weise. Claudia war bereits in der Kindheit ein Querkopf, heutzutage sagt man wohl Querdenker.«

»Wie war denn der Kontakt zu Ihrer Schwester? Sahen Sie sich häufig?«

»Ja, nein, nicht so oft«, zögerte Herr von Heiden mit seiner Antwort. Er sagte ziemlich oft »ja, nein« fand Rosenthal. Wahrscheinlich war ihm deshalb die Bank abhandengekommen. Einmal zu häufig »ja, nein« und schwupp flutschte das elegante alte Bankhaus ihm durch die Finger.

»Sie sind altersmäßig ziemlich weit auseinander«, half ihm die junge Burrenscheidt und packte ihr nettestes Lächeln aus. »Eine kleine Schwester, zwölf Jahre jünger, da sind Sie im Grunde nicht zusammen aufgewachsen. Wann haben Sie Ihre Schwester denn zuletzt gesehen?«

»Ja, wann habe ich sie zuletzt gesehen?« Entweder Heiden wollte Zeit schinden oder er wusste tatsächlich keine präzise Antwort, was möglich war, denn nachdem er sich einige Zeit zum Nachrechnen gönnte, kam er auf zwei, drei Jahre seit der letzten Begegnung.

»Können es auch vier gewesen sein?«, lächelte Burrenscheidt.

»Nein, ja«, änderte er jetzt die Reihenfolge und schüttelte den Kopf, als ob er es selbst nicht glauben könne. »In meinem fortgeschrittenen Alter verliert man jedes Zeitgefühl, nicht wahr? Geht es Ihnen nicht genauso?«, wandte er sich an Rosenthal.

Das war nicht ganz falsch, stimmte die Kommissarin ihm insgeheim zu, verstand aber auch den Seitenhieb. Sie nahm es sportlich.

»Was war der Anlass Ihrer Zusammenkunft?«, fragte Burrenscheidt weiter und Rosenthal ließ sie machen. Mit ihrem unkomplizierten Sexappeal konnte Heiden umgehen. Rosenthals Attraktivität war etwas für erwachsene Männer.

»Der Anlass«, seine Zähigkeit fing an zu nerven. »Familienangelegenheiten, nehme ich an.«

»Erbschaftsdinge?«, fragte Eva Burrenscheidt, und Rosenthal beobachtete, wie Adrian von Heiden zusammenzuckte. Aha, Erbschaftsstreit, dachte sie. Schönes Mordmotiv.

»Gab es hinsichtlich dieses Themas Probleme?«, schritt Rosenthal ein.

»Ja, nein, mit Erbschaften gibt es meist Probleme, nichts Gravierendes. Wann wird sie beerdigt?«, lenkte Herr von Heiden von dem ihm sichtlich unangenehmen Thema ab.

»Wir geben den Leichnam diese Woche frei«, erklärte Rosenthal. »Wer wird sich um die Formalitäten kümmern?«

»Ihr Mann, nehme ich an.«

»Der von Ihrer Schwester getrennt lebende oder ein anderer?« Es interessierte Rosenthal, wie weit er über die Lebenssituation der Ermordeten informiert war.

»Stefan Ruppert, denke ich. Wer sonst kommt in Frage? Luise ist etwas jung.«

»Kennen Sie Sandro Farinesi?«, fragte Kommissarin Rosenthal unvermittelt.

»Muss ich?«

»Er ist der neue Lebensgefährte Ihrer Schwester – gewesen.«

»Ach, herrje!«, rutschte es ihm unvermittelt heraus. »Entschuldigen Sie, aber dieser Ruppert war eher eine Mesalliance.«

»Immerhin ein Staatssekretär«, gab Eva Burrenscheidt zu bedenken.

Wenn die junge Kommissarin sprach, lächelte Herr von Heiden sofort, blinzelte ihr zu und sagte verschmitzt: »Aber ein Sozialist.«

»Sozialdemokrat«, verbesserte Rosenthal.

Adrian machte eine wegwerfende Handbewegung, als ob das keinen Unterschied für ihn mache.

»Und den neuen kennen Sie nicht, den Conte Farinesi?«, hakte Rosenthal nach.

»Ah, ein Conte, ist ein gewisses Upgrade, auch wenn er Italiener ist. Er ist doch Italiener? Klingt zumindest so«, wollte Heiden wissen. Offensichtlich war Farinesi ihm nicht bekannt oder er tat so.

»Ja, Italiener«, bestätigte Rosenthal.

»Werden Sie bei der Beerdigung dabei sein?«, wandte sich Adrian Heiden an Burrenscheidt.

»Wenn wir den Mörder bis dahin nicht dingfest gemacht haben«, antwortete sie.

»Wenn Sie mich festnehmen, gestehe ich vielleicht«, kokettierte er.

»Guter Anlass, Sie nach Ihrem Alibi für den Donnerstagabend zu fragen, 22 Uhr herum.« Burrenscheidt schaute ihn lächelnd an.

»Um die Zeit schläft man in meinem Alter meist tief und fest«, kokettierte er. »Wo soll man hin am Abend? Klasse Party? Schickes Restaurant? Disco? Mit einer netten jungen Begleitung wäre das natürlich etwas anderes.« Er lächelte Eva Burrenscheidt flirtiv zu.

»Und keiner bei Ihnen?«, hakte die junge Kommissarin nach. Rosenthal ließ sie machen.

»Meine Frau weilt in unserem Haus auf Mallorca. Und

ich hatte an dem Abend keine schöne Geliebte, die mich darüber hinwegtröstete. Leider«, schmunzelte der Ex-Banker auf eine Art, die er wohl für verwegen hielt.

Rosenthal überlegte, ob Adrian von Heiden den dümmlichen Charmeur spielte, damit man ihn unterschätzte. Das waren die gefährlichsten Gegner. Sie war auf der Hut. Er hatte kein Alibi.

DIE UNGLEICHEN BRÜDER

Ob die beiden Heiden-Brüder von demselben Elternpaar abstammten, hätte ein Gentest mit fast 100-prozentiger Sicherheit nachweisen können. Kommissarin Rosenthal traute sich auf den ersten Blick eine Festlegung im 90-prozentigen Bereich zu. Entweder war Boris adoptiert worden oder Mama Heiden hatte den Gärtner in ihr Bett gelassen, vielleicht auch den Koch oder Stallburschen. Boris war kräftig, untersetzt, mit groben Gesichtszügen, die eine gewisse Schläue verrieten. Warum er das Bankhaus damit nicht hatte retten können, fanden sie im Gespräch schnell heraus. Boris fehlte die soziale Kompetenz, wie man heutzutage gern sagte. Keine emotionale Intelligenz.

Boris hatte sich aufs Land zurückgezogen. Sein Besitz in der Eifel war nicht weit von der Bezeichnung Herrenhaus entfernt, mit Pferdeställen und Hundezwinger. Ein riesiges schwarzes Vieh mit schlabbernden Lefzen trottete an seiner Seite, als er die beiden Kommissarinnen die Auffahrt zum Haus hinaufführte. Rosenthal sparte sich die Nachfrage, um was für eine Rasse es sich bei dem kalbähnlichen Tier handelte. Sie hatte nicht den Eindruck, dass sie Boris von Heiden damit besänftigen könne. Der Hausherr schritt kräftig aus. Rosenthal balancierte auf ihren Stöckelschuhen hinterher, sich selbst für die Wahl dieses Schuhwerks verfluchend. Die spitzen Absätze blieben mehrfach in den Ritzen des Kopfsteinpflasters stecken. Eva Burrenscheidt trug Turnschuhe und tat sich leichter, wollte ihre Chefin aber nicht im Stich lassen.

»Nennt man das Geschlabber Lefzen?«, flüsterte Rosenthal und deutete auf ihren Mundbereich.

»Was meinen Sie, bei ihm oder bei dem Hund?«, grinste Eva frech.

»Ich hoffe, dass ich für dieses Gespräch keinen Anwalt brauche«, brummte Herrchen, am Hauseingang wartend, vor sich hin.

Rosenthal verstand das nicht als eine Frage und fühlte sich deshalb nicht genötigt zu antworten. Der Hausherr geleitete die Kommissarinnen in einen großen Wohnraum, der mit Antiquitäten vollgestopft war. Die Gemälde an den Wänden stellten hauptsächlich Jagdszenen dar. Es gab ein paar Ölschinken, auf denen, wahrscheinlich preisgekrönte Pferde Modell gestanden hatten. Rosenthal überlegte, ob sie Boris danach fragen sollte, um ihn ein bisschen sanfter zu stimmen, kam jedoch zu dem Schluss, dass es vergebliche Liebesmüh sei. Der alte, sicher wertvolle Plunder, was an sich ein Widerspruch war, gab dem Raum eine erdrückende Atmosphäre.

»Und, waren Sie schon bei meinem Bruder?«, wollte Boris von Heiden wissen. Alles, was er hinausblubberte, klang wie ein Vorwurf oder eine Anschuldigung.

Dann haben die Brüder untereinander keinen Kontakt, schloss Rosenthal haarscharf.

»Wir haben ihn bereits befragt«, antwortete Eva Burrenscheidt.

»Ah, Sie haben ihn bereits befragt«, wiederholte Heiden süffisant. »Sie sind genau die Richtige, sein Typ, hat er Ihnen den Hof gemacht?«

Burrenscheidt ließ sich nicht beeindrucken. »Wie stehen Sie zu ihm?«, fragte sie in sachlichem Ton.

»Wir können uns nicht leiden.« Boris war offensichtlich kein Mann der großen Umschweife. »Wir konnten uns nie leiden«, fügte er hinzu. »Adrian ist ein Schönredner und ein Hasardeur. Mit seiner Süßholzraspelei hat er bereits unsere Mutter eingewickelt«, fügte er hinzu. »Und seine Ehefrauen, wie viele sind es gleich? Es dauert meist etwas, bis die Frauen merken, was für eine hohle Nuss er ist.«

»Und Sie sind glücklich mit der ersten?«, fragte Rosenthal.

Boris schnaufte statt einer Antwort und kommentierte das Geräusch mit der Bemerkung: »Wir Heidens sind nicht für die Ehe geschaffen.«

»Und Ihre Schwester, wie standen Sie zu ihr?« Rosenthal nahm Boris hart ins Visier. Sie überragte ihren Gesprächspartner um ein paar Zentimeter und gratulierte sich insgeheim zur Wahl der hochhackigen Pumps. Trotz des wackeligen Angangs über den Hof des Herrenhauses. Boris war genau der Mann, für den sie sich mit den Dingern herumquälte. Er fühlte sich unwohl mit einer Frau, die auf ihn hinunterschaute, selbst wenn es nur um ein paar Zentimeter ging. Bei den Zentimetern waren Männer empfindlich. Rosenthal schmunzelte über ihren Sexismus mit umgekehrtem Vorzeichen.

»Lang nicht gesehen, die Claudi«, sagte Herr von Heiden. Es war schwer zu erkennen, ob ihm das naheging.

»Und nun ist sie tot«, kommentierte Rosenthal. »Haben Sie eine Idee, wem Ihre Schwester im Wege stand?«

»Sie war ein Querkopf, die stehen natürlich irgendwem im Wege.«

»Ihnen persönlich auch?«, wollte Burrenscheidt wissen.

»Nein, dafür hatten wir genügend Abstand zwischen uns gebracht.«

»So viel nicht«, sagte Rosenthal. »Ihre Schwester hatte den Abstand kürzlich reduziert, als sie nach Köln umzog.«

»Sicher nicht meinetwegen.«

»Und Sie haben sie nicht in der Marienburg besucht, zum Beispiel am Donnerstagabend?«

»Nein, da war ich hier und mein Hausmeister hat mich gesehen, um die Sache mit dem Alibi gleich klarzustellen«, grunzte Boris. »Ja, und Sie dürfen ihn befragen, er wohnt in dem kleinen Pförtnerhäuschen an der Einfahrt. Können wir die Sache beenden?«

»Gern.« Rosenthal blieb freundlich. »Noch eins. Kennen Sie Sandro Farinesi?«

»Müsste ich? Wer ist das?«

»Er war der derzeitige Lebensgefährte Ihrer Schwester.«

»Hat er sie umgebracht?«

»Wir wissen nicht, wer sie ermordet hat«, sagte Rosenthal. »Wir versuchen gerade herauszufinden, wer einen Grund hatte, das zu tun.«

Hausmeister Mevissen bestätigte das Alibi des Herrn von Heiden. Vorerst gab es keinen Grund, die Aussage anzuzweifeln, aber Mevissen war ein Abhängiger. Eifelurgestein. Rosenthal verstand seinen Dialekt kaum. Das bäuerliche Wurzelgesicht und sein schlitzohriges Grinsen waren schwer zu entziffern. Alibi vom Vasallen des Grundherrn bestätigt. Sie behielt das im Hinterkopf. Wahrscheinlich drückte Boris dafür ein Auge zu, wenn der Alte wilderte.

»Nehmen Sie mal den Autounfall der Eltern Heiden unter die Lupe«, beauftragte Rosenthal die junge Kollegin auf der Rückfahrt aus der Eifelidylle. »Schauen Sie, ob es irgendwelche Zweifel gab, ob vielleicht der Gedanke an Sabotage aufgekommen ist. Manchmal drängen Verbrechen aus der Vergangenheit Jahre später ans Tageslicht. Geringe Chance, aber wir sollten das zumindest überprüfen.«

Theresa Rosenthal blickte aus dem Autofenster sehnsuchtsvoll auf die hügelige Landschaft. Sie meinte, fast ein bisschen Toskana-Atmosphäre zu spüren. Vielleicht konnte man vor die Tore der Stadt entfliehen, eine Stunde Fahrt von Köln entfernt lag die von ihr nie genutzte Eifel mit ihrer mal rauen, mal lieblichen Landschaft. Warum erholten sie sich hier nie von dem Großstadtgetümmel? Georg, der Bücherwurm, bekam beim Gedanken ans Wandern Schmerzen in den Beinen. Sie selbst würde es genießen, überlegte sie traurig. Ehe bedeutete Verzicht. Was war mit ihr los? Erst Pandemie, nun der Krieg in der Ukraine – er saugte ihr die letzte Kraft aus den Knochen.

Und jetzt dieser Fall. Sie stocherten im Nebel. Rosenthal mit ihrer langen Erfahrung kannte diese Phase bei den Untersuchungen eines Mordfalls. Irgendwann würden sie beim Stochern auf etwas Brauchbares stoßen. Meistens war es so. Nicht immer. Es gab unaufgeklärte Mordfälle und Todesfälle, die nicht als Mord erkannt wurden. In Deutschland blieben vermutlich zehn bis 15 Prozent der Taten ungelöst. Die wirkliche Zahl war kaum zu ermitteln. Auf die vergangenen 20 Jahre gerechnet, schätzen Statistiker des BKA, gab es 1,2 Mordfälle pro Woche, bei denen die Polizei keinen Täter fasste. Und das wirkliche Drama: Rechtsmediziner hatten vor einigen Jahren in einer Studie festgestellt, dass nur jeder zweite Mord aufgedeckt würde. Aufgedeckt meinte, dass überhaupt bekannt wurde, dass ein Mord geschehen war. Häufig gab es Todesfälle, die auf den ersten Blick nicht nach Mord aussahen. Erst bei einer Obduktion klärte sich der Sachverhalt.

Ein wenig Schlamperei, und im Fall Claudia Ruppert wäre es genauso passiert. Ein bequemer Ermittler, der Drogentod festgestellt hätte. Akte zu. Viel Arbeit erspart.

FED UP

Es war der kälteste April seit Beginn der Zeitrechnung, behauptete der Wachhabende am Eingang des Polizeipräsidiums.

»Das kommt von der Klimaerwärmung, Herr Pütz«, rief Rosenthal ihm beim Verlassen des Polizeipräsidiums zu.

Es regnete, es stürmte, Hagelschauer, sogar Schnee, Nachtfrost und Reif. Selbst der meist gut gelaunte Marco Bär verlor die Geduld. Er war nicht ausgelastet, sein Fitnessstudio hatte nach langem Lockdown zwar wieder geöffnet, aber ihm war die Lust auf das tägliche Bodybuilding vergangen. Seine Muskeln, fand Rosenthal, hingen erschlafft an den Oberarmen. Irgendwie symbolisch, dachte sie. Ein passendes Bild für den Zustand der Gesellschaft. Sie waren alle ausgelaugt vom Kriegsgetrommel, Energieverknappung, Inflation und täglichen Wasserstandsmeldungen zum Thema Klimakatastrophen, normales Wetter gab es nicht mehr.

Volkes Stimme sagte, und Volkes Stimme war für Rosenthal ihre Gemüsehändlerin, und die sagte: »Frau Rosenthal, wer soll dat alles stemmen?«

Rosenthal konnte keine Antwort geben, keinen Trost spenden. »Zwei Mangos, ein Kilo Kartoffeln, fünf Äpfel und etwas Bärlauch«, sagte sie stattdessen.

Georg hatte sich in seinem Büro eingeigelt und schrieb an seinem Buch, der Glückliche, während Rosenthal im Fall Claudia Ruppert nicht vorankam. Sich den Tod eines

Menschen zu wünschen, war keine Straftat, sonst hätte sie einige Verhaftungen vornehmen können. Was war an dieser Frau, dass sie solchen Hass auf sich gezogen hatte. Die Frage stellte Rosenthal dem Grafen Farinesi nach der Beerdigung auf dem Kölner Melaten-Friedhof drei Wochen nach der Mordtat.

»Claudia war ein unabhängiger Geist«, sagte Farinesi. »Das reicht heutzutage als Erklärung, oder?«, fügte er traurig hinzu. »Ich vermisse die Gespräche mit ihr, das Gefühl, mich wenigstens einem Menschen anvertrauen zu können. Wir beide genossen unseren fruchtbaren Gedankenaustausch. Ich bleibe recht einsam zurück.«

Eva Burrenscheidt hatte Farinesis Vergangenheit durchleuchtet. Er war viele Jahre zuvor in eine merkwürdige Affäre verwickelt gewesen, in der es um eine Gräfin Ana Bentlow ging. Sie war bei einem Lawinenunglück ums Leben gekommen. Das war zuerst Futter für die Yellow Press gewesen. Die Sache nahm Fahrt auf, als eine politische Dimension hinzukam, weil Ana Bentlow einem Kanzler nahegestanden hatte. Einige Monate nach ihrem Tod stürzte eben dieser Kanzler über eine Korruptionsaffäre. Er beteuerte seine Unschuld, musste am Ende aber zurücktreten. Farinesi hatte damals in einer Illustrierten einen Artikel veröffentlicht, der von persönlicher Betroffenheit zeugte:

»Schon einmal hat sich der Kanzler in Schweigen gehüllt, als es um den Tod seiner damaligen Geliebten, Ana Gräfin Bentlow, ging. Bis heute sind die Umstände ihres Todes nicht aufgeklärt. Die Polizei hat die Ermittlungen bereits eingestellt, obwohl es zweifelsohne einen mysteriösen Mann gab, der nach Aussagen des Bergführers die Lawine auslöste,

unter der Ana Bentlow den Tod fand. Der Mann verschwand danach spurlos. Obwohl er bis direkt vor ihrem Tod ein intimes Verhältnis zu der Gräfin unterhielt, hörte man vom Kanzler der Bundesregierung nichts in dieser Angelegenheit, nicht mal ein Wort des Bedauerns. Immerhin darf man doch die Frage stellen, wie unbequem ihm die Gräfin geworden war. Nun ist der Kanzler selbst von einer Lawine erdrückt worden.«

Rosenthal sprach den Grafen auf die Affäre an.

»Ich war damals auf demselben Hang wie Ana unterwegs. Sie war mit einem Lehrer auf Tour. Ich war auf Recherche, ihretwegen, wollte erfahren, ob sie sich irgendwo heimlich mit dem Kanzler traf. Ich schrieb in der Zeit für ein Boulevardblatt. Die Spesen waren erheblich angewachsen, ich brauchte die Story. Auf jeden Fall bin ich in der Nähe ihres Unglücksortes einem Mann in einem Schneetarnanzug begegnet. Bis heute bin ich fest davon überzeugt, dass er die Lawine auslöste. Der Skilehrer, der Ana begleitete und überlebte, war übrigens derselben Meinung. Erst viel später, als die Aufregung bei mir abklang, fiel mir ein, dass ich dem Mann im Tarnanzug bereits vorher begegnet war, mitten in Berlin vor Anas Haus. Er hatte mich sogar angesprochen, hielt mir einen dubiosen Ausweis unter die Nase und kontrollierte meine Papiere. Ich bin bis heute überzeugt, dass staatliche Stellen mit ihrem Tod etwas zu tun hatten. Ein paar Wochen nach dem Lawinenunglück wurde der Präsident des Verfassungsschutzes zum Innenminister befördert. Was für ein Zufall – oder? Ich will nicht obsessiv wirken, aber ich habe das Gefühl, dass bei Claudia die Dienste wieder am Werk waren.«

Rosenthal verriet nicht, dass es dafür tatsächlich Anzeichen gab. »Waren Sie denn am Kanzlersturz beteiligt?«, fragte sie.

Farinesi nahm sich Zeit mit der Antwort. »Sagen wir mal so«, begann er vorsichtig, »ich kenne ein paar Leute, die tätig gewesen sind.«

»Geben Sie mir einen Tipp, Graf Farinesi«, drang Rosenthal in ihn. »Sagen Sie mir, woran Claudia Ruppert gearbeitet hat. Ich kann Ihnen nur helfen, wenn Sie mir möglichst viele Informationen zur Verfügung stellen. Und glauben Sie mir, ich will Ihnen wirklich helfen. Und ich will Frau Rupperts Mörder fassen. Das wollen wir sicher beide. Geben Sie mir Informationen, bitte.«

»Nicht hier«, sagte Farinesi und blickte bedeutungsvoll um sich. »Ich wohne bei Ihrer Tante. Sollen wir uns dort heute Abend treffen?«

»Bei Tante Clarissa«, lächelte Rosenthal. »Ich wusste, sie würde einen Narren an Ihnen fressen.«

»Sie ist wunderbar und tröstet mich sehr«, sagte der Graf.

Er verließ den Friedhof allein. Eine einsame Gestalt, die zwischen düsteren Grabsteinen und trostlosen mit Kriechspindel und Haselwurz gedeckten Gräbern davonschlich. Wer hatte Friedhöfen diese düstere Stimmung verordnet? Angeblich waren sie eine Zwischenlagerung für die Körper, während der Geist sich auf den Weg ins strahlende Paradies begab, vielleicht mit kleiner Unterbrechung im Fegefeuer. Mein Verweilen dort könnte länger dauern, überlegte Rosenthal, auf Gotteslästerung stehen sicher hohe Strafen. Komischerweise stimmte der Gedanke sie fröhlich. Ihr Blick fiel auf einen Grabstein mit der Inschrift: *Hier erwartet die Auferstehung – Karl Senner, Pfarrer von St.*

Peter. Karl Senner war 1937 gestorben. Ob er sich durch das Bett aus heimischem Hasenwurz, gemeinem Efeu, Kriech-Wachholder und Heckenmyrte gen Himmel erhoben hatte, grübelte Theresa Rosenthal.

»Ich muss meinem Mann und meinen Söhnen sagen, dass sich mich keinesfalls unter solchen immergrünen Bodendeckern begraben dürfen«, wandte sie sich an Marco Bär, der in respektvollem Abstand zur Trauergemeinde wartete.

»Wie hättest du es denn gern, Frau Rosenthal?« Marco grinste unbeholfen. Er fühlte sich sichtlich unwohl auf dem Friedhofsgelände.

»Ich brauche Luft und Licht. Sie sollen mich ins Meer streuen«, überlegte seine Chefin. »Meer ist gut.«

»Neptun wird sich um dich kümmern«, tröstete Marco. »An den anderen Gott glaubst du ja sowieso nicht.«

»Welchen meinst du, den katholischen?«

»Zum Beispiel.«

»Ich leugne seine Existenz nicht, aber ich glaube, dass er sich einfach nicht für uns interessiert«, sinnierte Theresa. »Nicht sehr. Und im Übrigen passt die arme Claudia Ruppert nicht in diese beklemmende Gräberlandschaft.«

»Die Arme. Wird ermordet in Köln und dann auch noch Melaten.«

»Familiengrab der Heidens, natürlich auf der Millionenallee von Melaten. Der breite Weg quer durch den Friedhof heißt eigentlich Mittelachse, kurz MA, von den Kölnern zur Millionenallee umgetauft. Hier liegt alles, was Rang, Namen und Geld hatte, die Honoratioren der Stadt. Der kölsche Adel, Rangordnung strengstens eingehalten«, erklärte Rosenthal.

»Klasse, da können sie postum weiterklüngeln«, grinste Marco, stellte die Gesichtszüge aber umgehend zurück auf Ernst, um dem Anlass gebührend Respekt zu zollen und weil sich in diesem Moment erste Beerdigungsteilnehmer in Richtung Ausgang bewegten. Die bei manchen für den Anlass aufgesetzten Trauermienen entspannten sich bereits und die Kommissare hörten, dass sich die Gespräche der Vorbeigehenden um Geschäftliches und die nächsten Urlaubsziele drehten.

»Wir reisen übermorgen in den Oman«, verkündete eine, unter der großen Krempe ihres schwarzen Hutes kaum erkennbare Dame. »Golfgepäck steht im Eingang bereit«, ergänzte sie munter, um die Gesichtszüge schnell auf Trauer umzustellen, weil sie bemerkte, dass ihre Fröhlichkeit vor dem Verlassen des Friedhofs verfrüht war.

RHEINJUNKER

Manchmal werden Einbrecher von Hauseigentümern überrascht. Meist eine brenzlige Situation. Gefährlicher ist es, wenn der Einbrecher sich überraschen lassen will. Ob das im Fall von Professor Dr. h.c. Felix Stroebel der Fall war, klärte sich nie ganz. Stroebel, Inhaber eines mittelständischen Hightech-Unternehmens, besaß eine komfortable Villa im Stadtteil Köln-Lindenthal. Fürst-Pückler-Straße. Er lebte allein auf den 220 Quadratmetern. Kind aus dem Haus zum Studium an der RWTH Aachen. Frau auch aus dem Haus. Sie hat einen besseren gefunden, beliebte er lächelnd zuzugeben. Da er mit seiner Arbeit verheiratet war, traf ihn der Verlust nur bedingt. Eigentlich verschmerzte er den Abgang der Gemahlin gut. Irene war eine blonde Schönheit gewesen, als er sie 25 Jahre zuvor heiratete. Ihm hatte ihre Attraktivität geschmeichelt. Im Alter von 50 sah sie blendend aus mit der Unterstützung eines Schönheitschirurgen, an den Felix Stroebel größere Summen überwiesen hatte. Das Aussehen war nicht das Problem in ihrer Beziehung. Irenes in jeder Diskussion mehrfach angebrachte Floskel »wie dem auch sei« weckte irgendwann Mordgedanken in diesem sonst friedlichen Mann. Er hatte mit seinem mathematisch begabten Ingenieursgehirn errechnet, dass seine Frau, bei eher niedrig angesetztem Durchschnittsgebrauch, diese Phrase etwa 50.000 Mal in seiner Gegenwart verwendet hatte. Es war genug und er, wie dem auch sei, nicht unglücklich, dass nun ein anderer übernahm.

Neben dem Fulltime-Job für die Firma trieb Stroebel der Zustand seines Landes um, das Auseinanderdriften linker und rechter Ideologen. In den Graben, der sich auftat, rutschte die Mitte hinein. Gleichzeitig kämpften mehr und mehr Splittergruppen für ihre Partikularinteressen, mit dem ständigen Vorwurf auf den Lippen, sie seien in ihren Gefühlen verletzt. Die Nation der Verletzten. Alle fühlten sich als Opfer. Ein Land von Wimpys, formulierte Stroebel markant, ein Wort, das er aus seiner Studienzeit in den USA mitgebracht hatte und gern in politischen Runden verwendete. Verletzte Wimpys und ihre Identitätspolitik, so wurde das genannt, ein verschwurbelter Begriff, der alles und nichts sagte. Ein grün-linker Mainstream wurde von den Medienmachern gehätschelt. Ich bin selbst grün, aber ich bin ein Grün-Liberaler, sagte Stroebel oft, und das war nicht gelogen. Mit seiner Firma stellte er ein Modul her, das den Energieverbrauch in Haushalten erheblich reduzierte. Außerdem hielt er mehrere Patente im Bercich Solarenergie und Erdwärme. Er war ein pfiffiger Kopf und ein cleverer Unternehmer.

Für ein paar Jahre hatte Stroebel mit einer Aufgabe in der Politik geliebäugelt, womöglich einem Mandat, bis er feststellte, dass in den Parteien, und zwar in allen, nach wie vor das gute alte Prinzip »Aussitzen« herrschte. Die Zeit konnte er als Unternehmer nicht aufbringen. Sein Geld war in den Parteien willkommen, sein Rat nicht. Politiker legten auf Expertise keinen Wert. Er hatte es zuerst bei den Grünen versucht, kurzzeitig mit der FDP geliebäugelt, auch mal bei der CDU hineingeschaut. Andere Menschen, dieselben Mechanismen. Stroebel hatte für so etwas keine Zeit. Er war nicht der Mann aufzugeben. Er war ein Selfmademan, der sein Unternehmen allein auf die

Beine gestellt hatte. Gewohnt, lösungsorientiert zu arbeiten, packte er den Stier bei den Hörnern. Ich lass mir mein Land nicht kaputtmachen, hatte er beim Verband mittelständischer Unternehmer in die Runde gerufen und mit der Faust auf den Tisch geschlagen. Nach der Sitzung waren einige tatkräftige Kollegen auf ihn zugekommen. Wir fangen mit der Öffentlichkeitsarbeit an, sagte Matthias Schenk, Inhaber eines großen Transportunternehmens. Gemeinsam gründeten sie das Online-Forum *Rheinjunker*, für das sie unabhängige Journalisten anwarben. Manche schrieben unter Pseudonym, um nicht mit ihren Brötchengebern in Konflikt zu geraten. Was auf der Plattform veröffentlicht wurde, waren seriös recherchierte Beiträge ohne Haltungsbeigabe. Die Mittelständler spendierten das Geld. Der Stoff für kritischen Journalismus ging nicht aus. Krieg in der Ukraine. Eine von Minderheiten diktierte Identitätspolitik. Wokeness – was immer das bedeutete. Wahrscheinlich alles, was gegen alte weiße Männer polemisierte. Eine Kulturszene, die eine starke Tendenz zu Antisemitismus zeigte, von den sogenannten Kulturschaffenden als Israel-Kritik verbrämt. Stroebel fühlte sich persönlich angegriffen und beleidigt, ohne dass ihm der heutzutage so beliebte Opferstatus zustand. Ich bin ein wehrhafter alter weißer Mann, sagte er oft schmunzelnd, denn anders als seine von Ideologie verblendeten Gegner besaß er Humor und die Fähigkeit, über sich selbst zu lachen.

Stroebel war ein Mann, der alle seine Sinne beisammen hatte. Einer davon rettete ihm wahrscheinlich das Leben. Sein feiner Geruchssinn und seine gute körperliche Verfassung. Stroebel war ein Kerl wie ein Schrank. Während seiner zwei Auslandssemester an einer amerikanischen Universität hatte die Football-Mannschaft ihn begeistert in ihrer Reihe aufgenommen, auch die Baseball-Crew hatte sich um ihn bemüht. Seinen Baseballschläger hatte er als Souvenir mit nach Deutschland genommen. Das gute Stück stand seit Jahren im Schirmständer seines Hauseingangs. Als Stroebel von Claudia Rupperts Tod erfuhr, hatte er sein System auf »alert« geschaltet. Er war überzeugt, dass hinter ihrem Tod mehr steckte, und es hing sicher nicht mit ihrer Arbeit für die Öffentlich-Rechtlichen zusammen.

Der Unternehmer schloss am Abend gegen 22 Uhr seine Haustür auf. Beim Betreten der Eingangshalle nahm Stroebels feine Nase Zigarettenrauch wahr, nicht den einer frisch gequalmten, eher den Geruch der Kleidung eines starken Rauchers. Seine Putzfrau rauchte nicht, also musste ein Fremder in seiner Wohnung gewesen sein oder sich noch dort aufhalten. Ohne das Licht anzuschalten, griff er nach dem Baseballschläger und lauerte im Dunkeln. Auf der Kommode im Eingang lag ein weiteres Erinnerungsstück, ein alter Baseball, nach dem er sachte griff, ohne ein Geräusch zu verursachen. Der Ball fühlte sich gut an in der Hand. Stille. Er schreckte zusammen, als die Eiswürfelmaschine eine neue Ladung in den Container kippte. Wieder Stille. Mikado, dachte Stroebel, wer sich zuerst bewegt, verliert. Wieso war die Alarmanlage nicht angegangen? Wenn hier einer ins Haus eingedrungen war, hätte sie mit ihrem Höllenlärm die gesamte Nachbarschaft wecken müssen. Und die Sicherheitsfirma stände vor der Tür. Anruf auf seinem Handy. Litt er bereits unter Paranoia? Stille. Dann entschloss sich der Eindringling zur Aktion. Der grelle Strahl einer Taschenlampe traf Stroebel. Er duckte sich, als sei er mitten im Match eines Football Games und mit einem gigantischen Adrenalinschub, der dem angegriffenen Tier in Zeiten des Vorholozän verliehen wurde, warf Stroebel gleichzeitig den Baseball in Richtung Scheinwerfer. Der Typ schrie. Treffer, dachte Stroebel. Ein Schuss streifte ihn am Arm. Er merkte den Schmerz kaum. Der Eindringling rannte Richtung Ausgang. Stroebel packte den Baseballschläger und traf den Einbrecher mit voller Wucht in den Rücken. Irgendetwas knackte. Ein Aufjaulen. Der Schlag musste den Fliehenden schwer verletzt haben. Trotzdem schaffte der Mann es hinaus aus der Tür, er rannte humpelnd zum Gartentor und verschwand. Stroebel folgte ihm nicht, weil er vermutete, dass der Einbrecher noch bewaffnet war. Außerdem spürte er einen stechenden Schmerz im Arm. Er knallte die Haustür zu, griff nach seinem Handy und wählte die 110.

»Da hamse wohl verjessen, die Alarmanlage einzuschalten«, war der erste Kommentar des Polizisten, der zehn Minuten nach dem Notruf im Streifenwagen eintraf. Er zeigte auf die an der Außenmauer des Hauses angebrachte Warnlampe, die ihren Job nicht verrichtet hatte. Erst dann sah der Diensthabende, dass Stroebel verletzt war und ein mittlerweile blutdurchtränktes Taschentuch auf die Wunde an seinem linken Arm presste.

»Krankenwagen?«, fragte der Polizist, der sich als Kommissar Mehrbold vorstellte.

»Keine schlechte Idee«, stimmte Stroebel zu, mit Adrenalin im Blut, weshalb er sich weiterhin fit fühlte. »Streifschuss, glaube ich«, sagte er. Beim Football hatte er mehr einstecken müssen.

»ICH KANN AUCH NICHTS DAFÜR«

»Gibt es eigentlich ein Grundrecht auf neue Unterwä-
sche?«, brüllte Theresa Rosenthal. Ihr gingen langsam
die Klamotten aus, insbesondere die Dessous wirkten
mitgenommen. Nicht die Abendgarderobe, davon hing
der Kleiderschrank voll, seit einem Jahr nichts angerührt,
wofür, Abendeinladungen gab es nicht mehr, obwohl die
Pandemie abgesagt war. Das normale gesellschaftliche
Leben hatte sich nicht wieder eingestellt. Und für die
kleine Runde zu dritt brezelte man sich nicht auf.

Theresa gingen langsam die Kleidungsstücke aus, die sie
täglich im Job verschliss. Sie mied die Kölner Innenstadt,
weil der Niedergang der einst schicken Einkaufsstraßen
sie deprimierte. *Hohe Straße*, *Schildergasse* standen unter
Besetzung von Ein-Euro-Läden und Klamottenshops aus
Rudis Resterampe, die von den »flanierenden« Kunden
zur Schau gestellt wurden. Eine Geschäftsstraße wie die
Düsseldorfer »Kö« fand in Köln keinen Anklang mehr.
Die Damen, die etwas auf sich hielten, mussten zwangs-
läufig in die »verbotene Stadt« reisen, wie die Nachbar-
stadt am Rhein von den Kölnern bezeichnet wurde.

Ist die *Hohe Straße* noch so elegant, hatte Theresas
Mutter 20 Jahre zuvor nachgefragt, weil sie einst dort
flaniert war, tatsächlich, Theresas Mutter war flaniert;
ob die heutige Generation überhaupt wusste, was flanie-
ren bedeutete, der Flaneur, ausgestorben, zumindest in

Deutschland ein unbekanntes Wesen. Vielleicht flanierte man noch in Paris?

Für das Treffen mit Farinesi in Tante Clarissas Haus hatte sie eine farbenfrohe Hose anziehen wollen, was die Wahl des Hemdes erschwerte, das weder mit der Hose noch mit der Jacke harmonierte, und im Grunde passte zu allem nicht ihr Gesicht. Zuletzt war ihr ein solches Bekleidungschaos in der Pubertät widerfahren. Georg fand seine Gemahlin weinend in einem Haufen von Kleidungsstücken sitzend.

»Ich mag nicht mehr«, schluchzte sie.

»Was denn?«, fragte er mitleidig.

»Alles!«

Georg nahm seine Frau in den Arm, streichelte ihr sanft über den Rücken und redete mit tröstenden Worten auf sie ein, bis sie sich langsam beruhigte.

»Es gibt ein Grundrecht auf Dessous, oder?«, heulte sie, bereits halb lachend.

»Ja, mein Schatz«, sagte Georg. »Ich werde sofort unseren Anwalt beauftragen. Eine Klage beim Bundesverfassungsgericht ist das Mindeste. Wir schaffen das, durch alle Instanzen.«

»Sag bloß nicht ›Wir schaffen das‹, da werden beklemmende Erinnerungen wach. Wir schaffen gar nichts mehr in diesem Land, nichts kriegen wir gebacken. Bahnen unpünktlich, vor der Post lange Schlangen, Straßen mit Schlaglöchern groß wie Schwimmbäder; in Köln werden wir wohl nie wieder eine Oper am Offenbachplatz sehen; die Baugrube vor dem Rathaus ist ebenfalls ein Jahrhundertprojekt. Und jetzt ziehe ich mir eine Jeans und eine weiße Bluse an und gehe zu Tante Clarissa.«

Theresa schniefte erneut und lächelte Georg tapfer an,

der sich nicht erinnern konnte, seine Frau je so aufgelöst gesehen zu haben, und das lag sicher nicht an dem Kleiderhaufen auf ihrem Bett. Der war nur das Symptom.

»Hallo, Kind«, begrüßte Tante Clarissa ihre Nichte. »Wehe, du quälst mir den kleinen Grafen.«

»Tante, du beherbergst hier einen Mordverdächtigen«, flüsterte Theresa.

Clarissa von Hammerstadt schaute weniger entsetzt als überrascht.

»War ein Witz«, lachte Theresa. »Sein Alibi ist in Ordnung.«

»Und du glaubst, dass du eine fast 100-Jährige so erschrecken darfst«, sagte die Tante. »In meinem Alter bekommt man leicht einen Herzinfarkt wegen weniger schockierender Nachrichten.«

»Du sahst nicht sehr geschockt aus, Tante. Und 100 bist du noch lange nicht.«

»Mit mir kann man es ja machen«, murmelte die alte Dame und ging mit strammem Schritt voraus in den Salon.

Farinesi sprang aus einem Sessel auf und schien sich über das Wiedersehen mit der Kommissarin aufrichtig zu freuen. »Signora Theresa, che piacere.«

Er umging mit dieser Anrede elegant das unter Adligen übliche »Du«. Theresa rechnete es ihm hoch an, dass er nicht eine unschickliche Nähe zu der ermittelnden Kommissarin suchte. Farinesi hatte ein Alibi, aber vielleicht auch ein Motiv. Leidenschaft und Liebe waren ein weites Feld.

Auf dem Tisch stand bereits der Champagner im silbernen Kühler. Alles andere hätte Theresa um diese Uhrzeit im Haus der Tante gewundert. Die Gläser waren vollgeschenkt. Daneben ein Teller voller Blinis mit Forellenkaviar und ein Silbertablett mit Gänseleberbroten. Nicht im vegetarischen Trend. Die Tante war von der Woke-Bewegung nicht erreicht worden. In meinem Alter erlaube ich mir ein wenig Schläfrigkeit, hatte sie den neuen Zeitgeist kommentiert.

»Champagner und Kaviar, ihr lasst es euch gut gehen«, stellte Theresa fest. Clarissa von Hammerstadt tat ihr Bestes, um den Schmerz des Grafen zu lindern. Seine Trauer war nicht zu übersehen und schien echt und tief empfunden.

Wenigstens einer, der den Verlust des Opfers beklagte, dachte Rosenthal. Die Brüder hatten wenig Regungen gezeigt. Claudia Ruppert, eine starke Frau, die sterben musste. Sie war nicht der erste Fall dieser Art unter Rosenthals Mordopfern. Wurde Claudia Ruppert vermisst? Doch, der Ehemann litt sichtlich unter dem Tod seiner Frau. Herzzerreißend das Leid der Tochter, die am Vormittag Arm in Arm mit ihrem Vater hinter dem Sarg hergegangen war. Von ihr hatten die Kommissare bei der Befragung kaum etwas erfahren. Tägliche Telefonate mit der Mutter, zuletzt am Abend des Gründonnerstags, gute Stimmung, ein wenig traurig, weil man sich Ostern nicht sehen konnte wegen Prüfungsvorbereitungen, Hoffnung auf Pfingsten. Sonst nichts Auffälliges.

Sie tranken. Theresa stellte das Glas ab, genoss Tante Clarissas Snacks und lehnte sich zurück. Sie fühlte sich wohl in der Gegenwart der Tante und ihres Gastes und hatte es deshalb nicht eilig, auf den Punkt zu kommen.

»Wie geht es Ihnen, Farinesi?«, fragte sie.

»Grauenvoll«, gestand er. »Ich bin fassungslos.« Er versank ins Grübeln. »Kann es sein, dass mich die Vergangenheit einholt?« Mit von Angst verzerrter Stimme entfuhr ihm diese Frage.

»Vergangenheit holt einen nicht ein«, sagte Rosenthal. »Sie ist da, begleitet einen ständig, manchmal etwas diskreter. Was meinen Sie mit Ihrer Vermutung?«

»Haben mich diese Leute jetzt noch mal erwischt?«, spekulierte Farinesi mit kaum unterdrückter Wut. »Ich schließe das Motiv Rache nicht aus, wegen der Geschichte mit Ana. Das habe ich Ihnen heute Vormittag kurz berichtet. Sicher haben Sie als gute Polizistin den Fall der Gräfin Ana Bentlow bereits recherchiert. Ich weiß nicht, vielleicht wollten die eine alte Rechnung begleichen.«

»Wer sind die?«

»Ich fürchte, der Verfassungsschutz, aber wir konnten damals nichts beweisen. Alles war dubios, undurchsichtig. Ana hatte, das weiß ich von ihrer engen Freundin, Namen nenne ich nicht, ein Verhältnis mit dem damaligen Kanzler.«

»Was fand sie an ihm?«

»Tja, Ana.« Farinesi schüttelte den Kopf. »Ana war unberechenbar, ein unabhängiger Geist. Wohlhabend, nein reich, sie konnte es sich leisten, ganz nach ihrem eigenen Kopf zu leben. Sie machte sich nichts aus der Meinung anderer Leute.« Er schaute Theresa an. »Vielleicht ein bisschen wie Sie – und wie Claudia.« Er lächelte. »Sie sind auch so, oder?«

»Ich weiß nicht«, sagte Theresa.

»Sie ist die Schlimmste«, lachte Tante Clarissa. »Ihr zwei werdet ganz trübsinnig«, fügte sie hinzu. »Trinkt ein Schlückchen. Man hat ja sonst nichts im Leben.«

»Recht hast du, Tantchen. Wir werden über diesen Corona-und Kriegs-Mist alle zu Alkoholikern.«

Clarissa verteilte den Rest aus der Flasche in die Gläser und entschwand in Richtung Küche. Theresa ahnte, dass sie dort nicht Geschirr spülen ging.

»Aber wem war Ana Bentlow im Wege und warum? Wieso wurde sie dem Kanzler gefährlich?«, grübelte die Kommissarin.

»Ich habe mir darüber den Kopf zerbrochen – jahrelang. Es gab Merkwürdigkeiten. Von Anas Sohn erfuhr ich, dass sie und der spätere Kanzler sich aus Kindheitstagen kannten«, erzählte Farinesi. »Das war insofern eigenartig, weil Ana im eleganten Hamburg-Harvestehude aufwuchs und ihr Liebhaber dem Arbeitermilieu entstammte. Gut, sein Vater war als Hausmeister und Chauffeur bei der Nachbarfamilie angestellt. Das erklärte die frühe Begegnung.«

Sie hörten ein verdächtiges »Plopp« aus der Küche. Die Tante kehrte zurück mit der zweiten Flasche.

»Das Leben ist zu kurz, um es bei einer Flasche Bubbelwasser zu belassen«, sagte sie.

»Ich dachte, das Leben ist zu kurz für halbe Flaschen«, lachte Theresa. »Ist das nicht dein Spruch?«

»Ja, aber der gilt für ein bis zwei Personen.« Sie goss die Gläser randvoll, erhob ihres und sagte: »Im Übrigen duzen sich die reizenden Menschen, die in meinem Haus verkehren. Wenn du meinen Freund Alessandro wegen Mordverdachts ins Kreuzverhör nimmst, darfst du ihn wieder siezen, liebe Nichte. Salute!«

Theresa hatte nichts dagegen. Sie mochte Farinesi, und nach drei Gläsern Champagner hatte sie weiß Gott schlimmere Leute geduzt, einmal sogar den Kölner Prinz Karneval – alaaf! Er hatte ihr deshalb einen feucht-schlabbrigen Kuss auf die Wange gedrückt. Tiefer war sie nie gesunken.

»Zurück zu Ana Bentlow, lieber Sandro. Warum, meinst

du, hat jemand sich die Mühe gegeben, deine schöne Gräfin mit einer Lawine umzubringen?« Theresa schaute skeptisch. Hatte sich Farinesi in etwas hineingesteigert? Er wirkte nicht wie ein Spinner. Andererseits waren ihr von Berufs wegen viele Verrückte über den Weg gelaufen, und nicht alle hatte sie auf den ersten Blick als solche erkannt.

Sandro strich sich mit müder Geste über das Gesicht. »Irgendwann habe ich aufgehört, darüber nachzugrübeln«, sagte er. »Ich hätte es gern dabei belassen, aber durch den Mord an Claudia schwemmt die Vergangenheit an die Oberfläche.«

»Nehmen wir uns Claudia vor. Woran arbeitete sie? Was hat deine Lebensgefährtin erfahren, was war so brisant, dass jemand sie deshalb umbrachte?« Theresa schaute Sandro beschwörend an. »Du musst mir alles erzählen. Vielleicht bist du selbst in Gefahr. Wir können dich beschützen, wenn es sein muss.«

»Ich will nicht beschützt werden, ich will kämpfen«, brach es aus Sandro heraus. »Es ist erstaunlich, dass ich 60 Jahre alt werden musste, um den Kampfesgeist meiner Ahnen in den Adern zu spüren. Wir hatten ihn mal, bevor wir durch zu langes Leben im Wohlstand degenerierten. Die Farinesi greifen wieder zum Schwert«, verkündete er melodramatisch, was dem Alkoholkonsum zuzuschreiben war.

Rosenthal fand ihn sexy. Ihr fataler Hang zu alten weißen Männern. Manchmal gab sie ihm nach. Farinesi war einer, bei dem sie schwach werden könnte, überlegte sie, beschwingt durch den Champagner. Sie versuchte, sich auf den eigentlichen Grund dieses Treffens zu konzentrieren.

»Claudia Ruppert«, erinnerte sie Farinesi. »Was wusste sie?«

»Das Land steht vor Veränderungen«, rückte er zögernd heraus. »Ich bin so vorsichtig, weil man heutzutage sofort bei den Verschwörungstheoretikern eingeordnet wird. Aber Claudias Informationen kamen aus erster Hand – von ihrem Mann.«

»Heraus mit der Sprache!«

»Claudia hat sich schon zu Merkel-Zeiten die Finger verbrannt. Sie hat die langsame Entdemokratisierung unter der Kanzlerin angeprangert. Einen Staat mit betreuten Bürgern, denen man nichts zutraut.«

»Bei mir rennst du offene Türen ein«, stimmte Theresa zu.

»Bei mir auch«, meldete sich Clarissa. »Ein Jahr in Quarantäne gehalten. Das war der Rest von meinem Leben. Bei einer alten Schachtel wie mir kann jeder Tag der letzte sein. Cheers, ihr beiden.«

»Falls zeitnah das Rezept für ewiges Leben entdeckt wird, wirst du die erste Probandin sein«, versprach Theresa. »Ebenfalls Cheers.«

»Here's to you, Clarissa and Theresa!« Sandro prostete den beiden Damen zu, wurde gleich daraufhin nachdenklich. »Die Mehrheit der Bevölkerung scheint zu dulden. Und nun eine neue Regierung. Viele hoffen auf Veränderung. Schlimmer geht's immer. Rot-Grün misstraut den Bürgern mehr als Merkel. Manche sagen: Nanny-Staat. Und wo sind die Liberalen in der Regierung? Von Gelb hört und sieht man nicht viel. Stefan Ruppert zweifelte. Er hat geplaudert, sozusagen auf dem Kopfkissen. Er hält den Druck nicht aus, will andererseits seine Karriere nicht aufs Spiel setzen. In so einer Situation plaudern Männer – entweder bei der Geliebten oder der Ehefrau.« Aus Farinesi sprudelte es heraus. Er wollte sein Wissen teilen, hielt selbst dem Druck nicht stand. »Eine Geliebte hatte ihr Ehemann nicht, da war Claudia sich sicher. Er war vernarrt in seine Frau und wollte sie keinesfalls verlieren. Ihren Weggang hat er als momentane Laune angesehen und nicht als endgültige Entscheidung akzeptiert. Er ist verrückt nach seiner Frau – gewesen.«

»Du hältst nicht viel von Ruppert?«

»Nein, er ist Teil des Problems, das wir zurzeit im Lande haben, eigentlich europaweit, über den Rest der Welt kann ich nicht urteilen. Ich war lange genug als Journalist in Berlin tätig, um ein Bild von den Frauen und Männern zu haben, die dort am Ruder sind. Immer wieder die gleichen Lebenswege. Glaub mir, eine Partei, egal welcher Couleur, ist ein eigener Kosmos mit eigenen Gesetzen. Willst du ein Mandat, musst du mitmachen. Kritiker fallen durchs Rost.« Farinesis Stimme klang müde, erschöpft. »Die Ja-Sager und Allesmitmacher werden belohnt, Nörgler bestraft«, fuhr er fort. »Meinungen flexibel nach Umfragen gestalten. Trommeln, dass es die Presse hört. Um die Sache geht es selten. Im Amt des Herrn Staatssekretärs Ruppert liegt einiges im Argen. Stichwort BDS. Es lebe der Antisemitismus. Die Kulturszene macht fröhlich mit, die Gelder wandern weiter in Projekte, die von diesen BDS-Leuten und deren Sympathisanten dominiert sind.«

»Die Eliten haben die Fähigkeit verloren, die Gefühle ihrer Gemeinschaft zu teilen. Und das ist ein Problem«, sagte Theresa. »Ich will mich nicht mit fremden Federn schmücken. Das Zitat stammt nicht von mir, es ist von dem Politologen Ivan Krastev; ich teile seine Meinung.«

Tante Clarissa schenkte nach, sobald der Pegelstand in den Gläsern nach ihrer Einschätzung zu weit absank. »Kinder«, sagte sie, »unsere Zeit war auch nicht einfach:

Nachkrieg, Kalter Krieg, später Terror der RAF. Trotzdem beneide ich euch nicht. Bleibt wachsam und unterschätzt nicht, was auf euch zukommt.«

Über den Einwurf der Tante und weil er zu viel getrunken hatte, vergaß Farinesi zu erzählen, dass er Ruppert am Karfreitag vor seinem Haus in Berlin gesehen hatte.

»Was hat der gute Herr Staatssekretär denn sonst ins Kopfkissen geheult?«, fragte Theresa.

»Manches war verworren, weil er zeitweise unter Alkoholeinfluss ausgepackt hat«, berichtete Sandro. »Manchmal war er kanonenvoll, laut Claudia. – Erinnerst du dich an *Cambridge Analytica*?«

»Irgendwas mit Datengedöns«, spekulierte Theresa. »Ist das nicht der Laden, der Trump möglich machte?«

»Genau«, bestätigte Sandro. »Und die mischen hier jetzt mit. Beraten die Bundesregierung. Der Herr Staatssekretär für Kultur ist ein alter Buddy von dem Cambridge-Typen. Die Firma heißt mittlerweile *Cultural Risk Advisors*, kurz gesagt: *CRA*. *Cambridge Analytica* ist Pleite gegangen.«

»*Cultural Risk Advisors*? Schlauer Name«, sagte Rosenthal.

»Und schlaues Konzept.« Sandro war ganz in seinem Element. Er redete sich in Rage. »*CRA* – das ist einmal James Bollinger, der alte *Cambridge Analytica* Typ, Finanzfachmann und Freund von unserem Ruppert, der bekanntlich viel Geld zu vergeben hat. Ein Schelm, der Böses dabei denkt. Bollinger ist halb deutsch, halb amerikanisch, nennt sich deshalb, je nach Kundschaft, ›Bollindjer‹ oder auf gut Deutsch ›Bollinger‹ mit ›g‹. Sein Partner, Arno Bauerfeind ist ein Ex-BKA-Mann mit guten Drähten zu den Diensten. Mindestens ein Ex-CIA-Mitarbeiter ist mit von der Partie, Terry Blunt.«

»Und wie sieht das Geschäftsmodell genau aus?«, wollte Rosenthal wissen.

»Die bieten ganze Wahlfälschungen auf dem freien Markt an. Und ihr glaubt es kaum, Kundschaft aus der ganzen Welt rennt denen die Tür ein. Landschaftspflege – ein hübsches Geschäftsfeld. ›Develop approach and cultivate‹, Geheimdienstsprache für: ›eine menschliche Quelle rekrutieren und im eigenen Sinne beeinflussen‹. Was noch? Quellen aushorchen mit Verwanzung – das ganze Programm.«

»Mich erstaunt kaum etwas.« Theresa schüttelte den Kopf. »Aber ein bisschen schlecht darf einem bei dieser Information werden.«

»Claudia und ein paar andere Leute von den *Rheinjunkern* haben tiefer gebohrt und meinen, dass die Pharma-Industrie ebenfalls Geld an *Cultural Risk Advisors* zahlt. Die Pillendreher kochen ihr eigenes Süppchen.«

»Es geht um Millionen, eher Milliarden. Dafür lässt man sicher gern ein paar Euro springen«, grübelte Theresa. »Und kommt ihnen jemand in die Quere, lassen sie die Muskeln spielen. Mord nicht ausgeschlossen. Sind wir in einem gruseligen Science-Fiction-Film gelandet? Oder sind wir durchgeknallte Verschwörungstheoretiker?«

»Es geht um so viel Geld zurzeit«, gab Farinesi zu bedenken. »Folge der Spur des Geldes, habe ich mal gelernt. Die gesamte Gesundheitsindustrie sahnt im Moment ab. Geht es eigentlich um Milliarden oder schon um Billiarden? Wenn man vorgibt, gerade Millionen Menschenleben zu retten, spielt ein einzelnes Leben keine Rolle mehr. Ist paradox – oder? Die Jungs von *CRA* sind genial. Diversifizierung. Die arbeiten unter anderem im Kulturbereich, deshalb der Name. Gut fürs Image, und in der Kulturszene geht es mittlerweile um so viel Kohle. Lohnendes Geschäft. Allein die Kulturbauten.«

»Ich denk mal laut. Die Kölner Oper. Mittlerweile ein Milliardenprojekt. So ein kleiner Mord, ein vergleichsweise winziges Opfer für die große gute Sache«, ergänzte Theresa Farinesis Gedanken.

»*CRA* hat überall dort die Finger drin, wo es um großes Geld geht.«

Die drei sahen nachdenklich in ihre Gläser.

»Die *Cultural Risk Advisors* wissen, wie man Leute dahin kriegt, wo man sie hinhaben will. Die Regierung gibt Millionen in dreistelliger Höhe für Berater aus.«

»Ich verstehe nicht, woran Claudia Ruppert gearbeitet hat«, überlegte Rosenthal. »Was war so gefährlich und für wen, dass es sich lohnte, sie dafür umzubringen?«

»Sie hat einige Verquickungen in der Politszene aufgedeckt«, erzählte Sandro. »Damit ist sie den *CRA*-Typen ordentlich auf die Nerven gegangen.«

»Was für ein Sumpf«, stöhnte Tante Clarissa.

»Ich hätte besser auf sie aufpassen müssen«, sagte Sandro mit kläglicher Stimme. »Claudia und ich, wir hatten das Gefühl, die Demokratie sei in Gefahr und die Eliten versagten wieder einmal. Wir müssen wachsam sein.« Er starrte in sein Glas, stürzte abrupt den Rest des Champagners hinunter. »Wisst ihr, was Claudia erst kürzlich gesagt hat?«

Clarissa und Theresa schauten erwartungsvoll.

»›Ich bin ganz müde vom Wachsamsein.‹ – Ich hätte besser auf sie aufpassen müssen«, wiederholte er seinen gerade geäußerten Gedanken. »Ich hätte sie beschützen müssen.«

Es trat Stille ein. Jeder hing seinen Gedanken nach.

»Wie zuverlässig sind die Quellen, mal abgesehen von Stefan Ruppert?«, brach Theresa das Schweigen.

Sandro zögerte. Wie viel durfte er preisgeben, ohne Menschen zu gefährden? »Es sind einige dabei, die damals beim Kanzlersturz mitgewirkt haben«, rückte er schließlich stockend heraus. »Einflussreiche Unternehmer et cetera, mit weitreichenden Netzwerken. Du wirst keine Namen von mir erfahren. Ich muss diese Menschen schützen.«

»Sind es die Finanziers der *Rheinjunker*?«

»Manche.« Sandro wurde wortkarg. »Ich kenne nicht alle, und das ist gut so.«

»Unsere Gegner sitzen folglich in Berlin-Mitte. Ein Komplott, von ganz oben gesteuert«, sinnierte Theresa.

»Warum wundert mich das nicht«, warf Tante Clarissa ein. »Ich habe zu viele menschliche Verwerfungen erlebt, gerade in der Politik, um optimistisch zu sein. Ja, ich bin Pessimist, aber ein fröhlicher. Vielleicht, weil man nicht enttäuscht werden kann, wenn man nichts von den Menschen erwartet.«

»Bei allem, was man als Polizist erlebt, bleibt auch nicht viel Raum für Optimismus«, gestand Rosenthal. »Was ist, Tante? Du siehst so nachdenklich aus.« Theresa kannte ihre Verwandte genau und ahnte, wenn etwas im Busch war.

»Vielleicht liegt die Ursache für Claudia Rupperts Tod näher, als wir denken«, grübelte die alte Dame.

»Was meinst du?« Theresa richtete ihren wachsamen Blick auf Clarissa.

»Ich habe was läuten hören. Stichwort Oper. Bei dem Bauskandal geht es um große Summen. Korruption, Betrug, Finanzjonglierereien. So genau habe ich nicht hingehört«, gestand die Tante. »Manchmal bin ich all das leid. Du weißt, die Gier der Menschen.«

Rosenthal nickte zustimmend.

Sandro wurde nachdenklich. »Zuletzt war Claudia tatsächlich am Thema Kölner Bühnenneubau dran. Erinnert ihr euch an das Bürgerbegehren? Das hat zu der Verschleppung geführt. Waren natürlich die Guten, die dafür stimmten, das Schauspiel zu erhalten. Wird alles billiger und geht schneller, versprach so ein halbgarer Architekt. Ausgang bekannt. Wenn da man nicht *CRA* die Finger im Spiel hatte.«

»Am Dienstag veranstaltet der Freundeskreis eine kleine Operngala, Benefizveranstaltung für notleidende Künstler. Begleite mich«, schlug Tante Clarissa vor. »Da triffst du sie alle, die Happy Few. Sehen und gesehen werden. Die *Cultural Risk Advisors* sind sicher dabei, die lassen sich die Chance auf einträgliche Landschaftspflege nicht entgehen.«

»Für notleidende Künstler, die die Abschlagzahlungen für die Villa auf La Gomera nicht mehr aufbringen können, oder für notleidende Künstler, die an jeder städtischen Pforte betteln und jammern, sie betrieben Selbstausbeutung?«

»Na, du weißt, für alle, die nicht trällern wie einst Pavarotti, Gott hab ihn selig. Die bekommen auf jeden Fall keine Beerdigung wie der große Tenor, bei dessen Trauerfeier zehn Kampfjets der Kunstflugstaffel ›Frecce Tricolori‹ eine Formation flogen.«

»Und dafür sammelt ihr jetzt? Welchen Tenor hat es denn kürzlich erwischt, den ihr angemessen unter die Erde bringen müsst?«

»Kind, woher hast du dieses schreckliche Schandmaul?«, überlegte die Tante. »Komm trotzdem. Zusammen mit dir wird es sicher ein großer Spaß.«

»Ich denke darüber nach. Mal sehen, ob ich Zeit habe. Wann müsste ich dich abholen?« Theresa verspürte wenig Lust auf die kunstliebenden Bildungsbürger.

»19 Uhr.«

»Ich kann es kaum erwarten. Oh, Frau von Hammerstadt, Sie auch hier, was für eine Bereicherung dieses Abends«, imitierte Theresa den aufgesetzt euphorischen Tonfall der Kunstmäzene. »Ach, und das ist Ihre reizende Nichte. Haben Sie denn die neueste Inszenierung von Herrn Geschisshuber gesehen? So ein talentierter Junge. Auf der Bühne wurde sehr, sehr viel gekotzt und geblutet, alle dabei nackt. Das war soooo spektakulär.«

»Man muss auch mal ein Öpferchen bringen, liebe Nichte.«

»Man muss auch mal auf ein Öpferchen verzichten können, verehrte Frau von Hammerstadt«, schmunzelte Rosenthal. Trotzdem war sie halb entschlossen, die Tante zu begleiten. Die Aussicht, den *CRA*-Chefs unauffällig auf den Zahn fühlen zu können, verlockte sie. Sie wurde das Gefühl nicht los, dass der Schlüssel zu diesem Fall bei den Cultural Advisors lag.

Es brummte in ihrer Jackentasche. Das Handy.

»Dieser Südparkmord nervt. Kein einfacher Fall«, grummelte sie und schaute auf die Uhr. Es war spät geworden, fast 23 Uhr. Bär war am Apparat.

»Einbruch in Lindenthal«, hörte sie Marcos Stimme.

»Deshalb störst du mich?«, fragte Rosenthal mürrisch. Sie hatte vorgehabt, den Abend mit Tante und Graf gemütlich ausklingen zu lassen.

»Warum so unwirsch, gnädige Frau«, fragte Bär. »Ich bin nicht am Ende. Der Hausbewohner wurde von dem Einbrecher überrascht und angeschossen.«

»Nimm alles auf. Same procedure.« Ihre Zunge holperte ein wenig über das Wort ›procedure‹. Sie hoffte, dass Marco es als eine Anspielung auf den Sketch *Dinner for one* nahm und nicht merkte, dass sie einen Schwips hatte. Same procedure, dachte sie, wie so oft bei Tante Clarissa.

»War's das?«

»Nicht ganz«, sagte Marco. »Es gibt eine Verbindung.« Um seine Chefin zu ärgern, ließ er sich Zeit mit der Erklärung.

»Und?« Theresa wurde ungeduldig.

»Zu Claudia Ruppert.«

Schweigen in der Leitung.

»Ich komme«, sagte Theresa. Sie wusste, dass Marco nicht bluffte, vor allem nicht um 23 Uhr nachts. »Adresse?«

»Fürst-Pückler-Straße. Kannst du nicht verfehlen. Polizeiwagen vor der Tür.«

»Ich bin dann mal weg«, sagte sie zu ihrer Gastgeberin. Von dem, was sie gerade durch den Kollegen Bär erfahren hatte, verriet sie nichts. Clarissa wusste Bescheid. Keine Nachfragen, wenn die Nichte einen Anruf spät in der Nacht erhielt und hektisch aufbrach.

Theresa bestellte ein Taxi. Sie umarmte die Tante und sie umarmte Farinesi. Sie wollte kurz testen, wie sich das anfühlte. Sie verließ das Haus mit halbwegs festem Schritt. Bis Lindenthal bin ich nüchtern, überlegte sie, warf ein Eukalyptusbonbon ein, als sie das Taxi ankommen sah, stieg hinten in den Wagen ein, drehte das Fenster hinunter und gab die Zieladresse an.

»Und, wie laufen die Geschäfte?«, wollte sie vom Taxifahrer wissen. Zurzeit stellte sie allen Leuten diese Frage. Sie versuchte, sich ein Bild über die Stimmung in der Gesellschaft und die wirtschaftlichen Einschläge zu machen.

»Geht so!«, sagte der Fahrer. »Erst Corona und jetzt Energiekrise. Kraftstoffpreise kennen Sie ja. Taxi mieten

ist was für Reiche. Alles Mist. Über 20 Euro vom Haupt-
bahnhof bis in die Marienburg, früher 13. Neulich stieg
eine Kundin am Bayenthalgürtel aus, als der Taxameter auf
18 Euro stand. ›Jetzt reicht's‹, brüllte sie, zerrte wütend
ihren Koffer aus dem Auto, zahlte und rollte ihren Koffer zu Fuß hinter sich her.«

»Das war ich«, gestand Theresa Rosenthal grinsend.

Der Taxifahrer warf einen prüfenden Blick in den Rückspiegel. »Wirklich?«, fragte er. »Tja, ich kann nichts dafür,
ich mach' die Preise nicht.«

Ich kann nichts dafür, noch so eine Floskel, die ich nicht
mehr hören mag, dachte Theresa. Niemand in diesem Land
kann was dafür, für nichts. Die Scheiße fällt einfach so
vom Himmel.

VERDAMMT

»Wir bringen Sie besser ins Krankenhaus«, flötete eine junge Ärztin hinter ihrer Maske, während sie die Wunde am Arm des verletzten Felix Stroebel verband.

»Verdammt«, fluchte Stroebel, »das ist nur ein Kratzer.«

»Und der Schock«, bemerkte sie zartfühlend.

»Wissen Sie, was ein Schock wäre?«, brummte Stroebel. »Wenn in diesem verdammten Land der Inkompetenten endlich mal jemand eine vernünftige Entscheidung fällte. Entschuldigung, Schwester, Sie sind natürlich nicht gemeint. Sie machen einen prima Job.«

»Sie dürfen gern Doktor Lieblang zu mir sagen.«

»Noch mal Entschuldigung, Frau Doktor Lieblang. – Verdammte Scheiße, ich muss schauen, was hier fehlt«, sagte Stroebel und erhob sich, wahrscheinlich zu abrupt. Er spürte seine Knie weich werden und fürchtete zu taumeln. Das hätte er vor der Ärztin keinesfalls zugegeben und wetterte deshalb doppelt laut: »So ein verdammter Mist, alles durchwühlt in der Bude.«

Den Safe hatte der Einbrecher nicht entdeckt. Der lag gut versteckt hinter der verschiebbaren Rückwand eines Küchenschrankes. Beim Einbau hatte er sich mit der Polizei beraten und sich für das Ausschlussverfahren entschieden. Wo verbergen die meisten Leute ihre Safes, hatte er wissen wollen. Hinter Bildern, Bücherwänden, in Schlafzimmerschränken, Kellerregalen. Er war die ganze Liste durchgegangen. Der Küchenschrank kam nicht vor. Deshalb hatte er sich für diese Lösung entschieden. Und er hatte, seit dem Tod von Claudia Ruppert, seinen Laptop bei jedem Verlassen des Hauses in den Safe gesperrt, selbst wenn er kurz zum Einkaufen fuhr. Sicherheitshalber. Seine Verschlüsselung war von Fachleuten eingerichtet worden, aber die Hacker waren meist einen Schritt voraus. Und wenn der Verfassungsschutz involviert war, was einige aus ihrer Truppe vermuteten, hatte er es mit Spezialisten zu tun. Warum die sich beim Einbruch überraschen ließen, daran rätselte sein angeschlagener Kopf herum. Er hatte eine Idee.

Ein Kommissar Bär meldete sich bei ihm und Leute von der Kriminaltechnik kamen, um seine Fingerabdrücke zu nehmen. Ausschlussverfahren, erklärten sie und machten sich an die Untersuchung des Hauses.

Stroebel stand ein wenig verloren in seiner Großraumküche und zapfte sich ein Glas Wasser aus dem Spender am Kühlschrank. Die Flüssigkeit tat gut und er überlegte gerade, ob ein Whiskey ihm auf die Beine helfen würde, als sich eine attraktive Frau seines Alters als Kommissarin Rosenthal vorstellte. Klassefrau, bemerkte er bei sich, und es schlich der Gedanke durch seine langsam arbeitenden Gehirnwindungen, dass es vor 25 Jahren wahrscheinlich besser gewesen wäre, sich für eine solche Frau zu entscheiden. Stattdessen war er auf das blonde, etwas zu dürre Twiggy-Model hereingefallen. Er war nicht der Typ, anderen die Schuld für die eigenen Fehler zu geben. Eine gute Voraussetzung, an seinem Leben etwas zu ändern. Und eine gute Voraussetzung dafür, ein Unternehmen erfolgreich zu führen.

»Sind Sie okay?«, fragte die Attraktive.

»Schauen Sie sich an, wie der Gegner aussieht«, lächelte Stroebel tapfer. Sein Grinsen hing ihm eher schief im Gesicht.

»Sie haben eine Alarmanlage, wieso ist die nicht angesprungen? Haben Sie vergessen, das Teil scharfzustellen?«

»Sie sind nicht die Erste, die das heute fragt. Ich will nicht behaupten, dass mir dieser Fehler nicht schon unterlaufen wäre«, gab Stroebel zu. »Aber zurzeit bestimmt nicht. Sagen wir mal so: Ich habe Gründe, es im Moment mit meiner Sicherheit genau zu nehmen. Das habe ich Ihrem Kollegen bereits erklärt. Möchten Sie einen Whiskey? Ich wollte mir gerade einen einschenken.«

»Ein Espresso wäre angebrachter«, lächelte Rosenthal, ohne weitere Erklärung. Stroebel schaltete die kleine Espressomaschine ein; sie stand neben einer Kaffeemaschine, die einem mittleren Kraftwerk ähnelte und wahrscheinlich Stunden brauchte, um hochgefahren zu werden. Männer und ihre Spielzeuge, bemerkte Rosenthal still lächelnd. Selbst bediente sich Stroebel mit der Whiskeyflasche, goss ein Glas ziemlich voll und kippte die braune Flüssigkeit in zwei großen Zügen hinunter.

»Rein therapeutisch«, kommentierte er. »Auf den kleinen Schreck von heute Abend. – Ich habe dem Typen ordentlich was mit dem Baseballschläger verpasst. Dem geht es bis auf Weiteres nicht gut«, frohlockte er. »Ich hörte ein Geräusch, das sehr nach zersplitterndem Knochen klang.« Stroebel grinste.

Noch ein älterer weißer Mann, stellte Theresa Rosenthal amüsiert fest, ein Macho, nicht unsympathisch.

»Sie glauben nicht, dass es ein normaler Einbruch war?«, fragte sie. »In Ihrem Haus gibt es sicher einiges zu holen.«

Stroebel nahm sich Zeit mit der Antwort. »Normaler Einbruch«, überlegte er. »Ehrlich gesagt – nein. So ein Gefühl. Mir kam es vor, als ob der Typ auf mich gewartet hat. So blöd ist ein normaler Einbrecher nicht, oder?«

»Es sei denn, er möchte, dass man ihm den Safe öffnet.«

»Richtig, aber darum hat er mich nicht gebeten. Stattdessen hat er auf mich geschossen. Er strahlte mir mit einer Taschenlampe mitten ins Gesicht, danach fiel sofort der Schuss. Er hätte mich sicher voll erwischt, wenn ich nicht so schnell reagiert hätte. Ich habe mich geduckt und den Baseball nach ihm geworfen.«

»Haben Sie den Mann getroffen? Es war doch ein Mann?«

»Es war ein Mann und dem schrillen Schrei nach zu urteilen, würde ich behaupten – Treffer. Ich habe einfach auf das Licht gezielt. Reflex. Alter Baseballspieler.« Er freute sich sichtlich über den erfolgreichen Wurf. »Ich übe manchmal in meinem Garten, so zum Spaß.«

»Na, diesmal war es nützlich für den Ernstfall. Fiel nur ein Schuss?«

»Ja.«

»Warum sorgen Sie sich zurzeit um Ihre Sicherheit?«, fragte Rosenthal.

»Frau Rosenthal, ich würde Ihnen gern vertrauen, aber ich werde vorsichtig. Sie wissen von dem Fall Claudia Ruppert?«

»Ich ermittele in der Sache.«

»Ich habe Ihrem Kollegen kurz angedeutet: Claudia und ich, wir haben – sagen wir mal so – gemeinsame Interessen verfolgt und plötzlich liegt sie tot auf einer Parkbank, bei mir wird eingebrochen, es wird auf mich geschossen. Ich muss mit ein paar Leuten telefonieren.«

»Sie sollten mit mir reden, damit nicht mehr passiert, Herr Stroebel«, gab Rosenthal zu bedenken. »Kennen Sie Alessandro Farinesi?«

»Nicht persönlich, ich weiß, wer er ist.«

»Er war heute auf der Beerdigung von Claudia Ruppert.« Rosenthal verharrte. »Sie habe ich dort übrigens nicht gesehen.«

»Nein, mich haben Sie dort nicht gesehen«, bestätigte Stroebel. »Ich hatte meine Gründe.«

»Alessandro Farinesi war ein, sagen wir mal so, sehr enger Freund von Frau Ruppert. Wir waren heute Abend verabredet, weil er mir ein paar Informationen geben wollte. Bis eben saßen wir beieinander. Dann wurde ich zu Ihnen gerufen«, erklärte Rosenthal. »Vielleicht beruhigt es Sie. Er wohnt bei meiner Tante. Machen Sie Ihre Telefonate und rufen Sie mich an, wenn Sie bereit sind zu reden.«

Rosenthal sprach kurz mit den Kollegen, um zu hören, wie der Einbrecher ins Haus gekommen war.

»Fachmann«, erklärte Justus Klement von der Kriminaltechnik. »Wie er die Alarmanlage ausgetrickst hat, weiß ich nicht. Ich vermute, der Eigentümer hat vergessen, sie scharfzuschalten. Einbruchspuren an der Kellertür hinten zum Garten. Nicht einsehbar von den Nachbarn. Der Einbrecher konnte in aller Ruhe arbeiten. Er wäre im Kellerraum direkt in den Bewegungsmelder hineingelaufen, wie gesagt, wenn die Alarmanlage funktioniert hätte. Der Eigentümer schwört, er habe sie beim Weggehen aktiviert. Merkwürdig.«

»Ja, merkwürdig«, bestätigte Rosenthal und machte sich ihre eigenen Gedanken. »Lassen Sie die Anlage bitte von einem Spezialisten überprüfen. Wegen Manipulation und so.«

Die Kommissarin stieg zu Marco Bär ins Auto. Er fuhr neuerdings einen Fiat 500 Abarth, neben dem Skateboard sein Lieblingsspielzeug. In Marcos bulligem Körper wohnte die Seele eines Kindes. Er ließ den Motor des Wagens laut aufbrummen. Das machte dem Bub Freude.

»Wie ein Ferrari«, lächelte Rosenthal nachsichtig. »Wenn man die Augen schließt.«

»Ferrari for poor people.« Zur Bestätigung drückte Marco erneut das Gaspedal durch. Das röhrende Geräusch zauberte ihm ein Lächeln aufs Gesicht.

»Wohin?«, fragte er.

»Egal, ich werde überall gebraucht«, grinste Rosenthal.

»Den Spruch kenne ich.«

»Wird Horst Ehmke zugeschrieben. Hat er geantwortet, als sein Fahrer ihn fragte, wohin es denn gehen solle. Ehmke, erinnerst du dich? Eher nicht deine Zeit. Er war Minister unter Willy Brandt. Mann, das sind Typen mit Lebensgeschichte gewesen.«

»Und wohin nun?«, wiederholte Marco seine Frage.

Rosenthal bat ihn, sie bis zur Bonner Straße mitzunehmen. Kein großer Umweg. Marco lebte nicht weit entfernt, seit sie nach Bayenthal umgezogen war.

»Kannst du wieder in deiner eigenen Bude wohnen?«, fragte sie den Kollegen.

»Nee, für ein paar Tage bin ich noch bei dem Freund in Wesseling, aber Bayenthal liegt quasi auf dem Weg.«

»Wonach riecht es hier?«, fragte Rosenthal schnüffelnd. Ihre Spürnase war sprichwörtlich, sie schnupperte feinste Geruchsnuancen. Manchmal war ihr das unangenehm, weil sie starke Parfums genauso belästigten wie die Güllegerüche, die in Köln an jeder Ecke aus den Abwasserkanälen aufstiegen. Insbesondere schwere Parfums empfand sie als eine Art Vergewaltigung.

»Was meinst du?« Marco schaute pikiert.

»Ein Parfum?«

»Ich benutze ein Aftershave und das ist nach bald 24 Stunden verflogen.«

»Ist eher ein Damenparfum, schwere Sorte, wie aus 'nem orientalischen Puff.«

»Da kennst du dich aus, Frau Rosenthal? Orientalischer Puff.« Bär schüttelte den Kopf, gab aber zu, dass er am Abend eine Bekannte nach Hause gefahren hatte. Bekannte, das waren bei Marco Bär so ziemlich alle: Zufallsbegegnungen, One-Night-Stands, Ex-Freundinnen.

Rosenthal ließ das Thema fallen. »Was hältst du von der Sache?«, fragte sie stattdessen. »Von unserem überfallenen Herrn Stroebel?«

»Es ist was faul an dieser Einbruchsgeschichte, und wenn der Anschlag tatsächlich mit dem Fall Ruppert zusammenhängt, vermute ich, dass die beiden jemandem in die Quere gekommen sind«, spekulierte Bär.

Rosenthal berichtete dem Kollegen, in welcher Sache Claudia Ruppert recherchiert hatte, ohne den Namen Farinesi zu nennen.

»Kannst du etwas weniger geheimnisvoll reden«, bat Marco.

»Oper, Schauspielhaus – schon mal davon gehört?« Sie hielt den Kollegen für einen gewissen Kulturbanausen.

»Ein riesiges Loch, in dem gerade mein Steuergeld versackt. Ich lese Zeitung«, bemerkte er trocken.

»Morgen checken wir die Sicherheitsfirma. Auf dem Feld tummeln sich so einige, für die der Begriff Sicherheit dehnbar ist«, wusste Rosenthal. »Und die Burrenscheidt soll alles rauskramen, was sie über die *Rheinjunker* findet. Alle Veröffentlichungen. Und sie soll schauen, welche davon sie Claudia Ruppert zuordnen kann. Die Autoren schreiben unter Pseudonym. In der Redaktion halten sie dicht, um die Mitarbeiter nicht zu gefährden. Könnte schwierig werden.«

»Wenn der Stroebel sich nicht irrt«, überlegte Marco, »und den Einbrecher wirklich schwer verletzt hat, müssen wir die Krankenhäuser überprüfen.«

»Gleich morgen«, stimmte Rosenthal zu. »Müssen wir auf jeden Fall versuchen, obwohl ich nicht glaube, dass wir Erfolg haben werden. Der Typ ist ein Profi.«

Am Bayenthalgürtel, Ecke Bonner Straße bat sie Bär zu halten.

»Ich gehe gern die paar Schritte zu Fuß nach Hause.«

»Ich fahre dich bis vor die Tür. Mir gefällt nicht, wenn du nachts allein durch die Gegend läufst«, erklärte Marco besorgt.

»Die kleine Theresa ist Karatemeisterin mit *Schwarzem Gürtel*«, lachte Rosenthal und stieg an der roten Ampel aus. »Außerdem ist es nach Mitternacht. Seit der Ausgangssperre sind die Leute spätestens um zehn Uhr zu Hause, der neue Lebensrhythmus. Ein bisschen China ist überall.«

»Nicht für die Kriminellen aller Länder«, widersprach Bär.

»A domani«, rief Theresa und schlug die Autotür zu. Sie war mittlerweile völlig nüchtern. Eigentlich schade, dachte sie. Der Abend hatte schön begonnen. Drinks mit netten Menschen, was wollte man mehr.

Bis zu ihrem Haus waren es keine fünf Minuten. Es begegnete ihr zur späten Stunde nur ein junges Ehepaar mit einem Terrier in fortgeschrittenem Alter. Das sah man an seinem arthritischen Gang. Das Paar zeigte deutliche Anzeichen der Alkoholisierung. Als die Dame am Arm des Herrn einen unsicheren Ausfallschritt machte, grüßte Theresa freundlich und fragte: »Na, haben Sie den für den Lockdown ausgeliehen und sind nun drauf sitzen geblieben?«

»Ja, das Tierheim will ihn nicht zurücknehmen. Zu alt, zu arthritisch«, kicherte die Frau fröhlich und sichtlich angetrunken. »War nicht billig, unser Struppi«, fügte sie launig hinzu. »Er hat uns gute Dienste geleistet, deshalb kriegt er jetzt sein Gnadenbrot bei uns.«

Kurz vor ihrem Hauseingang trat Theresa in einen Hundehaufen. »Scheiße!«, brüllte sie. »Jetzt weiß ich, was die Hunde machen, wenn sie nachts durch die Gegend zuckeln.« Ich rede wieder mit mir selbst, bemerkte sie. Die Schrulle hatte seit einiger Zeit bedenkliche Züge angenommen. Ihre Wut brauchte ein Ventil.

Theresa Rosenthal war hellwach und todmüde, als sie im Gästezimmer ins Bett sank. Sie wollte Georg nicht stören. Außerdem schnarchte er.

Bin ich in einen Science-Fiction-Film geraten, war ihr letzter Gedanke, bevor die Augen zuklappten. Sie träumte irgendwas mit Orwell. In einem dunklen Keller unterzog der »Große Bruder« sie einer folterähnlichen Gehirnwäsche, weil sie sich nicht fügen wollte, die von »schädlichen Begriffen« gereinigte Sprache zu benutzen. »Neusprech« sei gefordert, erklärte ihr eine grinsende Quotenfrau im Polizeipräsidium. Sprich mir nach, forderte sie mit strenger Stimme: KommissarPAUSEinnen. Nein, brüllte Theresa. Die Grüne hielt ihr einen Trichter in den Mund und flößte ihr das Wort ein. Nein, wehrte sich Theresa jetzt mit kläglicher Stimme. Farinesi wollte ihr helfen und flehte sie an, das bisschen Gendersprache einfach zu benutzen. Sie könnten sich heimlich anders unterhalten. Tante Clarissa schenkte dauernd Champagner nach und lachte und lachte. Theresa wachte gegen sechs Uhr morgens schweißgebadet auf.

Sie griff zu ihrem Laptop und googelte George Orwells Roman *1984*. Gruselig visionär. »In Zeiten der universellen

Täuschung wird das Aussprechen der Wahrheit zur revolutionären Tat«, las sie ein Orwell'sches Zitat. Hatte das etwas mit ihrem Fall zu tun, einem Mord und einem Mordversuch? Oder musste sie, wie so oft, der Spur des Geldes folgen. Eine Milliarde für die Opernsanierung. Wer hatte profitiert? Und wer hatte nichts vom großen Kuchen abbekommen? War eine interessante Frage. Eine Spur, die sie verfolgen musste. Hinein in den Kölner Bausumpf. Mehr Arbeit.

Sie packte den Laptop zur Seite, legte sich lang und erwachte gegen halb acht aus einem tiefen Nachschlaf. Die Quotenfrau war ihr nicht erneut im Traum erschienen, stellte sie beim Aufwachen erleichtert fest.

1984

»Mal sehen, ob Stefan Ruppert im Ministerium für Wahrheit arbeitet«, begrüßte Rosenthal die Kollegen am Freitagmorgen in der Abteilung KK11 im Polizeipräsidium.

Ratlose Blicke bei den Kommissaren Bär und Burrenscheidt.

»Orwell, *1984*, schon mal gehört?«

»Lange her«, sagte Bär. »Schulzeit, glaube ich.«

»Die Hauptfigur Winston Smith arbeitet im sogenannten Ministerium für Wahrheit in London. Sein Job ist es, alte Zeitungsberichte und somit das vergangene Geschichtsbild fortlaufend an die gerade herrschende Parteilinie anzupassen«, erklärte Rosenthal.

»Daran erinnerst du dich?«, staunte Bär.

»Nee, ich habe mein Wissen heute Nacht bei *Wiki* aufgefrischt. Und jetzt frage ich mich, mit welcher Wahrheit wir es eigentlich zu tun haben?«

»Geschichtsklitterung, kommt mir bekannt vor«, überlegte Bär. »Und sollen wir jetzt nicht bei Pippi Langstrumpf den Negerkönig eliminieren? Astrid Lindgren, böse, böse.«

»Die gesamte Weltliteratur der letzten Jahrhunderte muss umgeschrieben werden. Hast du mal William Faulkner gelesen? Amerika, Südstaaten, erste Hälfte 20. Jahrhundert, da musst du ungefähr die Hälfte jedes Romans löschen, so oft kommt das Wort Neger vor«, höhnte Rosenthal.

»Und wenn ein kölscher Jung sich im Karneval als Indianer verkleidet«, überlegte Bär, »sind mindestens fünf Apachen in Amerika traumatisiert – oder?«

»Der ganze Karneval muss eigentlich verboten werden«, schlug Rosenthal schmunzelnd vor.

»Dürfen sich denn Nicht-Polizeibeamte als Polizisten verkleiden?«, fragte Eva Burrenscheidt. »Mein Bruder ging gerne als Polizist im Karneval. Ich weiß, Polizisten darf man ruhig ein bisschen verarschen, gehört zum guten Ton heutzutage.«

»Richtig, Frau Kollegin. – Zurück zu unserem Fall. Claudia Ruppert war dabei, etwas aufzudecken. Zuerst ging es um ein Komplott, das etwas mit diesem mysteriösen Virus zu tun hat. Zuletzt war sie an etwas anderem dran. Sie hatte sich die Kölner Kulturszene vorgenommen. Durch ihren Ehemann, den Herrn Kulturstaatssekretär, hatte sie Zugang zu exklusiven Informationen. Was er alles auf dem Kopfkissen ausplauderte, weiß man nicht, aber die Berliner hatten große Pläne für Köln, habe ich läuten hören.«

»Oper?«, fragte Bär.

»Ja, Milliardengrab! Und siehe da – der gestern überfallene Herr Stroebel war Vorsitzender des Freundeskreises der Kölner Oper. Habe ich nachts gegoogelt. Kann alles Zufall sein. Stroebel weiß auf jeden Fall, an welchen Themen die Ruppert dran war. Hat alles was mit den *Rheinjunkern* zu tun. Die Unterstützer und Autoren bekommen langsam kalte Füße. Kann man verstehen. Ein Mord, ein Mordversuch. Stroebel wird wahrscheinlich mit mir reden, mit mir allein. Es gibt da eine gewisse Vertrauensbasis, weil … Ach, egal. Komplizierte Geschichte. Auf jeden Fall nehmen wir uns danach den Staatssekretär vor. Wie lange bleibt er in Köln?«

»Keine Ahnung«, sagte Bär.

»Mist, habe ich gestern auf der Trauerfeier vergessen zu fragen, weil ich anderweitig beschäftigt war«, ärgerte sich Rosenthal. »Kann einer von euch bei ihm anrufen? Ich würde ihm gern Auge in Auge gegenübersitzen. Am Telefon entfleucht mir der aalglatte Politiker wahrscheinlich. Hoffentlich ist der Herr Staatssekretär nicht nach Berlin entwischt.«

»Ruppert hat seinen Rückflug bisher nicht gebucht«, meldete Eva Burrenscheidt ein paar Minuten später. »Er hält sich zurzeit in der Wohnung in der Marienburger Straße auf, zusammen mit seiner Tochter.«

»Heute ist der Tag der Gespräche und die Stunde der Wahrheit. Zuerst wechsele ich ein Wörtchen mit unserem Chef. ›Wenn Freiheit überhaupt etwas bedeutet, dann vor allem das Recht, anderen Leuten das zu sagen, was sie nicht hören wollen.‹ Oder so ähnlich. Nochmal Orwell«, erklärte sie den verdutzt guckenden Kollegen. »Macht ihr in der Zeit mal den Staatsheini klar. Trauer hin, Trauer her. Den müssen wir heute unbedingt in die Mangel nehmen. Das hat Vorrang und danach ran an die *Rheinjunker* und unser kleines, bescheidenes Opernhäuschen. – Eine Milliarde, ich fass es nicht.«

Kopfschüttelnd und schwungvoll grüßend verließ Rosenthal die Kollegen und entschwand Richtung Büro Hehemann.

»Die hat heute Dampf drauf«, meinte Burrenscheidt staunend.

»Meist ein gutes Zeichen«, erklärte Bär der jüngeren Kollegin, die neu im Team war. »Es tut sich was.«

GEHEIM IST GEHEIM

»Guten Morgen, Dagmar«, begrüßte Rosenthal die Sekretärin des Chefs. Ob die Eltern vor der Taufe im Namenslexikon nachgeschlagen hatten, so wie Rosenthal, die alles genau wissen wollte. Dagmar – die Berühmte, die Schöne, die Wertvolle. Das kam einem beim Betrachten der früh verschrumpelten Frau Lützenich nicht als Erstes in den Sinn.

»Wie isset, Frau Hauptkommissarin?«, grüßte Dagmar Lützenich. Sie war meist gut gelaunt, die schöne Berühmte.

Rosenthal wusste, dass die kölsche Begrüßungsfloskel auf keine genauere Antwort spekulierte; bei Dagmar Lützenich leitete sie höchstens längere Auslassungen zum Thema Wetter ein. Seit es Wetterapps gab, nahmen die Voraussagen bei Hehemanns Sekretärin biblische Ausmaße an, erstens, was die Dramatik anging und zweitens die Ausführlichkeit. Tagelange Tsunamis, Land unter, darunter taten es die Wetterpropheten nicht, gefolgt von einem resignierenden Ausruf: »Verlassen kann man sich auf die Vorhersagen eh nicht.« Hielt aber niemanden ab, sie lang und breit zu besprechen.

»Chef wartet auf Sie, Frau Rosenthal.« Wenigstens gehörte Frau Lützenich nicht zur Kategorie Vorzimmerdrachen, das musste man ihr lassen, sie war immer freundlich.

Über den Inhalt ihres Gesprächs hatten Rosenthal und Doktor Hehemann Geheimhaltung vereinbart. In dieser Beziehung konnte man sich auf den Kriminalrat verlassen. Er stand hinter seiner Mannschaft und geheim hieß geheim.

Rosenthal hielt es genauso. Für sie war es wichtig zu wissen, mit wem und was sie es in diesem Fall zu tun hatte. Es reichte eigentlich, wenn man täglich gegen die Kriminellen im Lande kämpfte. Gegner in den eigenen Reihen, bei den eigenen Inlandsdiensten brauchte man wie einen Untermann mit Niesattacke beim Hochseilakt.

Die Verfassungsschützer kochten gerne ein eigenes Süppchen. Sie hatten es sich leicht gemacht: *Rheinjunker*, rechtsradikal, deshalb im Auge behalten. So hatte Hehemann die Botschaft übermittelt bekommen. Genauso hielt man es mit dem Thema Antisemitismus. Der wurde vor allem rechts ausgemacht. Die gesamte politische Linke ignorierte den fast traditionellen Antisemitismus auf der linken Seite, der als Israel-Kritik daherkam. Rosenthal spürte zu diesem Thema eine erhöhte Sensibilität. Ihr verstorbener Mann und Vater ihrer zwei Söhne war Jude gewesen, sie selbst und ihre Kinder liefen mit einem jüdischen Namen herum, da schaute man etwas genauer hin, auch auf den geradezu verstockten Antisemitismus der Muslime; er wurde schlicht unter den Teppich gekehrt. Für Differenzierungen gab es keinen Raum in dieser Zeit der einfachen Lösungen. Dass man schnell die Verfassungsschützer auf den Plan rief, war nicht neu, aber im Fall Ruppert ungewöhnlich. Rosenthal hatte keine rechtsradikalen Tendenzen bei der kürzlich Ermordeten ausgemacht, auch nicht bei den Veröffentlichungen anderer Autoren im Portal der *Rheinjunker*.

»Astreine Demokraten«, hatte sie schmunzelnd zu Hehemann gesagt. Der Kriminalrat verstand die Anspielung.

»Wenn die Jungs vom Verfassungsschutz bei den Islamisten so fix bei der Sache wären, hätten wir ein paar Probleme weniger im Land«, gab er zu. »Meine Informationen zu den *Rheinjunkern* stimmen mit Ihren überein, Frau Rosenthal. Trotzdem …«

Ja, trotzdem, es sah alles danach aus, als ob sie mit Gegnern in den eigenen Reihen rechnen mussten bei diesem vertrackten Mordfall. Und nun hatten sie zusätzlich einen Mordversuch am Bein. Diesmal ging es – wie sagte man so schön – um eine der Stützen der Gesellschaft. Nach dem Gespräch mit dem Kriminalrat war Rosenthal klar, dass sie sich auf Zehenspitzen durch ein Minenfeld tasten musste. Ihre Mitarbeiter durfte sie nur für unverfängliche Ermittlungsarbeit einsetzen. Zumindest hatte Hehemann nicht erneut einen ausgiebigen Urlaub an der Ostsee empfohlen. Er schien froh zu sein, dass Rosenthal an Bord blieb.

Es war das erste Mal in ihrer Karriere, dass die Kommissarin das Gefühl beschlich, ein Fall wachse ihr über den Kopf, aber sie musste den Job durchziehen, damit die Freunde von der Merianstraße keinen Verdacht schöpften. Unauffällig weitermachen, als ob es sich um einen ganz normalen Mord handelte. Ein ganz normaler Mord. Du brauchst ein Sabbatical, Theresa, dachte sie bestürzt über diese Formulierung. Zynismus. Zu lange in der Tretmühle. Sabbatical oder Ferien. Vor ihren Augen erschienen Bilder von einer kleinen Kneipe im bretonischen Fischerdorf mit Blick auf heranrauschende Wellen des atlantischen Ozeans, wortkarge Fischer, einfaches und gutes Essen und ein kühler Weißwein, bei dem ihr nicht irgendwelche Hobby-Önologen erklärten, an welchem Hang die Traube gereift war. Jeder Möchtegern-Sommelier ächzte heutzutage lustvoll beim Betrachten eines Etiketts, auf dem Baron Philippe de Rothschild stand. Im Vollrausch hatten sie mal aus dem Weinkeller ihres Vaters einen teuren Chateau Lafite Rothschild gesoffen, danach einen billigen Chianti in die Flasche umgefüllt und einem sogenannten Weinkenner serviert, der andächtig auf das Etikett starrte, den Wein danach stundenlang durch die Geschmacksnerven in den Backen flattern ließ, um lustvoll zu stöhnen, was für ein Genuss. Sie klopften sich hinterher auf die Schenkel, hatten sich aber selbst Jahre später nicht getraut, dem Connaisseur den Scherz zu gestehen, so peinlich war sein Auftritt gewesen.

Zurück in die Gegenwart, ermahnte sich die Kommissarin. »Habt ihr den Termin mit Ruppert eingetütet?«, fragte sie die Kollegen.

»Er hat heute keine Zeit«, rief Burrenscheidt von ihrem Schreibtisch hinüber. »Morgen erst.«

»Danke, Herr Staatssekretär«, nörgelte Rosenthal. »Wochenende am … Ich fluche zu viel«, bremste sie die Beendigung des Satzes. »Ich habe sowieso den Alters-Tourette und jetzt kommt Kriegs-Tourette hinzu und Dauergender-Tourette. Wenn ich einen Supermarkt betrete, gehen die Verkäufer in Deckung. Das ist die, die immer ›Zweite Kasse, bitte‹ ruft, hörte ich neulich eine Angestellte die Kollegin warnen, laut genug, dass ich es mitbekam. Stehe ich zu. Die Supermärkte haben sich dumm und dämlich im Lockdown verdient und mein *REWE*-Markt in der Goltsteinstraße schafft es nicht, abends mal eine zusätzliche Verkäuferin an die Kasse zu setzen.«

»Musst du beim *Aldi* gehen«, schlug Marco vor. »Da klappt das.«

»Stimmt«, gab Theresa zu. »Aber da duzt mich der Kassierer. Ist dir aufgefallen, dass sie die Durchsagen in den Supermärkten neuerdings in der Du-Form abfassen?«

»Stört dich das?«, fragte Marco. Er war Kind einer anderen Generation und einer anderen Gesellschaftsschicht.

»Das stört mich tatsächlich. Es führt zu Distanzlosigkeit. Der Umgang miteinander wird dadurch nicht freundlicher, sondern distanzlos und respektlos.«

»Wirklich?«

»Wirklich. Vor ein paar Tagen bat ich beim *REWE* um …«

»Ich weiß«, grinste Marco. »Zweite Kasse, bitte!«

»Richtig. Und du glaubst nicht, was die Verkäuferin daraufhin zu mir sagte: ›Laberlaber, Rhabarber‹.«

Marco klopfte sich auf die Schenkel und fiel vor Lachen fast vom Stuhl. »Laberlaber, Rhabarber. Und das unserer Frau Hochwohlgeboren. Lebt die Verkäuferin übrigens noch? Oder hast du direkt die Dienstwaffe gezogen und sie – paff – niedergestreckt?«

Die Kommissarin merkte nicht zum ersten Mal, dass Marco einer anderen Welt angehörte. Eva Burrenscheidt lächelte ebenfalls verstohlen. Sie wäre sicher gern in das schallende Gelächter des Kollegen eingefallen, traute sich aber nicht. Sie war zu frisch im Team.

»Apropos Waffe – wissen wir eigentlich etwas über die Waffe, die bei Stroebel benutzt wurde?«, fragte Rosenthal im Hinausgehen. »Ach, sagt es mir lieber nicht oder lasst mich raten: Ist eine, die man aus jedem Kaugummiautomaten ziehen kann, stimmt's?«

»So ungefähr«, bestätigte Burrenscheidt. »Aber was genau sind Kaugummiautomaten?«, grinste sie frech.

»Hör dir das junge Huhn an, Marco. Spottet über unsere glückliche Jugend. Kaugummis mit Sammelbildchen, das waren schöne Zeiten. Und Dauerlutscher für einen Pfennig aus dem großen Glas auf dem Verkaufstresen beim Krämer um die Ecke.«

»Was meinst du mit ›unsere Jugend‹, Theresa? Du meinst deine, als die Eiskugel einen Groschen kostete«, fiel ihr Marco in den Rücken. »Oder waren es fünf Pfennige.«

»Fünf Pfennige bei Eis-Meier. Dafür sind meine Geschwister und ich 30 Minuten zu Fuß gelaufen. In unserer Zeit gab es deshalb keine dicken Kinder. – Gut, ihr jungen Hühner, jetzt geht mal an die Arbeit«, erwiderte Theresa lachend. »Die Alte muss sich ein bisschen ausruhen. Sagt mir Bescheid, wenn der Bericht von der KTU da ist. Das bewältigt die Mutti heute gerade noch, bevor sie in die Heia muss.«

»Ich habe telefonisch nachgefragt«, sagte Burrenscheidt beflissen. »Die vollständigen Unterlagen haben wir in einer Stunde.«

»Danke. Hat die Suche in den Krankenhäusern etwas erbracht?«

»Sorry, nichts, was passte.« Burrenscheidt hätte gern einen Erfolg vermeldet. »Übrigens auch keine Auffälligkeiten bei dem Unfall von Claudia Rupperts Eltern. Ich habe mir die Akten kommen lassen. Die Kollegen damals scheinen sauber ermittelt zu haben. Wie gesagt – keine Ungereimtheiten.«

»Habe ich mir gedacht. Den Termin mit dem Staatsfuzzi mache ich selbst. Ciao, Kinder!« Und raus war sie. Ein paar Sekunden später steckte Rosenthal den Kopf erneut durch die Tür. »Und kümmert euch um die Sicherheitsfirma von Stroebel. Ich will alles über den Laden wissen. Wer arbeitet dort, wer hat die Alarmanlage bei Stroebel installiert. Wem gehört der Laden, eventuelle Beteiligungen. Auf die Ergebnisse warte ich mit Spannung.« Sie zwinkerte den Kollegen zu und war diesmal endgültig raus.

»Meinst du, sie war sauer wegen der Bemerkung mit dem Kaugummiautomaten?«, fragte Burrenscheidt, kaum war die Tür geschlossen.

»Ach was«, beruhigte Marco die junge Kollegin. »Da kennst du sie schlecht. Riesenhumor.«

ROSENTHAL REGT AUF

Freitagabend. Beim *REWE* in der Goltsteinstraße, sechs Leute mit vollgepackten Einkaufswagen warten an der Kasse. »Gibt es heute Bananen, oder was?«, fragte Rosenthal. Die Leute glotzten tumb. Sie radelte weiter zum *REWE* an der Schönhauser Straße. Selbe Scheiße, wütete sie vor sich hin. Schlange sogar länger. Bei *Aldi* gab es nie eine Schlange. Wieso? Die Tomaten dort waren eh besser.

An der *Aldi*-Kasse merkte sie, dass ihr Bargeld knapp wurde. Rosenthal war ein Bargeldfan. Sie wusste, warum. So wenig Spuren hinterlassen wie möglich. Am Rheinufer entlang radelte sie nach Rodenkirchen. Sie brauchte frische Luft, und der Blick auf den Fluss entspannte sie. Neidvoll schaute sie den Schiffen hinterher, die an ihr vorbeituckerten. Ihren nächsten Ehemann würde sie sich unter den Schiffern auswählen. In der *Deutschen Bank* hockte ein Penner neben dem Kassenautomaten im Vorraum. Bargeld am Automaten, alles andere in der Hotline bitte. Sie liebte Hotlines. Beim letzten Versuch, bei ihrer Krankenkasse mit einem richtigen Menschen zu kommunizieren, hatte sie ein ganzes Frühstück vorbereitet und es später als Abendessen verzehren können. Wenigstens der Obdachlose schien ein Mensch aus Fleisch und Blut. Der Typ saß zusammengesackt auf dem Boden, Mütze tief ins Gesicht gezogen, Gefäß zum Betteln neben sich. Hier sollte der Kunde sein Geld ziehen. Wütend knallte Rosenthal die Tür zu, bestieg das Rad und trat zornig in die Pedale. Nach

100 Metern drehte sie um, kehrte zurück zur Bank, riss die Tür auf und rief: »He, was soll das, betteln am Geldautomaten? Draußen scheint die Sonne, es ist warm, warum hier drin?«

»Reg nicht auf«, antwortete der Mann mit osteuropäischem Akzent.

»Doch, ich reg auf«, rief sie. »Gleich kommt Polizei.«

Sie telefonierte kurz mit den Kollegen von der Notrufzentrale und gab sich als Kommissarin von der Mordkommission zu erkennen.

»Das geht gar nicht«, sagte sie. »Soll die Oma ihre paar Euro Rentengeld ziehen mit dem Gefühl, dass der Typ es ihr gleich abknöpft, und zum Dank kriegt sie was über den Schädel gezogen? Ein bisschen müssen wir uns auch kümmern um die, die schon länger hier leben«, wiederholte sie Merkels Definition für deutschstämmige Bürger dieses Landes.

»Wie sieht der Mann aus?«, fragte der Kollege in der Zentrale.

»Woher soll ich das wissen?«, fragte Theresa zurück. »Käppi hängt ihm runter bis – na, Sie wissen schon.«

Die Kollegen versprachen, eine Streife vorbeizuschicken.

Reg nicht auf, Theresa, ermahnte sie sich und radelte ohne Bargeldnachschub mit dem stromabwärts fließenden Wasser, das als niederländischer Rijn irgendwo in die Nordsee mündete. Sie hatte genug von dem Tag und genug von ihrer Einkaufstour; sie fuhr nach Hause. Es war fast 19 Uhr. Sie machte sich wenig Hoffnung, dass Georg ein dreigängiges Menü servieren würde. Ihr Handy brummte in der Tasche. Es war Stroebel.

»Wir können reden«, sagte er kurz angebunden.

»Ich komme zu Ihnen«, antwortete Theresa ebenso kurz. »Wann passt es?«

»Nicht bei mir im Haus.«

»Wieso, alles clean. Wir waren gerade drin.«

»Eben«, antwortete Stroebel rätselhaft. »Lassen Sie uns ein bisschen spazieren gehen. Ist der Stadtwald okay für Sie?«

»Ja.«

»Treffpunkt an dem Gedenkstein für Schleyer. Den kennen Sie sicherlich.«

»Und ob«, sagte Rosenthal. Es lag keine drei Jahre zurück, dass an genau der Stelle ein Mordopfer gefunden wurde. War ein komplizierter Fall gewesen mit Spuren zurück in den Deutschen Herbst. »Wann passt es Ihnen?«

»Geht es heute? Ich muss morgen für ein paar Tage auf eine Geschäftsreise.«

»Ja. Ich mache mir eben ein Sandwich und melde mich, wenn ich losfahre.«

Wieder Überstunden. Von den im letzten Jahr aufgestauten konnte sie sich mühelos ein Jahr Sabbatical leisten. Meeresblick statt Graffiti auf grauen Betonwänden. Fast jede Kölner Hausmauer war damit verziert. Auf ihrem Weg über die Gürtel Richtung Stadtteil Lindental erhielt Rosenthal Kostproben der Sprayer-Aktivitäten. Künstlerische Intervention im öffentlichen Raum nannten sie das in der Kölner Kulturszene. Wann hatte der Bananensprayer damit angefangen – vor 20 Jahren? Damals ein überraschender Effekt. Seither lebte der Künstler von seinem Markenzeichen, hatte vor zehn Jahren eine Friedensbanane an den Kölner Dom gesprayt. Halleluja! Friedensbanane – darauf musste einer kommen. Wahrscheinlich mit dem Segen von Kardinal Woelki, der aussah wie Rosen-

thals Tante Käthe oder sonst jemands Tante Käthe, sozusagen die Inkarnation der ewigen Tante Käthe. Friedensbanane. Rosenthal schüttelte den Kopf. Bestimmt hatte
der Künstler bereits irgendwo Klimabananen verewigt.
Ganz auf der Höhe der Zeit. Auf jedem SUV in der Stadt
eine Klimabanane. Da hatte der Mann bis zum Ende seiner
Tage zu tun. Sprayen, Foto machen, Ausstellung in einer
Galerie, Bewunderung von der wohlhabenden Sammler-
szene, den Happy Few, die vor sich hinmurmelten: »Eine
interessante Arbeit« oder, falls ein anderer superwichti-
ger Sammler in der Nähe stand, laut dröhnten: »Sehr poli-
tisch, zeitkritische Position«, yes, alles wichtige Positionen.
Wie beim Sex, dachte Theresa, wenn sie die Kommentare
mithörte, Sex, den sie wahrscheinlich nicht mehr hatten,
deshalb Kunst sammeln, anstatt; Freud nannte das »sublimieren«, primitive Triebe umsetzen in höherwertige Leis-
tungen, in Erhabenes. Kurz gesagt, Kultur statt Sex. Nicht
ihr Ding. Georg würde trotz aller Kulturfreude ebenfalls
protestieren. Nicht jedermanns Sache, das Sublimieren.
Aber, chacun à son gout.

PARANOIKER UNTER SICH

Rosenthal wartete am Eingang zum Stadtwald neben dem Gedenkstein für den 1977 an der Stelle entführten Arbeitgeberpräsidenten Hanns Martin Schleyer. In ungefähr eineinhalb Minuten hatten RAF-Terroristen damals einen Kugelhagel auf Schleyers Wagen und das Begleitfahrzeug niederprasseln lassen. Mindestens 119 Schüsse fielen. Schleyers Fahrer und drei Personenschützer wurden direkt ermordet, Schleyer gekidnappt und erst Wochen später hingerichtet. Rosenthal erinnerte sich an einen ihrer letzten Fälle; für die Ermittlungen hatte sie in den sogenannten Deutschen Herbst zurückkehren müssen. Sie betrachtete den Gedenkstein, ein beklemmendes Gefühl stieg in ihr hoch, blieb irgendwo zwischen Brust und Rachen stecken und verursachte dort einen unangenehmen Druck. Es gab so viele unaufgeklärte Morde. Über die Taten der RAF schien Gras gewachsen. Für die Gesellschaft. Nicht für die Opfer. Viele warteten bis heute auf die Verurteilung der Mörder.

Ein athletischer Mann näherte sich auf einem Rennrad. Sie erkannte Stroebel. Er winkte ihr zu, befestigte das Fahrrad an einem Laternenpfahl und überquerte mit dynamischem Schritt die Straße. Ein Mann, der sich fit hält; ein Mann, der weiß, was er will, diagnostizierte Rosenthal.

»Wahrscheinlich denken Sie, ich leide unter Verfolgungswahn«, entschuldigte sich Stroebel, als sie an der Gedenkstele vorbei den Park betraten.

»Manchmal rettet einem die Paranoia das Leben«, lächelte Rosenthal zögernd. »Besonders wenn die Verfolgung kein Wahn ist. Na ja, dann ist es nicht Paranoia.«

»Sie meinen, dass es Grund gibt …?«

»Ich bin mir nicht sicher«, hielt Rosenthal hinterm Berge. »Wie geht es Ihnen?«, fragte sie und deutete auf seinen verletzten Arm.

»Die Whiskey-Schmerztabletten-Therapie wirkt Wunder«, grinste er. »Ist okay«, fügte er hinzu. »Beim Football habe ich schlimmere Blessuren weggesteckt.«

»Fangen Sie mal an zu erzählen«, forderte Rosenthal ihn freundlich auf. Mittlerweile waren sie ein Stück in den Stadtwald vorgedrungen. Es dämmerte und die beiden Gesprächspartner wirkten wie ein Paar beim Abendspaziergang.

»Sie haben sich sicher über mich informiert, Frau Kommissarin. Wo soll ich anfangen?«

»Klar haben wir Ihre Vita gecheckt: Ingenieurstudium an der RWTH in Aachen. Mitglied der Grünen …«

»Und zwar bereits als Student. Machte damals irgendwie Sinn. Das Thema Umwelt wurde von den etablierten Parteien vernachlässigt, wenn nicht ignoriert. Es musste sich etwas ändern, denke ich bis heute, aber ich weiß nicht, ob die Grünen die richtige Partei sind.«

»Wieso? Mit Ihrem Unternehmen passen Sie doch genau zu den Visionen der Sonnenblumen.«

»Richtig«, bestätigte Stroebel. »Aber passen die Sonnenblumen noch zu mir? Ideologen haben den Laden übernommen. Und wie Sie wissen, kann man mit Ideologen nicht diskutieren. Die haben bekanntlich immer Recht, weil sie auf der Seite des Guten stehen. Schauen Sie einfach dorthin, wo meine grünen Freunde als Oberbürgermeister, sorry, Oberbürger*innenmeister*innen, eine Stadt in ihre Finger kriegen. Da wird der grüngetünchte Benimmkatalog erlassen, mit Strafen für jede Übertretung. Sie bringen Gesetze in den Bundestag ein, wie zum Thema Transsexualität, da schlackern Ihnen die Ohren. Wenn Christian gestern beschlossen hat, dass er heute lieber weiblich ist und Christiane heißen möchte, dann, Frau Kommissarin, sollten Sie aufpassen, dass Sie das mitkriegen und ihn, sprich sie richtig ansprechen, sonst zeigt Christiane Sie an und es hagelt Strafen bis zu 2.500 Euro.«

»Nicht wirklich?«

»Doch, aber so was läuft unterm Schirm. Die meisten Leute haben kein Interesse an diesen Themen. Die haben genug damit zu tun, ihr Leben mit Kindern, Homeoffice und dementer Mutter zu organisieren.« Stroebel redete sich in Rage.

»Und wieso sind Sie noch bei dem grünen Verein?«, fragte Theresa Rosenthal.

»Ach, ja«, seufzte Stroebel. »Warum bin ich dabei? Unsere guten Sonnenblumen leben nicht von Luft und Liebe. Kapitalismus ist zwar böse, aber nur, wenn die anderen profitieren. Schauen Sie sich an, wo die Fördergelder hingehen, dort wo die Grünen regieren. Freie Kulturszene, Solarenergie, Windenergie, grüne Architekturprojekte. Meine Parteispenden sind gut investiert gewesen. Ich habe profitiert. Heute ist mein Unternehmen groß und erfolgreich, sodass ich von solchen Spielchen unabhängig bin, aber wenn man lange dabei ist, fällt die Trennung schwer. Ist wie in der Ehe.«

»Sprechen Sie aus Erfahrung?«

»Wie bitte?« Stroebel war mit seinen Gedanken abgeschweift. »Ach so, Sie meinen, Ehescheidung? Ja, da auch aus Erfahrung.«

»Und mit den *Rheinjunkern* leben Sie Ihre subversiven Bedürfnisse aus«, fragte Rosenthal.

»Richtig!« Stroebel lachte.

Guter Typ, sympathisch, dachte Theresa, einer mit dem man Spaß haben und mit dem man sich die Köpfe heißreden kann, angenehm unideologisch; einer der offen ist für gute Ideen, egal von welcher Seite sie kommen.

»Es klingt pathetisch: Das Schicksal meines Landes treibt mich um. Vielleicht ist es mein Gerechtigkeitssinn, dass ich ein Portal unterstütze, das versucht, faktenbezogen zu berichten. Dieser verdammte Haltungsjournalismus geht mir auf den Keks.«

Stroebel schien die Schnauze richtig voll zu haben; er fluchte ausgiebig. Auch Alters-Tourette, stellte die Kommissarin fest. Wir können eine Selbsthilfegruppe aufmachen.

»Was ist bei den Recherchen der *Rheinjunker* herausgekommen?«, kehrte Rosenthal auf den eigentlichen Grund ihres Treffens zurück. »Was ist so brisant, dass jemand einen Mord dafür begeht?«

»Und einen Mordanschlag.« Stroebel fasste sich an seinen linken Oberarm und verzog das Gesicht, weil der Streifschuss oder die Erinnerung daran schmerzte. »Ich werde keinen einzigen Namen herausgeben, aber ich versichere Ihnen, dass sich unserem Kreis einflussreiche Menschen aus verschiedenen Bereichen angeschlossen haben, über Parteigrenzen hinaus. Es geht nicht um wirtschaftliche Vorteile, es geht nicht um Macht. Es sind die Besorgten, die sich zusammengefunden haben. Es gibt Informanten aus den Parteien, aus den Wirtschaftsorganisationen, sogar aus den Gewerkschaften. Eine breit aufgestellte außerparlamentarische Opposition. Ich sage das, damit Sie wissen, dass ich verlässliche Informationen weitergebe. Und glauben Sie mir bitte«, beschwor er die Kommissarin, »es geht bei unseren Gegnern um sehr viel Einfluss und sehr, sehr viel Geld, deshalb lohnt sich ein Mord.«

»Haben Sie Beweise, Herr Stroebel?«

»Sagen wir mal so – zuverlässige Drähte ins Kanzleramt und in die Industrie. Ich kenne den Typen von *Cultural Risk Advisors*, Sie wissen, das ist der Mann …«

»Ich weiß Bescheid«, unterbrach ihn Rosenthal.

»James Bollinger, ich habe ihn beim Wirtschaftsforum in Davos erlebt. Der Typ ist völlig durchgeknallt. Ein Spieler mit Weltherrschaftsvisionen. So eine Art größenwahnsinniger Blofeld. Kennen Sie bestimmt, das ist der Schurke bei James Bond. Bollinger treibt doppeltes Spiel, wahrscheinlich sogar dreifaches. Die Bundesregierung zahlt ihn dafür, passgenaue Informationen in die richtigen Kanäle einzuspeisen, um das Denken der Menschen in die gewünschte Richtung zu lenken. Man könnte es Brainwash nennen. Das Spiel mit der Angst. Hat schon früher gut funktioniert. Diktatoren und solche, die es werden wollen, brauchen einen äußeren Feind, um die Entrechtung der eigenen Bürger zu legitimieren.«

»Und wer ist noch mit von der Partie?«

»Die Chinesen – dafür gibt es Hinweise, aber was das angeht, bin ich auf Spekulationen angewiesen. Grauzone.«

»Für wie wahrscheinlich halten Sie es, dass die Chinesen die Finger drin haben?«

»Auf jeden Fall drin. Ob sie sich ebenfalls *Cultural Risk Advisors* bedienen oder über eigene Kanäle verfügen, weiß ich nicht. Wahrscheinlich beides. Klar, die Chinesen sind im Spiel. Gucken Sie sich die Wirtschaftsdaten an – die Herren aus dem Reich der Mitte sind die Gewinner, sorry, die Damen sicher auch.«

»Herr Stroebel, bei der nächsten Frage wird es brenzlig für Sie«, warnte Rosenthal. »Ich brauche eine aufrichtige Antwort. Ich weiß nicht, wie lange ich noch ermitteln darf. Vielleicht werde ich von dem Fall abgezogen. Höhere Interessen, Sie verstehen?«

»Besser, als Sie denken. Ich weiß, dass der Verfassungsschutz im Spiel ist.«

»Davon wissen Sie?«

»Klar. Die rechtsradikalen *Rheinjunker* – das wollen die Ihnen doch verkaufen, stimmt's?« Stroebel nahm Rosenthal ins Visier.

»So in etwa.«

»Würde ich genauso machen. Gegner diffamieren. Klappt gut. Vielleicht gibt es aber in diesem Land ein paar Leute, die ihre sieben Sinne beisammenhaben und die Maßnahmen der Regierung schlicht für falsch halten. In einer Demokratie sollte man darüber diskutieren. Und jetzt Ihre Frage, ich wollte der nicht aus dem Weg gehen.«

»Gab es in Ihrer Gruppe Attentatspläne?«

»Gegen wen?«

»Die Kanzlerin?« Rosenthal ließ ihren Gesprächspartner nicht aus den Augen, keine Regung in seinem Gesicht sollte ihr entgehen.

Stroebel protestierte heftig. »So ein Quatsch. Mit den Wahlen hat sich das Thema Merkel übrigens von selbst erledigt. Manchmal funktioniert Demokratie.«

Die Kommissarin glaubte ihm. Die Antwort auf ihre Frage war für ihre weiteren Schritte wichtig und ein Warnhinweis für Stroebel. Er stupste mit seiner Fußspitze gegen einen Erdhügel in der Wiese und bemerkte ganz nebenbei: »Überall Maulwürfe.«

Rosenthal nickte. »Ja«, sagte sie bedächtig. »Ein Riesenproblem, genau wie in meinem Vorgarten.«

»Werden wir abgehört, Frau Kommissarin?« Aus Stroebels Gesicht war alle Ironie verschwunden.

»Von uns nicht.«

»Aber?«

»Ich halte es nicht für ausgeschlossen, dass Sie ins Visier des Verfassungsschutzes geraten sind. Das dürfte ich Ihnen nicht sagen, ist Ihnen klar, oder? Ich fürchte, dass womöglich die Zeit für zivilen Ungehorsam gekommen ist.«

»Respekt, Frau Rosenthal!«, sagte Stroebel anerkennend. »Ich habe natürlich recherchiert, Ihren Background. Sie sind finanziell unabhängig und haben eine interessante Familiengeschichte. Viele Widerstandskämpfer unter den Ahnen. Das hat mich beeindruckt. In einer solchen Familie wird man nicht zum Mitläufer. Deshalb habe ich mich Ihnen anvertraut. Hätte ich nicht bei jedem x-beliebigen Kollegen von Ihnen getan.«

»Wer hat Claudia Ruppert ermordet?«, überlegte Rosenthal laut. »Das muss ich klären. Haben Sie einen Verdacht, Herr Stroebel? War sie an anderen heißen Storys dran?«

»Nachdem mein Prozessor da oben«, Stroebel tippte sich an die Stirn, »nachdem der alle Daten verarbeitet hat, würde ich sagen, Verfassungsschutz oder Bundeskriminalamt, irgendeiner der Dienste im Auftrag der Regierung oder zumindest gibt es in Berlin-Mitte Mitwisser. Wer weiß, vielleicht wird der Täter aber auch von unseren *CRA*-Freunden bezahlt. Mit Bollinger ist nicht gut Kirschen essen. Er kann sehr charmant sein, aber lassen Sie sich nicht täuschen von ihm, falls Sie ihn befragen.« Stroebel schwieg.

»Sie sind nicht fertig, Herr Stroebel, stimmt's?«

Theresa Rosenthal sah es dem Unternehmer an, dass er auf einem Gedanken herumkaute.

»Claudia stand kurz vor der Veröffentlichung eines brisanten Artikels. Ich selbst habe sie auf die Story gestoßen. Es geht um den Bausumpf bei der Sanierung der Kölner Bühnen.«

»Ach, Sie sind F.S. Punkt?« Rosenthal schaute Stroebel prüfend an.

»Was meinen Sie, Frau Kommissarin?«

»Das Köln-Buch bei Frau Ruppert. ›Rücken Sie Ihnen auf die Pelle, diesen korrupten Arschlöchern. Herzlichst F.S.‹ Das waren Sie.«

»Tatsächlich, das Buch habe ich ihr geschenkt.«

»Entschuldigen Sie die Unterbrechung. Zurück zum Bühnenskandal.«

»Eine Mitarbeiterin beim Baudezernat hat sich an mich gewandt«, erzählte Stroebel. »Sie wissen, ich bin Vorsitzender des Opernfreundeskreises. Diese Mitarbeiterin – ich nenne keinen Namen – quälte das schlechte Gewissen. Sie hatte jede Menge Informationen gesammelt, Korruption, Misswirtschaft, Fehlplanung, kurz gesagt, Unfähigkeit auf der ganzen Linie. Sie traute sich nicht, damit zur Polizei zu gehen. Ich habe Claudia Ruppert den Tipp gegeben. Sie hat tiefer gebohrt und stand mit der Geschichte kurz vor der Veröffentlichung bei den *Rheinjunkern*. Das hat sie mir bei unserer letzten Begegnung gesagt.«

»Wann war das?«

»Vielleicht zwei Wochen vor Ostern.«

»Geben Sie mir den Namen der Mitarbeiterin beim Baudezernat, bitte, Herr Stroebel.«

»Keinesfalls, Frau Kommissarin. Sie hatte sich selbst in

etwas verstrickt, kleine Sache, aber dadurch ist sie erpressbar.«

»Sprechen Sie mit ihr, bitte. Sie soll sich uns anvertrauen. Bestimmt können wir etwas drehen. Vielleicht Kronzeugenregelung.«

»Ich schau mal«, blieb Stroebel vage. »Und Sie, Frau Rosenthal, haben Sie einen Verdacht?«

»Man hat Erfahrungswerte nach so vielen Jahren bei der Mordkommission. Im Fall Claudia Ruppert spricht die Erfahrung für Beziehungstat, die Umstände passen, allerdings macht mich die Vorgehensweise stutzig. Die Todesart spricht dagegen.«

»Vielleicht spielt hier beides zusammen«, spekulierte Stroebel.

Ein Warnlämpchen leuchtete in Rosenthals Hirn kurz auf. Da Stroebel das Thema wechselte, beachtete sie es nicht weiter.

Mittlerweile war es dunkel geworden. Sie näherten sich der Gedenkstele. Alles war besprochen.

»Wie wäre es mit einem Drink bei mir?«, fragte Stroebel. »Meine Haushälterin hat eine feine Spaghetti Bolo in den Kühlschrank gestellt. Sie haben bestimmt heute nichts Richtiges gegessen.«

»Stimmt«, bestätigte Rosenthal. »Sehr verlockendes Angebot, aber wer weiß, ob Ihr Haus nicht beobachtet wird. Den Gefallen tue ich den Kollegen von der Merianstraße nicht.«

»Bundesamt für Verfassungsschutz?«

Die Kommissarin nickte.

»Ist alles dienstlich, Frau Rosenthal.«

»Klar, aber ich bin meinen Feinden, oder sagen wir Konkurrenten, gern einen Schritt voraus. Und die nette

Bolo-Unterhaltung, aufgezeichnet und archiviert, gönne ich denen nicht.«

»Glauben Sie tatsächlich, ich werde abgehört?«

»Ich schließe das nicht aus«, formulierte Rosenthal zurückhaltend.

»Danke für Ihre Offenheit.«

»Sie können sich revanchieren. Geben Sie mir einen Ansprechpartner bei den *Rheinjunkern*.«

»Einverstanden. Ich telefoniere morgen mit ein paar Leuten.«

Stroebel hatte das Kettenschloss vom Laternenpfahl gelöst, bestieg sein Fahrrad und fuhr winkend davon.

Rosenthal setzte sich in ihren grünen Mini Cooper und ließ das Gespräch mit dem Unternehmer sacken. Wieso war das Warnlämpchen aufgeflackert? Das Telefon störte sie in ihren Gedanken.

»Sandro, was gibt es zu später Stunde?«

»Theresa, mir ist etwas eingefallen, das ich dir unbedingt erzählen muss«, sagte Farinesi. »Ich weiß nicht, ob es wichtig ist …«

»Hat es mit unserem Fall zu tun?«

»Ja, und zwar …«

Theresa unterbrach ihn. »Ich komme auf dem Heimweg vorbei. Bist du noch bei Tante Clarissa?«

»Ja.«

»Bis gleich.«

ÜBERSTUNDEN

Was immer Sandro eingefallen war, es musste nicht am Telefon erörtert werden. Was hatte sie gerade mit Stroebel besprochen? Ein bisschen Paranoia kann lebensrettend sein.

Rosenthal nahm den Militärring in Richtung Süden. Abends lief der Verkehr dort flüssig. Tagsüber stand man stundenlang an der Bahnschranke Luxemburger Straße. Hatten die Kölner Verkehrspolitiker in den letzten 20 Jahren nicht hingekriegt, die Bahnschienen zu über- oder unterführen. Am Verteilerkreis nahm sie die Bonner Straße, Marienburger Straße und bog in die Goethestraße ein. Sie parkte den Mini 100 Meter von Tante Clarissas Haus entfernt. Kalt, bemerkte sie, aus dem Auto steigend. Keine Spur von Frühling. Sie warf sich einen grünen Parka über und schlenderte den Bürgersteig entlang, jedes Auto kontrollierend, ob jemand darinsaß. Es war nicht ausgeschlossen, dass sie Farinesi beobachteten. Als sie die Villa ihrer Tante erreichte, war es fast halb elf. Sie hatte Farinesi nicht gefragt, ob Clarissa wach war. Um die Tante nicht durch ihr Klingeln zu wecken, schickte sie Sandro eine SMS: »Stehe vor der Tür.«

Der Conte machte einen hellwachen Eindruck. »Komm herein«, sagte er mit einladender Geste.

»Ich bin hundemüde, langer Tag«, erwiderte sie. »Kannst du mir nicht schnell sagen, worum es geht?«

»Hätte ich auch am Telefon.«

»Telefon halte ich zurzeit für keine gute Idee«, gab sie zu bedenken.

»Willst du nicht doch rein – deine Tante ist wach.«

Rosenthal ließ sich überreden. Clarissa und Sandro hatten es sich vor dem Kamin gemütlich gemacht. Sie waren bei Whiskey angelangt.

»Nimmst du einen?«, fragte die Tante.

»Nein, danke, lieber ein Bier, möglichst alkoholfrei.«

»Das einzig Alkoholfreie hier im Haus ist Kaffee, Tee und Wasser. Sandro, kannst du meiner überarbeiteten Nichte ein Bier aus dem Kühlschrank holen.«

Sandro schien sich ganz zu Hause zu fühlen. Er kehrte mit einem Gaffel-Kölsch und passendem Glas zurück.

»Du siehst angestrengt aus, meine Kleine«, sagte die Tante mitleidig.

»Furchtbarer Tag!« Theresa lehnte sich im Sessel zurück und genoss das kalte Bier.

Sie hätte gern ein Gespräch über alles und nichts geführt. Bloß nicht Job. Bringen wir es hinter uns, dachte sie müde und fragte Sandro, was er ihr am Telefon mitteilen wollte.

»Vielleicht ist es nicht wichtig«, begann Sandro zögernd, »aber ich will nichts – wie sagt man so schön auf Deutsch – versemmeln? An dem Karfreitag, als ich Claudia nicht erreichen konnte, war ich im Laufe des Vormittags so nervös geworden, dass ich mich ins Auto setzte und zu ihrem alten Berliner Haus fuhr. Stefan Ruppert wohnt dort noch. Vielleicht war ich ein wenig eifersüchtig oder misstrauisch, ob sie sich wieder bei ihrem Ehemann eingenistet hatte. Was einem halt alles durch den Kopf geht, wenn man einen geliebten Menschen nicht erreicht. War mir ein bisschen peinlich. Deshalb habe ich es verdrängt. Ich parkte und hielt die Haustür der Rupperts im Blick, Käppi tief ins Gesicht gezogen, Sonnenbrille. Ich kam mir wie ein Idiot vor. Irgendwann fuhr ein Auto in die Einfahrt. Ruppert stieg aus. Er wirkte übermüdet, sah aus, als habe er in seinem Anzug geschlafen, schaute suchend die Straße rauf und runter. Er hatte etwas Irres im Blick. Glaube mir bitte, Theresa, der sah aus, als wäre er völlig durchgeknallt. Er öffnete mit zittriger Hand die Tür, bekam sie kaum auf, fummelte am Schloss herum und fluchte vor sich hin. Der hatte nicht alle Sinne beisammen. Warum, das weiß ich natürlich nicht. Er verschwand im Haus, und ich bin danach in meine Wohnung zurückgekehrt. Das war's.«

Theresa schaute nachdenklich. »Für den Todeszeitpunkt hat er ein Alibi, sonst würde ich ihn gern weiter zu den Verdächtigen zählen.« Was ist das Alibi eines Verfassungsschützers in diesem Fall wert, überlegte sie, ohne die Frage mit Farinesi zu erörtern.

Rosenthal kam in den Sinn, Tante Clarissa ein bisschen über die Heidens auszuforschen. Sie wunderte sich, dass sie die Inquisition der Verwandten bisher vermieden hatte. Die Tante kannte Gott und die Welt und in Köln Marienburg sicher die wichtigen Leute, aber die Kommissarin hatte bereits vor einiger Zeit Informationen bei Clarissa eingeholt und sie scheute sich, sie erneut für ihre Zwecke einzuspannen.

Schließlich entschloss sie sich. »Kennst du eigentlich die Heidens?«, fragte sie eher nebenbei.

Die Tante setzte ihr mildes Lächeln auf. »Ich dachte, du fragst nie. Es wunderte mich, dass du das Verhör nicht viel früher vorgenommen hast.«

»Tante«, reagierte Theresa fast erschrocken. »Verhör, ich bitte dich! Nur so eine Frage. Ich will dich nicht in Verlegenheit bringen.«

Clarissa wehrte mit einer lässigen Geste ab. »Ach was. Ich kann dir in diesem Fall sowieso wenig helfen. Ich bin den Eltern Heiden mehrmals flüchtig begegnet, auf größeren Empfängen, aber wir hatten keinen engeren Kontakt. Du weißt, dein Onkel Ferdi und ich waren jahrelang auf verschiedenen diplomatischen Posten im Ausland. Nur wenn Ferdi im Auswärtigen Amt in Bonn war, lebten wir in unserem Haus in Köln. Und nach der Pensionierung hielten wir uns meist in unserem Häuschen an der Côtes auf. Wie du weißt, bin ich erst nach dem Tod von Ferdi ganz nach Köln übergesiedelt. Die Stadt ist nicht unbedingt meine erste Wahl, aber nach 20 Umzügen in, ja, in wie vielen Jahren, mein Gott, da hatte ich keine Lust auf einen weiteren Ortswechsel, obwohl ich lieber in Hamburg leben würde. Lohnt sich nicht mehr für die letzten paar Meter. Und was würden meine rheinländischen Bridgefreundinnen ohne mich machen?«

»Ich bin sicher, das Spielniveau würde erheblich absinken«, lächelte Theresa, froh, dass die Tante ihre Recherchen nicht übelnahm. Rosenthal wusste, was für ein bewegtes Leben ihre Verwandte hinter sich hatte und dass sie mit ein paar Nachfragen nicht zu erschüttern war. Trotzdem, Clarissa war eine alte Dame und hatte Rücksicht verdient.

»Und jetzt ab ins Bett, Kind. Du siehst erschöpft aus.«

»Echt?«

»Ja«, bestätigte Farinesi und brachte Theresa hinaus.

»Ich komme nicht weiter in diesem Fall«, sagte Rosenthal an der Tür. »Ich überlege, ob ich mehr über das Opfer wissen muss, um dem Täter auf die Spur zu kommen.«

»Morgen, mein Herz«, erwiderte Farinesi und strich ihr liebevoll über die Wange.

»Morgen werde ich Ruppert sehen, ich würde gern heute etwas erfahren.« Sie setzte sich auf einen Stuhl im Entrée und bewegte Sandro, sich ebenfalls niederzulassen.

Sie schauten auf ein abstraktes großformatiges Gemälde, einen Kandinsky. »Den hat meine Tante bereits in den 50ern gekauft, als andere romantische Landschaften und röhrende Hirsche über ihre Sofas hängten. Sie war damals schon eine moderne Frau«, erklärte Theresa. »Erzähl mir ein bisschen über Claudia. Wie war sie?«

»Revoluzzer, Chaot, Querkopf, intelligent. Viel intelligenter als ihre Brüder, aber statt sie ins Business einzubinden, fuhren die beiden das Bankhaus vor die Wand. Was noch? Claudia war neugierig, vor allem neugierig auf Menschen, ein Menschenfänger. Mit ihrem Charme fing sie Männer wie Frauen ein. Wenn Leute sie langweilten, konnte sie verletzend werden. Sie war lustig. Ich vermisse ihren Humor, ein subversiver Humor, manchmal makaber. Der Tod faszinierte sie. ›Ich rede gern über den Tod‹, sagte sie einmal. ›Wenn ich über ihn spotte, schreckt er mich nicht.‹«

»Eine faszinierende Frau, richtig?«

»Sie fraß dich mit Haut und Haaren, nicht vernichtend, das meine ich nicht, sie inspirierte dich, forderte und ließ dich leuchten. Sie holte aus mir das Beste heraus. Ich denke, auch bei anderen Männern. Sie hinterlässt mich einsam. Ich hoffe, dass ich die Seiten, die sie in mir weckte, nicht verliere, weil sie nicht mehr darauf achten kann.«

Sandro starrte vor sich hin. Rosenthal ließ das Gesagte wirken und störte ihn nicht in seinen Gedankengängen.

»Unsere Beziehung war jung«, sagte er, nachdem ein paar Minuten vergangen waren. »Ich weiß nicht, wie lange wir es miteinander ausgehalten hätten. Vielleicht wäre es schwierig geworden, mit ihr zu leben, ohne sie kann ich es mir überhaupt nicht vorstellen.«

Sie hörten Tante Clarissa in der Küche mit Tellern und Gläsern scheppern, die sie offensichtlich in der Geschirrspülmaschine verstaute.

»Morgen kommt deine Haushälterin«, rief Theresa. »Oder lass mich das machen.«

»Bist du noch nicht im Bett, Kind?«, meldete sich die Tante lautstark zurück. »Ab nach Hause jetzt.«

REHLINGER HAT ANGST

Das Telefon klingelte nachts um halb zwölf. Brigitte Rehlinger war im ersten Halbschlaf. Nach dem Anruf von Stroebel hatte sie 15 Baldriantropfen genommen, die sie kaum beruhigten. Danach versuchte sie es mit zwei kräftigen Spritzern Melatonin auf die Zunge. Das Mittel wirkte ganz gut, half ihr beim Einschlafen. Stroebels Warnung hatte sie verunsichert, Blödsinn, sie war zu Tode erschrocken. Der Anruf kam am Abend, er mahnte sie zur Vorsicht. Auf ihn war geschossen worden. Ein Einbruch in sein Haus, ein Schuss, der ihn gottlob nur gestreift hatte, aber womöglich töten sollte. Die Sache wurde ernst. Das Telefon klingelte weiter. Um diese Uhrzeit klang es irgendwie aggressiv. Ihr Lebensgefährte Lorenzo würde sie nicht auf dem Festnetz anrufen. Sie schaute auf das Handy. Ihr Freund hatte nicht versucht, sie zu erreichen. Sie nahm den Hörer ab.

»Frau Rehlinger, wir müssen reden.«

»Wer ist da?« Sie kannte die Stimme, eine harte, schneidende Männerstimme. Trotzdem fragte sie erneut. »Hallo, wer ist da, wer spricht?« Brigitte Rehlinger spürte die Benommenheit von dem Baldrian-Melatonin-Nebel in ihrem Hirn und wollte Zeit gewinnen. Natürlich wusste sie oder ahnte, wer sie so unverschämt mitten in der Nacht belästigte. Brigitte wünschte, sie hätte sich nie mit diesen Leuten eingelassen. Alles für Lorenzo, sie wollte ihm helfen. Ein Sternerestaurant in der Nähe der Oper. Es war sein Lebenstraum und sie hatte ihm den erfüllt. Sie liebte Lorenzo.

»Frau Rehlinger, sind Sie noch dran?« Der Mann klang ungeduldig. »Treffen Sie mich morgen Vormittag in der Oper, unten, im zukünftigen Lagerraum für Betriebsmittel. Sie kennen sich ja aus. Wir müssen reden. Hier geht einiges schief und Sie hängen mit drin.«

»Morgen kann ich nicht«, versuchte Rehlinger sich herauszureden. Sie hatte Angst vor dem Mann. An allem war dieser Bollinger schuld. Er setzte Lorenzo die Idee mit dem Restaurant an der Oper in den Kopf, versprach ihm Hilfe. Natürlich gab es eine Bedingung, es gab immer eine Bedingung in ihrer Branche.

»Elf Uhr Frau Rehlinger, seien Sie da.« Es war etwas Bedrohliches in der Art, wie der Mann das sagte. »Das schöne Restaurant, es könnte Schaden nehmen, Frau Rehlinger. Das wollen Sie doch nicht.«

Brigitte lag wach, als Lorenzo heimkehrte. Als sie ihn an den Türschlössern hantieren hörte, knipste sie die Nachttischlampe an. Es war fast zwei Uhr. Er öffnete die Schlafzimmertür vorsichtig, sah den Lichtschimmer und trat lächelnd ein.

»Mein Liebling ist wach?« Er nahm sie zärtlich in den Arm, küsste sie auf beide Wangen. Sie sagte nichts von dem bedrohlichen Anruf, die Nachricht würde ihm den Schlaf rauben.

Lorenzo ging ein ähnlicher Gedanke durch den Kopf. Auch er verschwieg, dass gegen Mitternacht ein unangenehmer bulliger Typ im Restaurant aufgetaucht war: schwarze Lederjacke, dunkle Haare, Dreitagebart, Baseballkappe tief ins Gesicht gezogen.

»Ein Glas Champagner, Lorenzo«, orderte der Unbekannte im Befehlston und haute mit der flachen Hand krachend auf den Tresen. Irgendein Akzent, osteuropäisch, vielleicht russisch, vielleicht ein Tschetschene, überlegte Lorenzo, goss einen billigen Champagner in ein Glas und schob es hinüber zu dem Mann. Der stürzte den Inhalt in einem Zug hinunter. Gut, dass es der kaum noch prickelnde Rest aus einer vor zwei Tagen geöffneten Flasche war. Das bemerkte der Typ nicht. Kein Gourmet, dachte Lorenzo verächtlich.

»Schöne Restaurant«, grinste der Mann unangenehm. »Wär schade, wenn Laden kaputt. Sag Frau!«

Der Typ knallte das leere Glas auf den Tresen, drehte sich um und verließ das Lokal, ohne zu bezahlen.

Lorenzo ging kurz ins Bad, er war zum Umfallen müde putzte nur schnell die Zähne, zog seine Sachen aus und schlüpfte unter die Decke. Er nahm Brigitte in den Arm. Ihre Wärme beruhigte ihn. Trotz der Aufregungen am Abend schlief er erschöpft ein, während Brigitte wachliegend seinen ruhigen Atemzügen lauschte.

MÄNNER SIND AUF DEM PLATZ

»Wenn sie in diesem Land beim Lösen der Probleme so fantasievoll wären wie beim Erfinden von Vorschriften, wären wir weiter«, sagte Theresa Rosenthal am Morgen nach dem Gespräch mit Stroebel zu ihrem Ehemann. »Darfst du dich eigentlich ohne Sicherheitskonzept rasieren?«

»Bestimmt voll illegal«, nuschelte Georg durch seinen Rasierschaum hindurch. »Das erklärt, warum so viele Männer sich Bärte wachsen lassen. Ist dir aufgefallen, welche Spießer plötzlich mit coolem Vollbart auftauchen? Überall in Deutschland Talibans oder heißt es Talibane?«

»Talibanesen.«

Theresa betrachtete im Badezimmerspiegel ihr Gesicht. Sie entdeckte zwei lange Falten, die rechts und links der Mundwinkel nach unten verliefen. Die waren neu. Sie gaben ihr einen negativen Gesichtsausdruck. Theresa probierte es mit einem Lächeln. Besser, dachte sie, ich muss mehr lächeln, weniger schimpfen, mehr lächeln, aber worüber?

»Führen wir eigentlich eine gute Ehe?«, überrumpelte sie Georg mit einer Frage, die man Männern besser nicht stellte, schon gar nicht vor dem Frühstück.

»Wieso fragst du?«

»Einfach so.«

»Besser als Tom und Gitte«, prustete er mit Schaum vorm Mund.

»Das stimmt, bei denen ist dauernd Krach in der Bude.«

»Ich habe Tom vor ein paar Tagen gefragt, ob er und seine Frau eigentlich irgendetwas gemeinsam haben.«

»Und?« Theresa war gespannt.

»Ja, meinte er, sie hätten am selben Tag geheiratet.«

»Die haben nicht alle Latten am Zaun«, sagte sie.

»Gleich mehrere Sprünge in der Schüssel«, bestätigte Georg, während er saubere Bahnen durch den Rasierschaum zog.

»Rad ab!«, ergänzte Theresa.

»Und nicht eine Tasse mehr im Schrank.«

Georg behielt das letzte Wort. Seine Frau lächelte.

»Ich dreh gleich eine Runde auf dem Golfplatz«, verkündete sie. »Ich brauch Tapetenwechsel.«

»Okay«, sagte Georg und zeigte nicht, dass er traurig darüber war, weil sie den Samstag nichts Gemeinsames unternahmen. Er wusste, dass sie die Auszeit brauchte. Der kleine weiße Ball half seiner Gemahlin abzuschalten.

Theresa schickte eine SMS an Stefan Ruppert und bat um einen Termin am Nachmittag.

»15 Uhr?«, fragte er.

»Okay!«

Danach simste sie Paul Rasmussen an. Er war ein Golffreund, mit dem sie gerne eine Runde über den nahegelegenen Platz drehte und redete. Das Spiel mit ihm war in jeder Hinsicht eine Bereicherung. Einst war er ein Verdächtiger in einem Mordfall gewesen, womit er sie gerne aufzog. Du hast eben das gewisse Etwas eines Lustmörders gehabt, behauptete sie. Nachdem der Mordverdacht ausgeräumt war, hatten sie einen kurzen Flirt und jetzt war Rasmussen ein guter Freund.

Das neue Haus in Bayenthal verschaffte Theresa Rosenthal den Vorteil, mit dem Fahrrad in fünf Minuten den Golfclub zu erreichen.

»Wann?«, simste Rasmussen zurück.

»11 Uhr?«

»Perfekt.«

Theresas Laune besserte sich.

Es waren tatsächlich sieben Minuten bis zum Golfplatz. Beim Treten in die Pedale kam sie nicht einmal ins Schwitzen. Theresa überquerte den Militärring bei der Feuerwehrstation und wollte gerade nach rechts in den Radweg des Grüngürtels einbiegen, als ein Junge sie rechts überholte und direkt vor ihrem Vorderreifen nach links abschwenkte. Sie bremste, rutschte weg und stürzte fast, sich lauthals über das Schwachsinnsmanöver des Jungen beschwerend.

»Sie haben kein Handzeichen gegeben«, rotzte ihr der etwa 12-Jährige entgegen. Keine Entschuldigung.

Im Unrecht sein und noch frech werden. Wo lernte diese heranwachsende Generation das bloß?

Mit zittrigen Knien fuhr Theresa weiter und haderte mit der Welt. Was den Respekt vor dem Alter anging, hatte sie wirklich Pech mit ihrem Geburtsdatum. Von ihren wilhelminisch denkenden Eltern war sie in ihrer Kindheit unermüdlich ermahnt worden, Respekt vor alten Leuten zu haben. Sie hielt sich daran, oft hadernd, ob die Alten diesen Respekt wirklich verdienten. Schließlich liefen in ihrer Jugend jede Menge Alt-Nazis herum. Nun, da sie selbst älter wurde und auf ein wenig Rücksichtnahme hoffte, wuchs gerade eine gehätschelte Generation heran, die auf Respekt für Alte schiss. »Guten Tag« sagten sie auch nicht mehr, stellte die verstimmte Kommissarin bei der Einfahrt in den Golfclub fest, als drei Kinder grußlos an ihr vorbeilatschten. Was brachten die heutigen Eltern ihren Kindern bloß bei? Lasst euch nichts gefallen, oder was? Arme Lehrer! Sich selbst bedauerte Theresa ebenfalls. Wie würde es sein, alt zu werden inmitten von achtlosen jungen Menschen?

Doktor Paul Rasmussen stand wartend am ersten Abschlag. Er war ein aktiver, sportlicher Mann mit optimistischer Ausstrahlung. Es rührte Rosenthal, dass er strahlte, als sie mit ihrem Golf-Bag zu ihm hin schlenderte.

»Darf ich dich eigentlich öffentlich küssen bei der Begrüßung?«, fragte Theresa und umarmte den Doktor. »Die Hälfte der Mitglieder sitzt auf der Terrasse, wir werden Talk of the Club sein.«

»Kein Preis ist zu hoch für das Vergnügen, dich zu umarmen«, lächelte Rasmussen. Er hatte etwas Sehnsüchtiges im Blick, was Theresa beunruhigte.

»Worum spielen wir heute?«, fragte sie ablenkend.

»Um die Drinks«, grinste Rasmussen. Ein Running Gag, da die Gastronomie seit Monaten wegen Umbauarbeiten geschlossen hatte. »Wir könnten allerdings hinterher den Kiosk an der Bushaltestelle Pferdmengesstraße ansteuern. Der entpuppt sich zurzeit zum Ersatzclubhaus.«

»Also Lochwettspiel über neun Löcher, mehr schaffe ich nicht, habe später einen Termin«, sagte Theresa. »Und den Kuchen zahlt, wer am häufigsten das Fairway trifft.«

Rasmussen startete vom Herren-Abschlag. Sein Schwung verriet Gefühl für Rhythmus und wirkte gleichzeitig dynamisch und kontrolliert. Der Arzt hielt sich fit, war drahtig und gut in Form. Man sah ihm seine Mitte 60 nicht an.

»Zugegeben, ein schöner Schlag, leider im Bunker«, spottete Rosenthal. »Nicht weinen!«

Sie trotteten vor zum Damenabschlag. Theresa machte ein paar Probeschwünge mit dem Driver und sprach danach ruhig den Ball an, verharrte, bis sie das Gefühl hatte, den Körper unter Kontrolle zu haben. Es gelang ein gerader Schlag mitten auf das Fairway.

»One point für die Kommissarin«, lobte Paul Rasmussen. »Aber der Kuchen ist noch lange nicht dein.«

Sie verstauten die Schläger und gingen gemächlichen Schrittes zu ihren Bällen. Kein Grund zur Eile. Von hinten drängelte keiner. Beide Spieler suchten Entspannung.

»Wie geht es dir denn so, Doc?«, fragte Theresa.

Als hätte sie in ein Wespennest gestochen, ließ Rasmussen seinen über Wochen aufgestauten Frust mit einem Wortschwall heraus.

»Ich hadere seit Langem mit einem System, das uns vorgaukelt, Lebenserhaltung aus ethischen Gründen zu betreiben, einer Gesellschaft, die den Tod ausklammert, statt ihn als Teil unseres Lebens zu empfangen. Wir pumpen Milliarden in die Gesundheitsindustrie, die den Erhalt von Körpern betreibt, teure Maschinen auf den letzten Metern einsetzt, um einen Körper, dessen Geist sich lange verabschiedet hat, von einer Kohorte von Pflegern und Anverwandten zu versorgen. Nein, es darf nicht mehr gestorben werden! Warum eigentlich nicht? Ich sage es dir: Weil das Geschäft mit der Lebensverlängerung grandios ist. Kaum einer in unserem gesegneten Westen fragt sich, warum Leben in den unterschiedlichen Teilen dieser Welt so unterschiedlichen Wert besitzt. Kratzt es die Masse der deutschen Bevölkerung, wenn in anderen Erdteilen an Hunger oder irgendwelchen läppischen Krankheiten gestorben wird? Wenn die Gesundheit afrikanischer Kinder zerstört wird, damit wir ein paar hübsche billige Rosen in die Vase stellen können.«

Die innere Erregung tat Rasmussens Golfspiel nicht gut. Es gelang ihm zwar, den Ball aus dem Bunker herauszuspielen, aber er blieb kurz, was ihm einen circa 130 Meter langen Schlag zum Grün ließ. Theresas zweiter Schlag kam vor der Grünkante zur Ruhe.

»Lass uns über etwas Schönes reden«, schlug Rasmussen vor. »Tut meiner Seele gut und meinem Golfspiel.«

»Einverstanden.«

»Bist du eigentlich noch so rasend in mich verliebt?«, scherzte der Doktor, wobei unklar blieb, ob es sich von seiner Seite nicht genauso verhielt. Rasmussens Ehe war eine dieser trostlosen Beziehungen, die aus Mutlosigkeit nicht geschieden wurde und so dahindümpelte. Dass seine Frau viele Wochen in ihrem Haus auf Mallorca verbrachte, verschaffte ihrer Ehe Pausen und Luft für das Golfspiel mit Theresa.

Rosenthal quälte ihren Partner nicht mit weiteren Fragen, die ihn emotional bewegten. Vom zweiten Abschlag trafen beide Spieler das Fairway und lochten mit dem vierten Schlag ein.

»Da coacht man eine Anfängerin mit Engagement und Liebe und muss sich nach kurzer Zeit von ihr einpacken lassen«, maulte Paul Rasmussen. Tatsächlich hatte er die Kommissarin ein paar Jahre zuvor während der Aufklärung des Golfplatzmordes zu diesem Sport verführt. Sie war ehrgeizig, hatte Talent und große Freude, wenn sie auf den Platz ging. Rosenthal fröstelte und zog ihre Daunenweste über, weil die Sonne gerade hinter einer dicken schwarzen Wolke verschwand. »Was für ein Scheißwetter«, fluchte sie. »Dieses Frühjahr hat wettermäßig kaum einen Lichtblick geboten. Die Kälte zermürbt mich.«

»So schlecht war das Wetter nicht. Wahrscheinlich hast du dich immer gerade bei deinem Pathologen im Keller herumgetrieben, wenn die Sonne schien.« Rasmussen kannte Bellutt aus seinem rotarischen Club und hatte eifersüchtig beobachtet, dass der Kollege eine Schwäche für die Kommissarin hegte.

Der Golfball verlangte volle Konzentration, sonst nahm er gern ungewollte Abweichungen von der gewünschten Linie. Er lenkte die Gedanken der Spieler von ihren Alltagsproblemen ab. Genau das war es, was Rosenthal und Rasmussen auf dem Platz suchten. Manchmal suchten sie auch einen Ball, meist den von Rasmussen, der einige Slices in die Wälder schlug.

»Weißt du eigentlich, was die Frauen sagen, wenn sie es auf dem Platz scheppern hören?«, fragte Theresa süffisant.

»Ich ahne es.«

»Männer sind auf dem Platz.« Rosenthal amüsierte sich köstlich.

Sich gegenseitig aufziehend und scherzend gingen die beiden Spieler ihre Runde, während sich bei jedem weiteren Schlag die Laune hob. Am achten Loch traf Theresa das Fairway und hatte damit den Kuchen gewonnen, während sie im Lochspiel weiterkämpfen mussten. Sie standen square. Spieltechnisch beging die Kommissarin den Fehler, ein sie beruflich bewegendes Thema anzuschneiden.

»Kennst du die Heidens?«

»Die Bankiers?«, fragte Rasmussen.

»Ex-Bankiers, ja.«

»Dein neuester Fall, ich habe es gelesen«, antwortete Rasmussen. »Nein. Als ich vor 30 Jahren als junger Arzt meine Praxis in der Marienburg eröffnete, waren die Heidens die Könige von Köln, so Leute, die eher nach Rochester in die Mayo-Klinik pilgerten. Und für das Tägliche gab es einen alteingesessenen Kollegen, der für die Schönen und Reichen zuständig war. Hausbesuche mit anschließendem Sundowner. Und jetzt sind ihm die Familienmitglieder abhanden gekommen.«

»Doch, die Tochter Claudia, sie ist zurück in Köln. Bist du ihr einmal begegnet? Sie war eher nicht der Typ, der zu einem Modearzt ging«, sagte Theresa und ergänzte. »Sie hatte die Stadt als junges Mädchen verlassen, studierte im Ausland.«

»Ich atme auf. Mal nicht der Verdächtige«, spielte Rasmussen auf ihr erstes Zusammentreffen an, als eine Tote auf dem Golfplatz gefunden wurde und er kurzzeitig im Fokus der Ermittlerin stand. »Tatsächlich war sie vor ungefähr zwei Monaten in meiner Praxis. Da habe ich nicht geerdet, dass sie zu dem Heiden-Clan gehört. Sie stellte sich als Claudia Ruppert vor. In der Zeitung las ich dann die Geschichte von dem Mord an Claudia Ruppert und ihrer Herkunft. War natürlich auch ein Thema hier im Club. Alle kennen die Heidens. Der Rest unterliegt der ärztlichen Schweigepflicht.«

»Du sollst nicht Claudia Rupperts Krankenakte öffnen, mich interessiert, wie du sie einschätzt. Du hast Menschenkenntnis, sonst wärst du kein guter Arzt. Was war sie für eine Frau?«

»Tja, was war sie für eine Frau?«, überlegte Rasmussen. »Eine, die man bemerkte. Sperrig. Keine leichte Patientin.«

»Was heißt das für euch Ärzte?«, fragte Rosenthal schnippisch. Sie selbst hatte die Erfahrung gemacht, dass Ärzte es nicht schätzten, wenn Patienten mit einer eigenen

Meinung auftraten. Dabei war sie überzeugt, ihren eigenen Körper am besten zu kennen, gerade wenn ihm etwas fehlte. Sie hatte sich bereits vor einiger Zeit mit Rasmussen über das Thema auseinandergesetzt. Er wusste, was sie bei der Frage bewegte.

»Ich gebe zu, dass wir den Patienten nach DIN-Norm bevorzugen«, gab Rasmussen halb ironisch, halb im Ernst zu. »Aber ich behandele die anderen auch.«

»Und so eine andere war Claudia Ruppert?«

»Eine unbequeme Frau«, sagte Rasmussen. »Ich habe sie deshalb nicht umgebracht, das musst du mir glauben.«

»Ich weiß nicht«, sinnierte die Kommissarin. »Vielleicht habe ich damals den Falschen verhaftet und eigentlich bist du der Frauen hassende Serienmörder. Die hier auf dem Golfplatz Getötete war genauso eine unangepasste Frau, die das Wohlbefinden alter weißer Männer störte.«

»Jetzt komm du auch mit den alten weißen Männern. Wo sollen wir bloß hin?«, lachte Rasmussen. »Im Übrigen weißt du, dass ich ein großer Verehrer von Julia Buenlago war.«

»Die dich nicht erhört hat.«

»Die mich nicht erhört hat«, bestätigte der Arzt. »Dreh das Messer ruhig ein bisschen hin und her in der alten Wunde.«

»Noch nicht verheilt?«

»Doch.« Rasmussen zögerte. »Nicht ganz«, korrigierte er.

Sie waren 100 Meter von der Fahne des neunten Lochs entfernt. Beide schwiegen. Die Bälle lagen bereits oben auf dem Grün oder zumindest in der Nähe. Das konnten sie nicht sehen, weil das Grün ihren Blicken verborgen auf einem Hügel lag. Jeder seinen eigenen Gedanken nachhängend, schoben sie ihre Golfwagen bergan. Rasmussens Ball lag circa zwei Meter von der Fahne entfernt, Rosenthals außerhalb des Grüns. Mit einem Chip und Putt lochte sie ein. Rasmussen, der in solchen Momenten eine hohe Konzentrationsfähigkeit besaß, schob seinen Putt sauber ins Loch und ging als Sieger des Matchplays hervor.

»Gratulation!«, sagte Rosenthal. »Fühl dich umarmt und gebusserlt.« Sie deutete zwei Luftküsse an und schaute auf die Uhr. »Viertel vor eins«, sagte sie. »Das lässt uns Zeit für das Siegesmahl. Mein nächster Termin ist um drei.«

WAS SOLL'S

Rosenthal radelte zur Endhaltestation der Buslinie 106, der Treffpunkt, von dem Rasmussen gesprochen hatte. Am Kiosk gab es einen anständigen Kaffee und selbst gebackenen Kuchen. Auf dem Weg meldete sich Bär am Telefon.

»Kurze Nachricht, Theresa, damit du auf dem neuesten Stand bist. Es geht um die Sicherheitsfirma *SaferHome*. Unsere Burrenscheidt ist richtig gut, sie bleibt dran wie ein kleiner bissiger Terrier. Die Details erspare ich dir jetzt. Kompliziertes Firmengebilde. Wichtig – *Cultural Risk Advisors* ist an dem Sicherheitsunternehmen beteiligt.«

»Wow, ihr seid wirklich fit«, lobte Rosenthal. »Ich bin um 15 Uhr bei Ruppert. Danach melde ich mich, wenn es etwas Wichtiges zu berichten gibt.«

Cultural Risk Advisors hatten also die Finger drin. Was bedeutete das? Die Welt wird mir gerade zu kompliziert, dachte Rosenthal. Noch ist der Spürhund in mir wach, aber wie lange halt ich ihn mit der Nase auf der Fährte? Die Müdigkeit wächst. Muss ich aufhören? Wann? Vielleicht sofort. Mit diesen Gedanken im Kopf erreichte sie den Kiosk. Rasmussen erwartete sie; er war mit dem Auto vorgefahren und hatte bereits Kaffee und Kuchen geholt. Sie setzten sich an das Tischchen neben der Bude.

»Du denkst zu viel«, sagte Rasmussen und strich ihr zart über die Stirn.

»Du hast recht, aber die meisten im Land denken zu wenig«, erwiderte Rosenthal.

»Die meisten im Land denken gar nicht«, brummelte Rasmussen.

Ein Sonnenstrahl stahl sich zwischen den Wolken hindurch, sie reckten ihm ihre Gesichter entgegen. Jede Aufmunterung war willkommen.

»Tut gut«, sagte Rosenthal.

»Kleine Aufstockung des Vitamin-D-Haushaltes«, ergänzte Rasmussen fachmännisch.

»Ja, Herr Doktor.«

Für einen Augenblick saßen sie schweigend nebeneinander, tranken ihren Kaffee, aßen Kuchen. Alles ganz normal, fast normal, dachte Theresa. Sie spürte, dass Rasmussen gern den Arm um sie gelegt hätte. Da war so was in seinem Blick. Das wär's jetzt, sie und Rasmussen Arm in Arm auf dem Präsentierteller mitten in der Marienburg. Egal, überlegte Rosenthal in sich hinein lächelnd. Was soll's.

»Du warst mal Vorsitzender des Freundeskreises der Kölner Oper«, unterbrach Rosenthal die Idylle.

»Den Job hat ein anderer übernommen. Stroebel, er macht das hervorragend.«

»Aber wie ich dich kenne, bist du weiter gut informiert«, schmeichelte Rosenthal. »Was läuft da schief bei der Sanierung?«

»Willst du mir die Laune verderben?«

»Muss ich leider. Es gibt eine merkwürdige Spur«, rätselte Rosenthal. »Nicht sehr heiß, aber ich darf sie nicht ignorieren.«

»Allzeit im Dienst, die Frau Kommissarin.« Rasmussen trank seinen Kaffee und beschloss, dass es Zeit für ein Kölsch war. »Du auch eins?«, fragte er die Golffreundin.

»Muss gleich einen schwierigen Job erledigen«, lehnte Theresa ab.

»Nur eins für mich«, rief Rasmussen der Verkäuferin zu. »Themenwechsel. Die Bühnensanierung, eine einzige Fehlplanung.«

»Ist es nicht ein Kunststück, von einer anfänglichen Berechnung von 250 Millionen Euro auf jetzt eine Milliarde zu kommen?«

»Das muss nicht das Ende sein. Du erinnerst dich, dass ich dir die Milliarde vor zwei Jahren prognostiziert habe.«

»Stimmt. Noch mal die Frage – wie passiert so was?«

»Es beginnt immer mit einer Falschrechnung; am Anfang werden die Kosten bewusst niedrig angesetzt. Man will den Rat überzeugen, die Bürger, sich selbst. Es wird schlecht geplant, Gewerke einzeln vergeben, statt dass man einen Generalunternehmer engagiert. Zeitdruck wird aufgebaut. Und in diesem Fall wurden die Bühnenintendanten zu Bauherren ernannt.« Rasmussen tippte sich an die Stirn. »Ich bitte dich, die Künstler werden zu Bauherren.«

Theresas Telefon brummte in der Tasche.

»Geh nicht ran«, bat Rasmussen. »Wir haben es gerade so nett hier.«

Die Kommissarin warf einen Blick auf die Nummer und einen entschuldigenden Blick hinüber zu ihrem Golfpartner. Rasmussen hörte von Theresa ein kurzes Gemurmel: »Mmh, okay, mmh, ja, wo?« und danach ein »Ich muss« mit zerknirschter Stimme in seine Richtung.

Aus ihrem Gespräch mit Stefan Ruppert wurde an diesem Nachmittag nichts. Tote hatten Vorrang. Hinterher wünschte sie, dass sie auf ein frühzeitiges Gespräch mit ihm bestanden hätte. Hinterher war man bekanntlich schlauer. So musste sie den wichtigen Herrn Staatssekretär nach Berlin abreisen lassen. Es gab keinen Grund, ihn länger in Köln festzuhalten.

DAT WOR JA ZU ERWARTEN

»Dat wor ja zu erwarten, dat hier mal wat schiefgeiht«, kommentierte Hausmeister Joseph Krawinkel kopfschüttelnd. Das heißt, sein Kopfschütteln war ein Zwischending von Nicken und Schütteln, bemerkte Rosenthal. »Dat wor ja zu erwarten«, wiederholte Krawinkel und schüttelte und nickte weiter wie ein Wackelkopfhund auf der Hutablage eines Opel Astra. Wozu diente dieses Geschöpf, hatte Theresa gerade vor ein paar Tagen überlegt, als sie einem nickenden Dackelkopf im Stop-and-Go hinterherzuckelte. Unterhaltungsprogramm im Stau für den nachfolgenden Fahrer?

Der Kopfwackeler Krawinkel hatte die Tote im weitläufigen, sogenannten Maschinenraum der Oper gefunden. Hier im Untergeschoss liefen alle Problemzonen des Riesenbaus zusammen, das technische Herz. Kilometer von elektrischen Kabeln, Brandschutzrohren, digitalen Schaltelementen, Wasser-, Heizungs- und Lüftungsrohren, all das, was zum Misslingen des geplanten Eröffnungstermins beigetragen hatte.

»So 'ne nette Frau«, wunderte sich Krawinkel weiter, als gäbe es ein Gesetz, das die Netten vor dem Tode schützte. Seinen Irrtum bemerkend, fügte er an: »Die Besten gehen zuerst.« Damit hatte er seinen Sack an Weisheiten geleert und wandte den Blick ab von der jüngst Verstorbenen.

Rosenthal wurde mulmig. Nicht wegen des Anblicks einer Toten. Sie hatte viele in ihrem Leben gesehen. Tagesgeschäft. Diese Formulierung klang zynisch, aber sie entsprach den Tatsachen. Tote waren ihr Business. Vielleicht war es Zeit, sich versetzen zu lassen – Grenzschutz, Betrugsabteilung, Drogendezernat? Drogen waren auch nicht schön. Mulmig war ihr geworden, als Herr Krawinkel die Tote als Mitarbeiterin aus dem Baudezernat identifizierte. Baudezernat – ein Alarmglöckchen läutete. Sie musste alsbald mit Stroebel sprechen.

»Brigitte Rehlinger, 44 Jahre alt, Mitarbeiterin im Dezernat VI, Planen und Bauen«, las Marco Bär von seinem Notizzettel ab. »Warum sie sich am heutigen Samstag hier aufhielt, ob und mit wem sie verabredet war, konnten wir bisher nicht herausfinden. Die gelernte Bauingenieurin ließ sich oft hier blicken, war immer ansprechbar und sehr gewissenhaft, sagte uns der Hausmeister.«

»Ein Unfall eher nicht?«, fragte die Kommissarin den Kollegen von der Gerichtsmedizin. Die Bemerkung war nicht ernst gemeint. Die Tote lag bis zur Körpermitte unter einem getrockneten Zementbett. Um den Hals trug sie ein rotes Kabel. Es war so eng geschnürt, dass Sauerstoff keine Chance hatte, in die Lunge vorzudringen.

Thomas Bellutt grinste. Der Gerichtsmediziner kannte Rosenthals makaber gefärbten Humor. Es war ihre Art, mit dem Tod umzugehen, dem sie berufsbedingt fast täglich begegnete. »Nein, eher nicht. Ich denke, die Kabelkrawatte wurde ihr etwas eng.« Bellutt deutete auf die Spuren am Hals der Toten, die auf Erdrosseln schließen ließen.

»Todeszeitpunkt?«

»Der Tod trat vor ein paar Stunden ein. Mittags herum.«

»Und das Betonbett?«

»Das hat man ihr hinterher bereitet. Komisch.« Bellutt wirkte unsicher.

Rosenthal blickte den Gerichtsmediziner prüfend an. »Denken Sie, was ich denke?«

»Mmh, hat eine Anmutung von Mafia.«

»Oder der Mörder will, dass wir das glauben.«

Rosenthal widmete sich erneut dem Wackelkopfhausmeister, der mittlerweile mit einem Kaffee versorgt worden war.

»Herr Krawinkel, sind Sie so weit okay, kann ich Ihnen ein paar Fragen stellen?«, wollte Rosenthal von dem sichtlich geschockten Mann wissen, dessen erneutes Kopfnicken wohl Zustimmung signalisierte.

»Was meinten Sie vorhin mit der Bemerkung, das sei zu erwarten gewesen?«

»Wat hier seit Jahren los is, wissen Se doch. Rin in die Kartoffeln, raus aus die Kartoffeln. Wat ich hier erlebt habe, geiht auf keine Kuhhaut. Kabel rein, Kabel erus. Rohre rein, Rohre erus. Mauern rein, Mauern erus. Frach mich nit. Genau wie beim Stadtarchiv. Und wie isset geendt. Einsturz! All kapodd! Zwei Tote. Und wen hamse verknackt doför? Keine Minsch. Dat darf doch nit wohr sin.« Der Hausmeister kam in Fahrt und je mehr er in Fahrt kam, desto stärker verfiel er in kölschen Dialekt. Rosenthal ließ einen Wortschwall über sich ergehen.

»Und die Frau Rehlinger«, nutzte die Kommissarin eine kurze Redepause des Hausmeisters. »Die Frau Rehlinger, das war eine Gewissenhafte?«

»Eja«, sinnierte Krawinkel. »Jo secher, se wor ene Spezialiss. Die hat sich nit bang för jet maache.«

»Sie meinen, sie hat sich was zugetraut, die Frau Rehlinger«, fasste Rosenthal nach, die mehr und mehr Schwierigkeiten hatte, das Kölsch des Hausmeisters zu verstehen.

»Jo, gewess.« Und als würde er sich plötzlich bewusst, dass die Kommissarin seinen Dialekt nicht verstand, ergänzte er in fast reinem Hochdeutsch. »Die Rehlinger war die Einzige, die hier den Durchblick hatte. Vor Jahren hat sie schon gesagt, dass die ganze Sache zum Himmel stinkt.«

»Was meinte sie damit?«

»Was glauben Sie, Frau Kommissarin?«

»Unfähigkeit? Korruption?«

Krawinkel verdrehte die Augen. »Ich sag nix mehr, sonst liege ich hier demnächst och muusdut im Keller.«

»Wie bitte?« Rosenthal schaute ratlos.

»Kapodd. Verstorve.«

Der Hausmeister bekräftigte seine Aussage mit einem ausgiebigen Kopfwackeln und der Wiederholung seines anfänglichen Statements: »Dat wor ja zu erwarten.« Danach schwieg er beharrlich.

»Sie müssen mir verraten, was Sie hier unten am Samstagnachmittag gesucht haben, Herr Krawinkel?« Rosenthal setzte ihren in der Abteilung KK 11 legendären Investigativblick auf.

»Ming Mötz.«

»Wie bitte?«

»Ming Kapp.«

Erst jetzt merkte Rosenthal am versteckten Grinsen des Befragten, dass er sie verschaukelte. Herr Krawinkel hatte sich offensichtlich vom ersten Schock erholt.

»Also?«

»Frau Kommissarin, ich bin dauernd hier unten«, antwortete Krawinkel in schönstem Hochdeutsch. Der Mann war alles andere als ein schlichter Hausmeister. Vielleicht hatte er sich hinter dieser Rolle versteckt. Später erfuhr die Kommissarin, dass Krawinkel ein abgeschlossenes Studium für Gebäudetechnik besaß, gern tiefstapelte, sich selbst als Hausmeister bezeichnete und in dieser Rolle zwischen November und März durch die Karnevalsveranstaltungen der Stadt tingelte. »Kontrolletti, Frau Kommissarin, rund um die Uhr. Wenn was tropft, riecht, rattert, merken wir das besser schnell, bevor die nächste Katastrophe hereinbricht.«

»Haben Sie Zeugen, hat Sie jemand begleitet bei der Suche nach Ihrer Mötz, Herr Krawinkel?«, wollte Rosenthal wissen. »Das wäre hilfreich«, ergänzte sie.

»Für wen?«

»Für Sie, Herr Krawinkel. Alibi ist immer gut.«

»Der Pförtner oben hat mich kommen sehen.«

»Mmmh«, kommentierte die Kommissarin wortkarg.

»Lassen Sie mich sofort durch«, dröhnte eine Stimme durch die hallenden Räume des Opernuntergeschosses.

»Hier darf ich vorerst niemanden einlassen«, hörte man die höfliche Stimme der Polizeibeamtin, die für die Absperrung des Tatorts zuständig war.

»Das ist mir scheißegal«, brüllte die Stimme. Die Mauern warfen das Echo zurück.

»Der Herr Direktor«, kommentierte Krawinkel und blickte vielsagend zur Decke.

Auf den fragenden Blick der Kommissarin erklärte er: »Der kaufmännische Direktor Feldmann, Martin Feldmann.«

»Sie können den Herrn passieren lassen«, rief Rosenthal freundlich zur Kollegin hinüber.

Martin Feldmann kompensierte, ja, was eigentlich, wahrscheinlich irgendeinen Mangel an Selbstsicherheit, durch lautes Auftreten. Ein polternder Umgangston schien bei ihm Normalität, denn er wetterte weiter, was das hier zu bedeuten habe, als er mit Stechschritt auf Rosenthal zumarschierte.

Kleine-Mann-Syndrom diagnostizierte die Kommissarin, als der Herr Direktor einen Meter vor ihr zum Stillstand kam. Sie schaute auf ihn herab. Das behagte ihm nicht, worauf er erneut losbrüllte.

»Wieso werde ich am Zutritt zu meinem Haus gehindert, verdammt!« Sein Blick fiel auf den Hausmeister, der auf einem Stapel Baumaterial kauerte. »Ach, der Jupp schon hier«, bemerkte er. Rosenthal entging nicht der leicht verächtliche Tonfall, in dem er das sagte. Als sich der Direktor der Kommissarin zuwandte, sah sie, wie Krawinkel in seinem Rücken die Augen verdrehte.

»Was geht hier vor in meinem Haus?«, dröhnte Feldmanns Stimme erneut durch die Gewölbe.

Er sagte wirklich »in meinem Haus«. Sehr gut, dachte Rosenthal, dann soll der Herr Direktor mal erklären, wie eine Leiche in den Keller »seines« Hauses kam. Sie gab Bellutts Assistentin ein Zeichen, die das Tuch anhob, mit der die Leiche von Brigitte Rehlinger abgedeckt war. Feldmann starrte auf die Tote, überrascht schien er nicht. Offensichtlich war er bereits über den Todesfall in »seinem« Haus informiert worden. Der Anblick einer bis zur Taille einbetonierten Frau war allerdings nicht gerade das, was man sich am Samstagnachmittag wünschte. Auf der Bühne, kunstvoll appliziert von einer begabten Maskenbildnerin, war das etwas anderes – aber im richtigen Leben …

»Sie kennen die Tote?«, fragte die Kommissarin.

Der Direktor nickte.

»Irgendeine Idee, wem Frau Rehlinger im Wege war?«

»Wieso, ist sie …?« Feldmann stotterte. »Ermordet?«

»Na ja, Herr Feldmann, es ist ziemlich unwahrschein-lich, dass sie sich das Kabel selbst um den Hals gelegt hat und danach unter die Zementdecke schlüpfte.«

Der Direktor bemerkte seinen Fauxpas und schüttelte den Kopf. »Wem sollte sie im Wege sein?«

»Hatten Sie viel mit ihr zu tun?«

»Hin und wieder.«

»Und wie war Ihr Verhältnis?«

»Gut.«

Man konnte ein Wort auf verschiedene Arten verwen-den. Das »Gut« von Herrn Feldmann klang eher nach »geht so« oder »so lala«.

»Gab es Probleme?«

»Das Ganze hier ist ein einziges Problem, Frau Kom-missarin.«

»Ich meine, zwischen Ihnen und Frau Rehlinger.« Rosenthal blieb geduldig. Hier brodelte etwas, und wenn sie es nicht heute herausbekam, spätestens morgen oder übermorgen. Bei einem derartig verpfuschten Projekt lie-fen jede Menge Frustrierte herum, die darauf warteten, ihre Wut mal richtig abzulassen. Eine Frage der Zeit.

»Frau Rehlinger hatte ihre eigene Sicht auf die Dinge«, gab der Direktor zu bedenken. »Und sie kochte ihr eige-nes Süppchen.«

»Was für ein Süppchen?«

»Ach, was weiß ich«, polterte Martin Feldmann. »Hier kocht jeder sein eigenes Süppchen. Krawinkel, die Reh-linger.«

»Na, die kocht nun nicht mehr. Und Herr Krawinkel, was kochte der denn für ein Süppchen, Herr Feldmann?«

Bär stand plötzlich neben ihnen und schoss die Frage in das Gespräch hinein.

»So Typen haben meist was am Laufen«, deutete der Direktor an. »Kann ich jetzt gehen? Ich muss die Intendanten informieren.«

»Ihre Handynummer brauche ich«, bat Rosenthal. »Es tauchen sicher weitere Fragen auf.«

Den Wert der Aussagen des Direktors bezweifelte die Kommissarin, als sie mit ein paar Klicks herausfand, dass Martin Feldmann selbst an ein paar unschönen Finanzjonglierereien beteiligt war. Vielleicht hatte er von sich ablenken wollen.

Rosenthal und Bär verließen die Baustelle durch eine metallene Drehtür auf dem Offenbachplatz. »Achtung Videoüberwachung«, verkündete ein Schild am Eingang mit vielen Erklärungen zum Thema Datenschutz und zur Dauer der Speicherung. 72 Stunden – die Sichtung der letzten zwölf Stunden würde vorerst genügen. Sie sprachen den Pförtner von der für die Bewachung zuständigen Security-Firma an. Sie hieß nicht *SaferHome*, registrierte Rosenthal.

»Kein Problem!« Der Mitarbeiter des Unternehmens *Safety-First* zeigte sich kooperativ. Er war Mitte 40, trug eine dunkele *Ray-Ban*, war in dunkelblauem Pullover und blauer Hose gekleidet und hieß Buddy.

»Die Typen von diesen Sicherheitsläden sehen alle gleich aus«, flüsterte die Kommissarin ihrem Kollegen Bär zu.

Die Bude, in die der Mann sie führte, sah nicht gerade wie Fort Knox aus, war aber mit moderner Technik zur Video-Überwachung ausgestattet.

»Ab welcher Uhrzeit wollen Sie schauen?«, fragte Buddy.

»Fangen wir mal bei sechs Uhr heute Morgen an.«

Auf dem Bildschirm flimmerten graue und schwarze Punkte. »Upps«, sagte Buddy, spulte vor und stocherte weiter im grauen Nebel. »Da muss dem Kollegen von der Frühschicht was passiert sein«, überlegte er.

»Wer war das? Wie hieß er?«, hakte Marco Bär nach. Er wurde gerade sehr nervös.

»Ein Neuer. Ich kannte ihn nicht.« Buddy starrte ratlos auf den Bildschirm.

»Da war jemand schneller als wir«, wütete Bär.

»*SaferHome*«, spekulierte Rosenthal. »Ich schicke einen Kollegen von der Kriminaltechnik, der schaut sich das hier mal an. Bis dahin schließen wir Ihre Bude, Herr Buddy.«

TE VOGLIO BENE

Brigitte Rehlinger war nicht verheiratet, nicht mehr; sie lebte seit mehreren Jahren zusammen mit ihrem Freund, Lorenzo Dalla. Er besaß das Restaurant *Caruso* in der Nähe des Offenbachplatzes. Das hatten die Kommissare von Hausmeister Krawinkel erfahren.

Rosenthal und Bär trafen Dalla in der Küche seines Restaurants an. Der nächste trauernde Liebhaber, registrierte die Kommissarin entsetzt, als sie die Hiobsbotschaft überbrachten.

»Brigitte, tot, Sie müssen sich irren, Signora«, beteuerte der Gastronom. »Ich habe vorhin mit ihr telefoniert. Sie wird gleich ins Restaurant kommen. Sie will heute aushelfen. Ich habe Personalprobleme. Brigitte kommt gleich. Sie hat es gesagt. Certo.«

Rosenthal erlebte dieses Ignorieren der Tatsachen nicht das erste Mal beim Überbringen einer Todesnachricht. Der Schock gefolgt von Fassungslosigkeit und der sich allmählich durchsetzenden Erkenntnis, dass der Tod gerade Einzug in ein bis eben freudvolles Leben hielt.

Dalla sah wie ein Süditaliener aus, schwarze volle Haare, dunkle Augen. Er sprach perfekt Deutsch. Die »Signora« und ein paar Floskeln ließ er wahrscheinlich für die Gäste einfließen, die das von einem italienischen Wirt erwarteten.

»Wann hat sie das gesagt, Herr Dalla?«

»Vormittags, ziemlich früh, ich war gerade auf dem Großmarkt für meine Einkäufe. Brigitte rief an, weil sie wieder mal am Wochenende auf die Baustelle musste. Sie war nicht begeistert, aber einer von der Security hatte sich gemeldet. Ich glaube, es gab einen Diebstahlsverdacht.«

Das Handy von Frau Rehlinger hatten sie bisher nicht gefunden. Möglich, dass es mit einbetoniert wurde. Beim Testanruf hatte es allerdings nicht geklingelt, was nichts hieß. Es vibrierte vielleicht lautlos unter der Zementdecke. Sie würden mehr wissen, wenn die Tote vorsichtig aus ihrer Umhüllung gemeißelt worden war.

Rosenthal beobachtete, wie der Sternekoch eine Lammkeule gedankenverloren mit Marinade bestrich. Übersprungshandlung nannten die Psychologen das. Theresa konnte eine Menge dazu sagen, sie hatte Psychologie studiert. Keine schlechte Voraussetzung für den Polizeidienst. Während Lorenzo Dalla weiter die stark nach Knoblauch riechende Soße in die Haut der Lammkeule einmassierte, erinnerte die Kommissarin sich an die Funktion der sogenannten Übersprungshandlung, die einen inneren Konflikt durch eine Geste verbirgt, die oft unerwartet, sogar unpassend wirkt. Mancher kratzt sich an der Nase, Männer auch mal an intimerer Stelle. Der Zoologe Konrad Lorenz beobachtete das Phänomen bei Tieren: Zwei Hähne, die eigentlich Stress wegen der Frage des Territoriums hatten, pickten erst mal ein paar Körner. Macht eher keinen Sinn, um den Streit zu klären, aber es wurde Zeit gewonnen und beruhigte die Nerven. Übersprungshandlungen dienten der Stressminderung.

Dalla war ein temperamentvoller Mann, manchmal ein wenig cholerisch. In seiner Jugend hatte ihn dieser Charakterzug in Schwierigkeiten gebracht. Das lag alles lange hinter ihm. Er hatte das Singen und das Kochen für sich entdeckt. Beides beruhigte ihn und machte ihn glücklich. Gelernt hatte er in einem soliden italienischen Restaurant, hatte sich fortgebildet, in Sterneküchen gearbeitet, ein eigenes kleines Lokal in Lindenthal eröffnet und schließlich den Traum von einem Sternerestaurant verwirklicht. Er nannte es *Caruso*, halb als Hommage an den großen Tenor, und weil er das Lied *Caruso* seines Namensvetters Lucio Dalla liebte. Manchmal, wenn er bei Laune war, schmetterte er die Zeile »Te voglio bene assaje. Ma tanto tanto bene sai« und begeisterte seine Gäste. Er hatte es vor Jahren für Brigitte gesungen und ihr Herz damit erobert. Für beide wurde es die große Liebe im zweiten Anlauf. Beide hatten unerfreuliche Scheidungen hinter sich.

Lorenzo sang gut. Er wäre gerne Sänger geworden, vielleicht sogar Opernsänger, entschied sich nach langem Hin und Her für die Gastronomie; er stapelte gern tief und nannte sich schlicht Wirt. Freude an der Musik und am Kochen ließen sich manchmal vereinen. Er kannte einige der Opernsänger, die jetzt auf der anderen Rheinseite im Ausweichquartier auftraten, aber hin und wieder fielen sie zu einem späten Souper im »Caruso« ein und Gäste, die lang genug ausharrten, kamen mit etwas Glück in den Genuss einer Gesangseinlage, manchmal im Duett mit Lorenzo. Dann strahlte der Gastronom und war für Momente vom Glück beseelt.

Plötzlich ließ Dalla seine Hände ruhen, als werde ihm bewusst, wie sinnlos seine Beschäftigung war. Er hob den Kopf und Rosenthal sah in seinem entsetzten Blick, dass die Nachricht vom Tode seiner Lebensgefährtin bei ihm angekommen war. Der Gastronom setzte sich auf einen Stuhl, es wirkte, als breche er darauf zusammen.

»Wo, wie?«, flüsterte er kaum hörbar.

»Hier in der Nähe, im Untergeschoss der Oper«, erklärte Bär. »Wir müssen Ihnen leider mitteilen, dass sie ermordet wurde.«

»Haben Sie irgendeine Idee, wer hinter dieser Tat stecken könnte?« Rosenthal wollte nicht zu früh ihren Verdacht äußern, der Mord könne mit den Unregelmäßigkeiten bei der Bühnensanierung zusammenhängen.

Dalla schüttelte den Kopf. »Brigitte ist, Brigitte, sie ist, wie soll ich es sagen, ein so aufrichtiger Charakter.«

Rosenthal verkniff sich den Kommentar, dass gerade diese Qualität in der Gesellschaft zu Problemen führte, zumal in der für ihren Klüngel bekannten Rheinmetropole.

»Hatte Ihre Lebensgefährtin Schwierigkeiten wegen des ganzen Chaos nebenan?«, sprang Bär ein. »Da ging doch alles schief, seit der Laden geschlossen wurde? Ist Frau Rehlinger irgendwie persönlich verstrickt?«

Rosenthal ahnte, dass Bär das heiße Eisen zu früh angepackt hatte. Dalla bekam ein verstocktes Gesicht und schwieg. Die Kommissare kriegten nichts mehr aus ihm heraus.

»Kann ich sie sehen?«, fragte er schließlich.

»Später«, sagte Rosenthal mit sanfter Stimme. »Wir müssten in Ihre Wohnung, Herr Dalla, Sie leben doch zusammen mit Frau Rehlinger?«

Ein Jungkoch stürmte in die Küche. »Ciao, Lorenzo, come stai?« Er stutzte, als er seinen Chef mit den zwei Fremden erblickte.

Dalla erhob sich schwerfällig. Der von Rosenthal auf höchstens 50 geschätzte Mann ging mit den müden Schritten eines Greises hinüber zu dem Angestellten und flüsterte kurz mit ihm. Die Kommissare sahen erneut ungläubiges Entsetzen, diesmal im Gesicht des jungen Kochs. »No, non è vero!«, rief er und umarmte seinen Chef, klopfte ihm, begleitet von tröstenden Worten, ungelenk auf den Rücken. Er sprach Italienisch. Rosenthal meinte das Wort »vendetta« zu verstehen. Sie konnte sich täuschen.

DAS GRAUEN SITZT IM KELLER

Am Sonntag, den 8. Mai stand ein fertiges Frühstück auf dem Esstisch, als Theresa in ihrem grauen, etwas verschlissenen Lieblings-Jogginganzug am Küchentresen auftauchte, um sich den Aufwachkaffee aus der Maschine zu zapfen. Georg hatte es geschafft, im Schweiße seines Angesichts den Tisch zu decken. Es fehlte nichts. Sogar ein frischer Blumenstrauß stand an ihrem Platz.

»Muttertag«, grinste Georg. »Da wird Mutti bemuttert.«

Theresa war tatsächlich überrascht. Den Muttertag hatte sie aus ihrem Kalender gestrichen, ihren beiden Söhnen schon in der Pubertät die ewige Absolution erteilt. Sie konnte mit diesem Tag nichts anfangen, empfand ihn in ihrer eigenen Kindheit als einen Feiertag des schlechten Gewissens. Wie immer die lieben Kleinen die guten Mütter dieser Welt ehrten, es war nicht genug. Ihre eigene war meist beleidigt gewesen, weil ihr die Feierlichkeiten nicht angemessen erschienen.

Das Telefon klingelte. Theresas Ältester David, genannt Goli, von Goliath, rief an.

»Ich melde mich, obwohl Muttertag ist.« Sie konnte sich sein freches Grinsen am anderen Ende der Leitung vorstellen. David hatte den subversiven jüdischen Humor seines Vaters geerbt. »Ich melde mich vorsichtshalber. Die meisten Mütter sagen, sie wollen keinen Muttertag, sind aber stinkendsauer, wenn man sich nicht muckst.«

»Ich wusste nicht mal, dass heute Muttertag ist«, protestierte Theresa.

»Ich auch nicht«, gab Goli zu. »Mein kleiner Bruder hat mich erinnert. Kannst du im Testament berücksichtigen. Ist der Monster-Blumenstrauß angekommen? Hat er in Auftrag gegeben, natürlich in unserer beider Namen.«

»Nein.«

»Mach dich auf etwas gefasst. Angeblich bekommt *Fleurop* durch seine Bestellung heute Lieferschwierigkeiten. Ein paar andere Mütter müssen in die Röhre gucken.«

Auf sein Stichwort klingelte es an der Tür. Georg kehrte mit einem Strauß zurück, der der Ankündigung entsprach. Theresa brach in Tränen der Rührung aus. Das passierte ihr neuerdings öfter. Schniefend bedankte sie sich bei ihrem Sohn.

Nach dem Sonntagsfrühstück arbeitete sich Theresa Rosenthal durch das Internet, suchte alles heraus, was sie zum Thema Kölner Bühnensanierung für wichtig hielt. Bei den geballten Katastrophenmeldungen drehte sich ihr Magen um, sodass das Birchermüsli hochkam. Gott sei Dank nicht bis zum Point of no return.

Die Kommissarin fertigte bei der Suche verschiedene Listen an.

1. Versickerte Gelder
2. Beteiligte Personen
3. Zitate

Sie ergänzte die Informationen mit einer Sammlung von Aussagen, die allein reichte, um ihre Mordlust zu wecken.

Dass der ehemalige Baudezernent der Stadt, unter dessen Ägide die Planung für die Sanierung gelaufen war, nun zum Chef-Sanierer avanciert war, verursachte Magenschmerzen.

Rosenthal versuchte, Ordnung in ihre Liste zu bringen. 2010 sagte der damalige Oberbürgermeister Jürgen Roters: »Das Projekt ist sorgfältig durchgeplant und solide berechnet.« 245 Millionen waren veranschlagt. 2012 wurden die Spielstätten geräumt. Die Bagger rückten an und rissen ab. Auf ging's mit der fröhlichen Bauerei. Jede Baufirma verlegte und verkabelte, riss raus und baute ein, Rohre, Wände, alles schien bestens zu laufen, obwohl später klar wurde, dass die rechte Hand nicht wusste, was die linke getrieben hatte. 2011 segnete der Rat eine Kostensteigerung auf 253 Millionen ab. Peanuts, wie sich hinterher herausstellte. Und schließlich das Richtfest im Juni 2014. Alles, was Rang und Namen in Köln hatte, kam und feierte. Der damalige Oberbürgermeister Roters verkündete: »Hier, heute können wir stolz darauf sein, dass wir die Bauzeit einhalten und die Dinge gut im Griff haben.«

»Es gedeiht und wächst«, freute sich die zur Bauherrin erhobene Opernintendantin ebenfalls im Juni 2014. Eine kleine Kostensteigerung auf 278 Millionen Euro nahm man gern in Kauf, schien der Eröffnungstermin am 7. November 2015 immerhin gesichert. Davon waren alle überzeugt. So überzeugt, dass die Opernintendanz im Sommer 2015 Einladungen und Programmhefte drucken ließ für die Premiere der Oper *Benvenuto Cellini* von Hector Berlioz. Große Vorfreude.

Kurz darauf platzte der Traum von der grandiosen Eröffnungsfeier. Erstaunlich war, dass irgendjemand daran geglaubt hatte, denn kurze Zeit nach Bekanntgabe des Baustopps im Juli 2015 wurden mehr als 8.000 Baumängel festgestellt. Was bereits verlegt, verbaut, verbuddelt war, wurde demontiert, unter anderem die gesamte Haustechnik. 720 Kilometer Kabel waren verlegt worden, ein

Großteil wurde später wieder herausgerissen. Mit einem Stück eines solchen Kabels war Brigitte Rehlinger erdrosselt worden. Zufall oder wollte der Mörder mit der Wahl seines Mordinstruments etwas mitteilen?

In irgendeiner Kneipe rieben sich wahrscheinlich diverse Baufirmeninhaber die Hände. Sie hatten in der ersten Runde schon mal abgesahnt. Das Chaos war nicht billig. Allein die vierstöckige Containerstadt am Rande der Baustelle, die bereits seit zehn Jahren stand, verursachte Kosten in Millionenhöhe. Die Gesamtrechnung für die Sanierung schoss in die Höhe. Zudem mussten die Verträge für die Ersatzspielstätten verlängert oder neue gemacht werden. Auch da – Kostenexplosion und merkwürdige Finanzjongleure im Boot.

»Das Grauen sitzt im Keller«, stöhnte der Chef-Sanierer und ehemalige Baudezernent 2017, zwei Jahre nach dem geplanten Eröffnungstermin.

Die Kölner Oberbürgermeisterin kommentierte: »Es ist ein Desaster.« Theresa stimmte ihr zu. Es wunderte die Kommissarin nur, dass die Stadtoberhäuptin sich nicht verantwortlich fühlte. Von einem »toxischen Erbe« sprach die OB. Tja, Frau Reker, sinnierte die Kommissarin, so war das nun mal, wenn man einen Job übernahm. Irgendein fieses Erbstück war dabei.

Rosenthal nahm sich als Nächstes ein *Youtube*-Movie vor, in dem der Chefsanierer über den Stand der Dinge informierte. Sie sammelte seine Sätze für die Zitatenliste:

»Schreck in der Morgenstunde.« Das bezog sich auf die Entdeckung einer weiteren Fehlplanung.

»Man muss wissen, hinterher wird es jemand bezahlen.«

In der Tat, stimmte Theresa zu, leider nicht die Verantwortlichen. Die wurden nie zur Kasse gebeten. Sie knallte den Deckel ihres Laptops zu, als der sogenannte Fachmann eine offensichtlich schwierige Nachbesserung mit dem Satz kommentierte:

»… muss fummelig geplant werden.«

Fummelig geplant – sie fasste es nicht. Fummelig geplant hatten ihre Söhne kleine Lego-Häuschen.

2019 freute sich Oberbürgermeisterin Henriette Reker, dass die prognostizierten Kosten sich in dem 2017 genannten Rahmen bewegten. »Darin sehe ich ein wichtiges Signal, dass die Kostenplanung verlässlich ist«, erklärte sie. Und nun waren aus ursprünglich knapp 250 Millionen eine Milliarde Euro geworden. Wer hatte verdient oder wichtiger, war jemand nicht ausreichend am großen Kuchen beteiligt worden? Wollte jemand auspacken und wurde den Absahnern gefährlich? Vielleicht Frau Rehlinger, Claudia Ruppert? Und handelte es sich bei den zwei Morden überhaupt um einen Fall?

Na klar, wo so viel Geld im Spiel war, gab es Mordmotive. Folge der Spur des Geldes, hatte sie gelernt. Wo war die Milliarde versickert? Als die Kommissarin gerade überlegte, wie viele Flaschen Crémant sie dafür erwerben könnte, rief Georg aus seinem Büro herunter: »Huuunger!«

»Mir ist schlecht«, brüllte Theresa nach oben. »Kein Appetit. Eher ist mir nach einem Drink zumute.«

»Ist es schon Zeit für einen Sundowner?«

»Kann ich dir nicht sagen, es ist bewölkt.«

»Und erst 16 Uhr«, kommentierte Georg, den der Hunger die Treppe hinuntertrieb. »Wird mein Schätzchen zur Alkoholikerin?«

»Nein, aber dein Schätzchen muss eine Menge Ärger hinunterspülen.«

»Das ist, sozusagen, die Definition für Alkoholismus.«

»Meinetwegen, du musst nicht mitmachen«, brummelte Theresa weiterhin schlecht gelaunt.

»Ich werde meine geliebte Ehefrau nicht in ihrem Elend allein lassen«, strahlte Georg und nahm die Unglückliche fest in den Arm. Sie brauchte viel Trost in diesen Tagen.

»Lass mal den Korken ploppen«, schlug Theresa vor. »Ich muss schnell Clarissa anrufen.«

Sie hatte gerade beschlossen, die Tante zur Benefizveranstaltung für die Oper zu begleiten. Instinkt, das Gefühl, dass sie dort mitten ins Wespennest stechen, auf jeden Fall der Lösung näherkommen würde.

»Benefizgala. Ich bin dabei«, sagte sie der Tante, die sich sofort am Telefon meldete. Das Wochenende war tote Hose für Alleinstehende. Sie freute sich über den Anruf der Nichte und war in Erzähllaune.

»Jetzt nehmen wir zusammen einen Drink«, schlug Theresa vor. »Georg holt dich mit dem Auto ab.«

Georg nickte zustimmend.

Sie bereuten die Einladung der Tante nicht. Clarissa hielt einen Fundus an Geschichten bereit, den sie beliebig anzapfen konnte, ohne sich zu wiederholen. Ein Gläschen Schaumwein, ein Stichwort und es sprudelte aus ihr heraus.

»Wie geht es Frau Melchert und ihrem Mondlandehund Laika?«, fragte Theresa.

»Die beiden sind nicht mehr die Jüngsten, deshalb plant Frau Melchert bereits für die Zeit nach dem Ableben ihres kleinen Lieblings«, erzählte die Tante.

»Ein neuer Hund?«, fragte Theresa.

»Nein. Sie hat etwas Besonderes verfügt. Du glaubst es nicht, liebe Nichte.«

»Laika wird von vier Sargträgern, wahrscheinlich Bernhardinern oder Schlittenhunden, zu Grabe getragen«, spekulierte Georg.

»Neiin!«, protestierte Clarissa. »Sie will postum etwas von ihr haben. Stellt euch vor, die Melchert hat eine Firma ausfindig gemacht, die aus der Asche oder den Haaren des Tieres einen Edelstein herstellt.«

Theresa zog ihr Handy hervor. Ein paar Klicks und sie wurde fündig. »Du hast recht. Was es nicht alles gibt. Hört zu: ›Jeder Mensch verarbeitet Trauer anders. Wir versuchen, auf das Bedürfnis eines jeden einzugehen. Je nach gewünschter Form der Edelsteinbestattung können wir den Edelstein aus unterschiedlichen Materialien herstellen. Bei einer Erdbestattung wird der personalisierte Edelstein aus zehn Gramm Haaren gefertigt, bei einer Feuerbestattung entsteht der Kristall aus 50 bis 100 Gramm Asche. Sollten nicht genug Haare vorhanden sein, nehmen viele Hinterbliebene die Möglichkeit in Anspruch, Haare der gesamten Familie beizumengen. Da die Gesetzeslage in den Bundesländern unterschiedlich ist, helfen wir Ihnen dabei, diese zu klären.‹ – Tante, was sagst du, sollten wir dich vielleicht …?«

»Theresa!« Georg spielte den Entsetzten, aus Angst, seine Frau könne die Tante verletzt haben. Da kannte er die alte Dame schlecht.

»Wunderbar!«, rief Clarissa. »Eine hervorragende Idee. Wenn du den Ring anschaust, lächle ich dich an. Es könnte sich positiv auf meine pekuniären testamentarischen Verfügungen auswirken«, bemerkte sie verschmitzt.

»Ich lese weiter vor, damit wir im Bilde sind: ›In mehrjähriger Forschungsarbeit wurde dieses spezielle Verfahren der künstlichen Edelsteinherstellung gemeinsam mit mehreren Universitäten entwickelt und wissenschaftlich bestätigt. Bereits nach etwa 30 Arbeitstagen, bei Schmuckstücken 50 Arbeitstagen, verlässt der Edelstein unsere Manufaktur.‹ – Georg, was sagst du, deine liebstes Thereselein als Ring an deinem Finger?«

»Ich weiß nicht, ob ich scharf darauf bin, dass du mir nach deinem Ableben auf die Finger schaust. Nein, Quatsch, du schaust ja von meinem Finger aus auf mich oder wie geht das jetzt? Ich bin verwirrt. Und wer sagt überhaupt, dass nicht ich an deinem Finger strahle.«

Sie lachten bis in den Abend über neue Variationen zu dem Thema. Theresa hatte ihren Ärger abgeschüttelt, als sie die leicht angeschickerte Tante in ein Taxi setzten. Keiner konnte mehr das Auto bewegen.

»Ist eine Kurzfahrt.« Der Fahrer reagierte mürrisch. »Sie werden es nicht bereuen«, sagte Georg. Er kannte die Großzügigkeit der alten Dame. Clarissa fuhr das Fenster des Wagens hinunter und sagte nachdenklich: »Ich bin mir nicht sicher, ob am Ende nicht Laika einen Edelstein aus Asche an ihrem Halsband tragen wird.« Mit diesem Satz fuhr sie davon und ließ das lachende und ihr hinterher winkende Paar zurück.

»Was für eine Frau«, sagte Georg.

»Vielleicht die letzte Grande Dame«, sagte Theresa.

WAS FÜR EIN SUMPF

Am Montag widmeten sich die Mitarbeiter der Mordkommission der allseits beliebten Routine. Der Baudezernent wurde befragt. Die Kollegen von Frau Rehlinger
nahmen sich Rosenthal und Bär gemeinsam vor. Manches klang durch die Blume gesagt. Andeutungen, die
bei Nachfragen nicht vertieft wurden. Schuldbewuss-
tes Lächeln, Abwinken, nein, nein, so habe man es nicht
gemeint. Es blieb etwas hängen, das Gefühl, Frau Rehlinger habe Dreck am Stecken. Stroebel hatte ebenfalls
so etwas angedeutet. Den Kommissaren war klar, wo sie
weiterbohren mussten. Bei der Durchsuchung von Brigitte Rehlingers Reihenhaus hatten sie nichts Relevan-
tes entdeckt. Das kleine Häuschen im Stadtteil Meschenich machte kaum den Eindruck, als ob die Besitzerin
zu plötzlichem Wohlstand gekommen war. Persönlich
bereichert hatte sie sich anscheinend nicht. Das ergab
die Überprüfung ihrer Finanzlage.

Und es gab auch noch den Fall Ruppert, mit zähem Verlauf. Stroebels Kontaktmann bei den *Rheinjunkern*, der
sogenannte Koordinator, hatte zwar mit der Polizei geredet, aber nicht helfen können. Die Journalisten lieferten
ihre Beiträge erst ab, wenn sie fertig waren. Es gab The-
menbesprechungen, danach arbeitete jeder für sich. Die
Kommissare hatten ihm geglaubt.

»Kümmert ihr euch um das Umfeld der Rehlinger«,
beauftragte Rosenthal die Kollegen. »Ich zapf mal eine

eigene Quelle an.« Sie verließ das Büro, um ungestört zu telefonieren.

»Herr Stroebel, hier Rosenthal.«

»Frau Rosenthal, welch Freude, von Ihnen zu hören.«

»Haben Sie heute die Zeitung gelesen?«

»Komische Frage. Ja, *Frankfurter*, *Handelsblatt*, wollen Sie sonst noch etwas wissen?«

»Den *Kölner Stadtanzeiger* haben Sie offensichtlich nicht gesehen?«

»Nein, sollte ich? Komme gerade erst von einer Reise zurück.«

»Eine Tote in der Oper. Mord. Können wir uns sehen, Herr Stroebel«, bat die Kommissarin. »Selbe Stelle, heute Abend?«

»Einverstanden. Passt 18 Uhr?«

»Passt. Bis später.«

Die Kommissarin hielt das Gespräch bewusst knapp. Nicht zu viel Informationen am Telefon. Sie glaubte zwar nicht, dass der Unternehmer abgehört wurde, aber, ja aber – vielleicht eben doch.

Stroebel sah schlecht aus, gealtert, wenn das in so kurzer Zeit möglich war. Er kam, wie beim letzten Treffen, angeradelt. Der Kommissarin schien, als fehle ihm die Dynamik, der Schwung und Optimismus, den sie beim letzten Treffen an ihm bewundert hatte.

»Mein Gott, vielleicht bin ich schuld an ihrem Tod«, war sein erster Satz, bevor er die Kommissarin begrüßte. »Vielleicht hätte ich sie retten können.« Stroebel war verzweifelt.

»Sie ist die Informantin?« Rosenthal hatte das bereits vermutet.

Stroebel nickte.

»Herr Stroebel, ich verstehe Ihre Not«, tröstete Rosenthal den Unternehmer. »Aber Sie konnten beim besten Willen nicht ahnen, dass Sie Frau Rehlinger in Lebensgefahr brachten.«

Stroebel blickte aus hohlen Augen auf die Kommissarin. »Ich fühle mich trotzdem schuldig. In was sind wir bloß hineingeraten? Claudia Ruppert tot. Brigitte Rehlinger ermordet. Bin ich in einem schlechten Film?«

»Erzählen Sie mir alles, was Sie wissen, bitte, Herr Stroebel und bringen Sie sich selbst in Sicherheit«, empfahl Rosenthal. »Die haben es auch auf Sie abgesehen. Wir können Sie schützen. Sie müssen mit mir reden.«

»Um mich geht's jetzt nicht. Ich komme zurecht.« Etwas von dem alten Stroebel blitzte auf, dem anpackenden Unternehmer, dem Baseballheld. »Wo fange ich an?«, begann er zögerlich. »Viel weiß ich nicht. Ich habe Brigitte Rehlinger an Claudia Ruppert vermittelt. Sie solle auspacken, hatte ich ihr geraten. Frau Rehlinger hatte Material über Verfehlungen bei der Bühnensanierung gesammelt. Sie hatte sich mir vor Monaten anvertraut, das Gewissen ließ ihr keine Ruhe.«

Rosenthal und Stroebel waren bei diesem Treffen wieder in den Stadtwald hineingeschlendert. Diesmal war es hell. Sie begegneten Abendspaziergängern, den üblichen Gassigehern. Ein terrierartiger Hund nutzte die Reichweite seiner teleskopischen Leine aus und stürzte sich kläffend auf sie, hing fast an Rosenthals Hosenbein.

»Aus!«, brüllte die Hundebesitzerin. »Aus, Rudi! Aus!« Der schrille Schrei brachte das Vieh nicht zur Vernunft. Die verkürzte Teleskopleine schaffte wenigstens Abstand zwischen den spitzen Zähnen des Tiers und Rosenthals Waden.

»Ich weiß, er will nur spielen«, sagte Rosenthal zu der sicher nicht naturblonden Dame im Lodenmantel. Leise zu Stroebel gewandt, fügte sie hinzu: »Wie komme ich eigentlich dazu, mich im Park und an jedem zweiten Gartentor von so einem Kläffer anmachen zu lassen?«

»Legen Sie sich nicht mit Hundefreunden an, da sind Sie in Deutschland auf verlorenem Posten«, grinste Stroebel. Rosenthal war froh, dass sie sein Jungenlächeln hervorgelockt hatte. Er tat ihr leid mit seinen Gewissensbissen.

»Zurück zu unserem Fall«, musste Rosenthal ihn auf den Boden der traurigen Tatsachen zurückholen. »Sie haben die Damen miteinander bekannt gemacht?«

»Ja, damals war ich nicht misstrauisch genug. Ich habe Claudia Ruppert erzählt, dass es im Baudezernat jemanden gibt, der auspacken will, und händigte ihr die Kontaktdaten von Frau Rehlinger aus. Die beiden Frauen haben sich dann ohne mich getroffen.«

»Wann war das?«

»Vor circa sechs Wochen.«

»Und von dem Inhalt des Gesprächs haben Sie nichts mitbekommen?«

»Nein. Claudia Ruppert ließ hinterher eine kurze Bemerkung fallen. Was für ein Sumpf oder so ähnlich. Jetzt mache ich mich an die Arbeit, sagte sie, Recherchen anstellen. Sie verließ sich nicht auf eine einzige Quelle. Sie war eine Topjournalistin, Profi. Zur Veröffentlichung ist es, wie Sie wissen, nicht mehr gekommen.«

»Noch eine Frage, Herr Stroebel, die Antwort behandele ich diskret. Hatte Frau Rehlinger selbst Dreck …, nein, ich formuliere es anders: War sie in irgendetwas nicht ganz Legales involviert?«

Stroebel ließ sich auf eine Parkbank nieder, griff nach

einem Zweig und malte Kreise in den Staub. Er brauchte Bedenkzeit. Theresa Rosenthal setzte sich neben ihn, bedrängte ihn nicht. Sie hatte es nicht eilig.

»Da war etwas«, begann er zögerlich. »Sie hatte sich auf etwas eingelassen, ihrem Lebenspartner zuliebe. Es ging um ein Restaurant, ein Sternerestaurant, der Traum ihres Freundes. Er ist Italiener, ein toller Koch übrigens, früher hatte er ein Lokal in Lindenthal, so einen typischen Stadtteil-Italiener. Ich war da öfter. Dort habe ich Frau Rehlinger kennengelernt. Sie half bei ihrem Freund abends manchmal aus.« Stroebel malte erneut Kreise mit seinem Stöckchen und sortierte dabei seine Gedanken. »Frau Rehlinger fragte mich eines Tages um Rat. Es biete sich eine tolle Gelegenheit, direkt an der Oper. Durch die Nähe zu den Bühnen am Offenbachplatz die Chance für gehobene Küche.«

»Wann war das?«

»Wann das war?«, überlegte Stroebel. »Als man an eine baldige Eröffnung glaubte. Vielleicht 2017. Die Sache machte nur Sinn nach Eröffnung von Oper und Schauspiel. Wie gesagt, ein Traum ihres Lovers. Das Geld fehlte für die Renovierung, eine italienische Baufirma erklärte sich bereit, das günstig zu übernehmen. Sie ahnen, was das heißt. Natürlich war eine kleine Gegengabe gefragt. Eine Hand wäscht die andere. Auftrag bei der Bühnensanierung. Es würde mich nicht wundern, wenn Bollinger auch bei diesem Deal die Finger im Spiel hatte. Brigitte Rehlinger hatte helfen wollen und sich die Finger dabei schmutzig gemacht. Da sie eine anständige Frau war, lastete ihr die Sache auf der Seele, und sie wollte deshalb nicht über die großen Skandale bei der Restaurierung der Bühnen schweigen.«

»Hat sie Frau Ruppert schriftliches Material übergeben?«

»Vielleicht. Claudia erwähnte so was. Haben Sie nichts gefunden?«

»Nichts«, bedauerte Rosenthal. »Frau Rupperts Wohnung war besenrein, als wir sie durchsuchten. Kein Laptop, kein Stück Papier, außer Toilettenpapier, das haben sie nicht mitgenommen.«

»Wer sind ›sie‹?«

»Wenn wir das wüssten. Wahrscheinlich dieselben, die bei Ihnen eingedrungen sind.«

Rosenthal und Stroebel saßen lange schweigend nebeneinander auf der Bank.

»Kommen Sie morgen zur Benefizgala?«, fragte die Kommissarin schließlich.

»Mir ist die Lust vergangen«, antwortete Stroebel mit kläglicher Stimme. »Die ganze Oper ist mir zuwider. Dabei ist Musik mein Leben.«

»Die Musik kann nichts dafür. Kommen Sie bitte, mir zuliebe. Vielleicht brauche ich Ihre Hilfe.«

Stroebel schaute sie aus traurigen Augen an. »Wenn es der Wahrheitsfindung dient.«

Beide erhoben sich. Es war alles gesagt. Sie schlenderten zum Parkausgang. Als sie vor Rosenthals grünem Mini Cooper standen, blickte Stroebel die Kommissarin hilfesuchend an: »Theresa«, sagte er und stockte. Er nannte sie beim Vornamen. Rosenthal wusste, dass etwas Persönliches kommen würde. »Theresa«, wiederholte er, »darf ich Sie kurz in den Arm nehmen?« Als sie nicht ablehnte, umschlang dieser große breitschultrige Mann sie fest und schluchzte kurz auf.

EINE ELPHI KRIEGEN WIR NICHT

»Oh, Frau von Hammerstadt, Sie auch hier, was für eine Bereicherung dieses Abends.« Theresa bekam einen Lachanfall. Es war genau der Satz, den sie ein paar Tage zuvor bei der Tante soufliert hatte. Clarissa lachte ebenfalls laut auf, kaschierte ihren Hohn aber geschickt mit einer Floskel aus der alten Diplomatenschule:

»Ich habe meine Nichte gerade mit der Geschichte von Pavarottis Beerdigung amüsiert, Sie wissen, die Sache mit den Kampfjets über der Trauerfeier.«

Der Mann verdiente die Rücksicht nicht. Er buckelte und zog von dannen.

»Politisches Fußvolk aus dem Kulturausschuss«, flüsterte die Tante. »Sind bei jeder Veranstaltung. Theater-, Konzert- und Opernkarten bekommen sie umsonst. Deshalb ist das ein so beliebter Ratsausschuss. Dürfen sogar ihre Eheanhängsel mitnehmen. Kostenlos natürlich.«

Theresa war mit ihrer Tante pünktlich um 18.30 Uhr eingelaufen im sogenannten Staatenhaus, das seit Jahren als Ausweichquartier für die Oper diente. Es lag rechtsrheinisch auf dem Kölner Messegelände und war für die Musikliebhaber abends schwer erreichbar. Die Reichen fuhren mit dem Taxi oder eigenen Auto, die Ärmeren nahmen Bus und Bahn, viele ältere blieben weg, weil ihnen die Anfahrt zu mühsam war.

»Baronin, so schön, Sie hier zu sehen.« Der nächste Herr näherte sich auf einer Schleimspur. »Sie haben uns so geholfen mit Ihrer letzten Spende. Sie ermöglichte uns, den heutigen Gesangsbeitrag zu finanzieren. Ich freue mich, dass Sie in den Genuss kommen.«

»Merke dir, liebe Nichte«, schmunzelte Clarissa, als der Herr außer Hörweite war. »Wenn du viel spendest, bist du sogar als greise Alte gern gesehen. Der Nächste, bitte!« Tante Clarissa war in Hochform.

»Das ist Felix Stroebel«, erklärte Theresa. Der Unternehmer schlug sich gerade zu ihnen durch, grüßte links und rechts, blieb kurz angebunden, da er die beiden Damen im Visier hatte.

»Ah, der Herr Stroebel.« Natürlich kannte Clarissa ihn. »Fördervereine und sonstiges Kulturgedöns«, erklärte die alte Dame. »Den Stroebel mag ich. Ein wahrer Musikkenner.« Theresa hatte der Tante nichts erzählt zu den Umständen von Brigitte Rehlingers Tod und dass Stroebel sich schuldig fühlte. So trat die Tante ihm unbefangen entgegen.

»Der Herr Stroebel, mein Lichtblick im mittelmäßigen Allerlei. Mit Ihnen kann man wenigstens über Musik reden und nicht nur über den neuesten Tratsch aus der Kölner Politszene.«

Der Unternehmer warf einen fragenden Blick hinüber zu Theresa, die kaum merklich den Kopf schüttelte und damit signalisierte, dass Frau von Hammerstadt nicht eingeweiht in seine Verwicklung im Fall Rehlinger war.

Links und rechts plätscherten die Gespräche an Theresas Ohr vorbei. Es wurde viel von Ausstellungen geredet, Galerien-Wochenende, TEFAF in Maastricht und Vermeer in Amsterdam, fast alle Gemälde, das muss man sich mal vorstellen, eine Sensation, wir hatten uns die Karten für das Rijksmuseum Monate vorher gesichert, kaum zu bekommen, aber wir haben Beziehungen, der Museumsdirektor,

Sie wissen, der hat natürlich einen Draht zu den Kollegen. Sydney, wir waren in Sydney, die Oper dort, die muss man gesehen haben, brüstete sich eine Dame im *Chanel*-Kleid. Unsere Kölner Oper, jämmerlich dagegen. Tja, eine Elphi werden wir nicht kriegen, antwortete die Gesprächspartnerin mit Trauermiene, während sie mit diamantenberingter Hand einen Lippenstift aus dem *Hermès*-Täschchen hervorwühlte. Ein Jahrmarkt der Eitelkeiten, dabei sein war alles. Je öller, je döller, bemerkte Theresa. Was gab den Menschen diese Prahlerei, diese eitle Protzerei angesichts des nicht mehr fernen Todes? Vermeer sehen und sterben, dafür hatte sie ein gewisses Verständnis, aber darum ging es hier nicht. Hier zählte die Wichtigkeit: Wir haben Karten und ihr, ach, keine Karten? Man war nur Mensch, wenn man dabei war, bei den wichtigen Messen, Gesprächen mit den wichtigen Sammlern, den wichtigen Museumsdirektoren beim Dinner nach der Ausstellungseröffnung. Und dann plötzlich tot. Es tauchten alle noch mal bei der Trauerfeier auf. Ende. Wer würde nach ihrem Ableben über die zu kräftig geschminkte Altersblondine mit den aufgespritzten Lippen sprechen, die sich gerade über Tante Clarissa stülpte.

»Auftritt Bollinger«, flüsterte Stroebel plötzlich ins Ohr der Kommissarin. »Soll ich Sie als Nichte von Clarissa Hammerstadt oder als Kommissarin vorstellen?«

»Nichte reicht vorerst.« Rosenthal hatte gerade Zeit, diese Bitte zu äußern, als ein Mittfünfziger im engen Galeristenjäckchen auf ihre Gruppe zustürzte. Seit wann trugen die Herren der Kunstszene diese zu kleinen Jacken, aus denen sie seit der Konfirmation herausgewachsen waren, deren Knopf sie kaum über dem Bauch schließen konnten, sodass der Stoff kurz vor dem Zerreißen war? Wollten sie die Erfolge des Personal Trainers darbieten? Die engen karierten Hosen endeten oberhalb des Fußknöchels. War eine Stoffverknappung ausgebrochen oder Nachhaltigkeit angesagt? Rettet die Bäume durch Tuchsparen. Unter Bollingers Röhrenhose schauten weinrote spitze Lackstiefel hervor. Sein schulterlanges graues Haupthaar war nach hinten gestriegelt. Als sich eine Strähne löste, strich er sie mit Schwung zurück, eine Geste, die er in kurzen Abständen wiederholte.

»Stroebel, alter Junge!« Er klopfte dem Unternehmer kräftig auf die Schulter. »Wie wunderbar, Sie hier zu sehen.«

»Warum?«, fragte Stroebel. »Brauchen Sie Geld?«

»Immer! Wir haben Großes mit eurem Kölner Haus vor. Staatsoper. Erste Adresse für Musik im Rheinland. Wir sind in Berlin an dem Thema dran. Der Staatssekretär ist mit von der Partie, geradezu begeistert von der Idee.« Bollinger strich über seinen Dreitagebart. »Großes, Junge. Seien Sie auf was gefasst.«

»Aber eine Elphi kriegen wir nicht«, plapperte Theresa den eben gehörten Satz mit Bedauern in der Stimme nach und klopfte sich virtuell vor Lachen auf die Schenkel.

»Oh, verzeihen Sie. Herr Stroebel, stellen Sie mich bitte den Damen vor. Entschuldigen Sie, die Damen. Mich hat gerade die Leidenschaft für die Künste davongetragen.«

»Wie soll ich Sie vorstellen, Herr Bollinger?«, fragte Stroebel, und man sah ihm an, wie angewidert er bereits nach ein paar Minuten von der Gegenwart des *CRA*-Chefs war. »Vielleicht als Mister Netzwerk?«

»Frau von Hammerstadt«, reagierte Bollinger überschwänglich auf das Bekanntmachen von Tante und Nichte, strich sich die lockere Strähne zurück, während er die Hand ausstreckte. »Natürlich weiß ich von Ihnen, eine große Mäzenin. Wirklich große Pläne für Köln. Sie werden erfreut sein, gnädige Frau.«

»Erst einmal sind wir entsetzt, dass die großen Pläne durch einen Mord verdunkelt werden«, antwortete Tante Clarissa. Sie nahm nie ein Blatt vor den Mund. Rosenthal beobachtete aufmerksam die Reaktion des *CRA*-Inhabers. Die Tante hatte ihn überrascht. Das kurze Entgleiten der Züge fing er mit einer schnell paraten Trauermiene auf.

»Die arme Rehlinger«, bedauerte er. »Wollte zu viel, die gute Frau.«

»Wie meinen Sie das?«, fragte Stroebel. Rosenthal überließ ihm das Feld, nahm die Rolle der Beobachterin ein.

»Wollte ein Stück vom großen Kuchen – was man so hört. Muss ja nicht stimmen. Es wird so viel geredet.«

Glitschig wie ein Aal, notierte Rosenthal. Sie hatte nichts anderes erwartet. Es war der Zeitpunkt gekommen, den Mann zu verunsichern.

»Wenn Sie mich fragen«, mischte sich die Kommissarin ein. Eine lange Pause im Satz sicherte ihr Bollingers Aufmerksamkeit. »Ich denke, das Gespräch mit Claudia Ruppert kostete sie das Leben. Tödlich für beide Frauen«, fügte sie hinzu und ließ ihr Gegenüber nicht aus den Augen.

Irgendetwas war dran an der Floskel, jemandem falle das Gesicht hinunter. Bollingers fiel. Er hatte offensichtlich nicht damit gerechnet, dass die Verbindung zwischen Ruppert und Rehlinger bekannt war.

»Wir ermitteln in diese Richtung«, sagte Rosenthal und ließ ihren Gesprächspartner damit wissen, dass sie bei der Polizei tätig war.

»Sorry«, entschuldigte sich Stroebel. »Ich hatte nicht gesagt, dass Frau Rosenthal von der Kölner Mordkommission den Fall untersucht. Sie ist heute privat hier, mit ihrer Tante.«

Bollinger ließ den Blick schweifen, wedelte mit dem

Arm in Richtung Bar und gab vor, den Kulturdezernenten, der aussah wie sein Alter Ego, begrüßen zu müssen. Er verließ die kleine Gruppe.

»Kein Problem«, sagte Rosenthal zu Stroebel. »Aus dem kriegen wir sowieso nichts mehr raus. Wir beobachten seine nächsten Schritte.«

»Der hat Dreck am Stecken«, wütete der Unternehmer. »Der kommt mir nicht davon. Den kriegen wir. Der hat seine Finger drin, auch bei den Morden. So ein schmieriges Arschloch.«

Die Kommissarin legte ihre Hand auf Stroebels Arm. »Ruhe bewahren. Wir fassen ihn, wenn er schuldig ist.«

»Eben nicht. Der macht sich nicht selbst die Finger schmutzig. Dafür hat er seine Leute, aber ich krieg den. Glauben Sie mir, Frau Kommissarin. Zwei Morde, damit kommt er nicht davon. Dieser Schweinekerl.« Mit Blick auf Tante Clarissa mäßigte er seinen Ton. »Entschuldigen Sie, Frau von Hammerstadt, so benehme ich mich normalerweise nicht in Gegenwart einer Dame.«

»Sie können ruhig den Plural benutzen, damit ich mich eingeschlossen fühle«, beschwerte sich die Kommissarin lächelnd.

»Entschuldigen Sie, entschuldigen Sie, Frau Rosenthal, natürlich, mein Fehler. Ich bin so außer mir.«

»Ruhig Blut, die Polizei ist dran an dem Fall, wir wollen den oder die Täter genauso erwischen. Wir lassen nicht locker.«

Keiner von den dreien hatte mehr Lust auf die Galaveranstaltung. Selbst auf die musikalischen Darbietungen verzichteten sie.

Stroebel begleitete die Damen zu Theresas Auto, das im Messeparkhaus stand. Zur Verabschiedung wiederholte er seine Anschuldigung gegen Bollinger. »Der hat Dreck am Stecken. Glauben Sie mir, Frau Rosenthal, den werden sie nicht schnappen. Wenn es eng wird, ist der über alle Berge. Vielleicht besucht er sein Geld in der Karibik.«

Der Unternehmer winkte dem davonfahrenden Auto hinterher. Er mochte die Damen – beide.

Stroebel lief ein Stockwerk tiefer zu seinem Auto. Er fuhr einen schwarzen Maserati, ein Männerspielzeug, das er sich gönnte. Seine Parteikollegen schauten deshalb scheel, sollten sie. Sein Geld nahmen sie trotzdem mit offenen Händen, mit gierigen offenen Händen.

Stroebel fuhr über die Deutzer Brücke. Er war müde und wollte nach Hause. Kurz vor dem Neumarkt entschied er sich anders, bog ein in die Nord-Süd-Fahrt, wahrscheinlich die hässlichste Straße Deutschlands. Er fand einen Parkplatz in der Kolumbastraße vor dem gleichnamigen Museum, ging die paar Schritte zur Opernbaustelle zu Fuß, überquerte den Offenbachplatz. Dallas Restaurant war offen, einige Tische besetzt, neben einem stand Lorenzo und unterhielt sich mit Gästen. Stroebel winkte ihm zu und deutete fragend auf einen kleinen Zweiertisch am Fenster. Sobald er Zeit fand, kam Lorenzo zu ihm, brachte ihm ein Glas seines Lieblingsweins, einen frischen Lugana.

»Willst du etwas essen?«, fragte er. »Leider nur kalte Küche.«

»Machst du mir ein Vitello tonnato und setzt dich zu mir, wenn die letzten Gäste raus sind?«

Lorenzo Dalla sah müde aus, als er sich an Stroebels Tisch niederließ. Der letzte Gast gegangen. Die Tür des Lokals hatte er verriegelt. Er war mit der Flasche Lugana erschienen, goss bei Stroebel nach und kippte den Rest in sein eigenes Glas. Beide Männer schwiegen lange.

Plötzlich sprudelte es aus Lorenzo heraus: »Brigitte wusste zu viel, Bollinger hat einige seiner Drecksgeschäfte bei mir gemacht und sie wollte auspacken. Sie war so eine ehrliche Haut, eine Frau mit einem Gewissen. Bollinger hat sie wegen der Restaurantgeschichte erpresst, ich hätte das nie erlauben dürfen, die Geschichte mit der italienischen Baufirma hat er eingefädelt, sie haben mich beim Umbau hier unterstützt, danach kam natürlich die Gegenforderung. Brigitte wollte mir helfen, aber sie wollte auch, dass die Wahrheit ans Licht kommt über all das, was bei dieser verdammten Bühnengeschichte schiefgelaufen ist. Bollinger hat sie auf dem Gewissen, da bin ich sicher. Dieser Schweinehund.«

»Hast du irgendwelche Beweise gegen ihn? Hat Brigitte dir Unterlagen gezeigt oder dir sogar gegeben? Hat sie etwas hinterlassen?«

Dalla schüttelte den Kopf. »Niente!«

»Dann müssen wir es anders machen. Hast du eigentlich eine Beziehung zur Mafia?«, fragte Stroebel. Er hatte das fünfte Glas Lugana intus, vielleicht war das der Grund dafür, dass in seinem, sonst präzise arbeitenden Gehirn, einiges durcheinanderging. Mit Wut und Alkohol braute sich in seinem Kopf etwas Gefährliches zusammen.

»Komisch, dass alle gleich Mafia denken, wenn sie es mit einem italienischen Gastwirt zu tun haben. Nein, Felix, ich kenne keinen Mafioso. Möglich, dass einer der Köche Kontakte hat, ich bin nicht sicher, ich habe mal was läuten gehört. Mehr nicht. Wenn es sich bestätigte, würde ich ihn rauswerfen.«

»Vielleicht nicht sofort«, sagte Stroebel.

DER TRAUERNDE EHEMANN

Rosenthal traf Stefan Ruppert eine Woche nach dem Mord an Brigitte Rehlinger. Der Staatssekretär war sowieso in der Stadt, er traf sich mit seiner Tochter in der Wohnung in Marienburg. Vor der Begegnung mit Ruppert überflog die Kommissarin die Liste der Artikel aus dem *Rheinjunker*-Portal. Scharfe Angriffe auf die Regierung wegen der Einschränkung der Grundrechte. Viel Insiderwissen. Ein Artikel über den Skandalbau am Offenbachplatz war nicht dabei, dieser Phantomoper, deren Fertigstellungstermin in den Sternen stand. Claudia Ruppert hatte daran gearbeitet, das wusste die Kommissarin. Wie viel war auf dem Kopfkissen der Rupperts ausgetauscht worden? Wie viel davon von den Verfassungsschützern abgehört? Brisantes Material, das eine Regierung, einzelne Minister ins Wanken und gierige Unternehmen um ihre Verdienste bringen konnte. Ein kleiner Mord, ein Mordversuch als Drohung für die andere Seite. Abwegig war das nicht.

Die Kommissarin fertigte eine Liste an mit den Beschreibungen und Äußerungen, die sie zu Claudia Ruppert gesammelt hatte. Sie notierte viele Adjektive: unbequem, irritierend, intelligent, verletzend, faszinierend, humorvoll, subversiv, neugierig, unabhängig. Auch ein paar Substantive: Querkopf, Revoluzzer, Chaot, Querdenker. Klingt nach einer Bauanleitung für menschlichen Sprengstoff, dachte sie und eher nach einer Frau, die jemand im Affekt tötet. Etwas passte nicht. Bei diesem Mord war planvoll vorgegangen worden. Sehr planvoll. Rosenthal war sich nicht sicher, aber sie hatte eine Idee, wie das Verbrechen geschehen war, als sie nach einer ausführlichen Dusche um kurz vor drei Uhr ihr Haus verließ. Zur Marienburger Straße waren es nur ein paar Minuten mit dem Fahrrad. Aus einer schwarzen Wolke fielen einige dicke Regentropfen. Sie streifte eine wasserdichte Hose über, zog die Kapuze über den Kopf und radelte los.

Ruppert sah elend aus. Ein Mann in tiefer Trauer. Das war der erste Eindruck der Kommissarin. Die Trauer wirkte echt oder Ruppert war der neue Gründgens. Rosenthal hatte im Laufe ihres Berufslebens jede Menge talentierter Darsteller erlebt, die Wut, Entsetzen, Trauer spielten, in Tränen ausbrachen, die Unschuldigen mimten und zu eiskaltem Mord fähig gewesen waren. Politiker gehörten nach ihrer Erfahrung zu den talentiertesten Schauspielern, aber konnte man solches Elend tatsächlich imitieren? Wer weiß, vielleicht hatte der Herr Staatssekretär etwas Schlechtes gegessen, schlecht geschlafen oder unerfreuliche Nachrichten vom Nachlassverwalter erhalten. Wenn Claudia Ruppert kein Testament hinterlassen hatte, wäre ihr Noch-Ehemann allerdings fein raus. Vermutlich in Zukunft ohne Geldsorgen. Bär hatte Nachforschungen angestellt, einen Hinweis über eine Nachlassregelung hatte er nicht gefunden. Claudia Rupperts Anwalt, der sich um ihre Angelegenheiten, unter anderem die Scheidung, kümmerte, hatte keine Kenntnis von einem Testament. Er habe es mehrfach angemahnt, aber Frau Ruppert sei in solchen Dingen nachlässig gewesen. Eine vermögende Frau, die nicht an ein Danach gedacht hatte. Vor dem Thema Geld habe sie fast einen Ekel gezeigt, zumindest eine starke Abneigung. Passte in die Vorstellung, die Rosenthal sich von der Ermordeten gebildet hatte, obwohl es die Kommissarin wunderte, wann diese Abneigung gegen den Mammon in Claudia Ruppert gewachsen war. Sie hatte einst doch Bankerin werden wollen. Rätselhaft.

»Ich bin gerade dabei zu packen«, sagte Ruppert mit müder Stimme. Er trug Kleidung zu diesem Anlass, die seinem Aussehen wenig schmeichelte. Die etwas weite Jeans mit Bügelfalte, wer trug denn so was, sie ließ ihn plump erscheinen; ein graubraun gestreiftes Oberhemd mit kurzen Ärmeln, aus denen weiße Oberarme herausschauten, wirkte freudlos. Kurzärmlige Oberhemden gingen gar nicht, fand Rosenthal. Der recht gut sitzende dunkle Anzug auf der Beerdigung hatte den Staatssekretär halbwegs zusammengehalten. Mit der Freizeitkleidung blätterte der Lack.

»Morgen muss ich zurück nach Berlin«, erklärte Ruppert. »Und meine Tochter nach England auf ihr Internat. Alles etwas viel zurzeit.«

»Wo ist Ihre Tochter?«, fragte Rosenthal. Es würde ein schwieriges Gespräch werden, und sie wollte wissen, wo Luise sich aufhielt.

»Sie ist in ihrem Zimmer«, sagte Ruppert. »Wie soll ein Kind mit dem Tod der Mutter fertigwerden? Die beiden waren eng verbunden. Wenn ich nach Luise schaue, hat sie Kopfhörer auf, ich weiß nicht, was sie hört, oder sie spielt an ihrem Handy herum, guckt mir kaum in die Augen. Sie zieht sich zurück in ihre Welt. Ich komme im Moment nicht an sie heran.«

Rosenthal nickte. Sie verstand. Der frühe Tod des Vaters war für ihre beiden Söhne vor Jahren ein tiefer Einschnitt gewesen. Sie hatten es überstanden, aber es hatte ihren Leben eine andere Wendung gegeben.

»Lassen Sie ihr ein wenig Zeit«, riet Rosenthal. Sie hatte Mitleid mit dem Mann. Er wirkte verloren.

»Was wird aus all diesem hier?«, fragte die Kommissarin und deutete mit einer ausladenden Handbewegung auf die Möbel und Bilder im Wohnraum.

»Keine Ahnung. Darüber haben wir bisher nicht nachgedacht.«

Sie standen weiterhin in dem großen hellen Wohnraum mit der Minimalmöblierung. Ruppert hatte der Kommissarin keinen Platz angeboten, mehr aus Unbeholfenheit als aus Unhöflichkeit. Er fühlte sich als Fremder in dieser Wohnung. Die Rolle des Gastgebers fiel ihm schwer.

»Können wir uns setzen?«, fragte die Kommissarin.

Erst jetzt schien Ruppert seine Unachtsamkeit zu bemerken.

»Entschuldigung. Natürlich. Kann ich Ihnen etwas anbieten – Kaffee, Wasser?«

»Wenn Sie einen Espresso hätten?«, bat Rosenthal.

Da die Küche offen in den Wohnraum überging, beobachtete die Kommissarin, wie Ruppert die Espressomaschine einschaltete, eine Kapsel aus einer Schachtel im Schrank herausfummelte, Löffel und Tassen suchte, einige Schubladen öffnete und schloss. Er war nicht vertraut mit der Küche, wenn er überhaupt mit einer Küche vertraut war, was die Kommissarin bezweifelte. Ruppert wirkte unbeholfen, irgendwie deplatziert. Sie kannte das. Georg durchwühlte noch Jahre nach dem Einzug in ihre erste gemeinsame Wohnung die Küche in ihrem Haus, um nach Besteck und Tellern zu fahnden. Die Kommissarin schwieg und genoss das Schauspiel. Sie bemerkte, wie froh Ruppert war, dass er ihr den Rücken zuwenden durfte. Ein kommunikativer Mensch würde sich während der Arbeit umdrehen, um ein Gespräch in Gang zu halten. Ruppert war nicht kommunikativ. Es wunderte die Kommissarin, dass er nicht wenigstens nach dem Stand der Ermittlungen fragte. Er war der Noch-Ehemann, er litt sichtlich unter dem Tod seiner Frau. Wieso wollte er nicht wissen, ob sie dem Mörder auf der Spur waren?

Gefühlt Stunden später balancierte Ruppert zwei Tassen Espresso auf einem Tablett zu Rosenthals Platz. Er hatte sogar an den Zucker gedacht. Als er sich mit der Fracht vorsichtig zu ihr hinunterbeugte, schwappte der Espresso auf die Unterteller.

»Kein Problem«, sagte Rosenthal und half ihm bei seiner schwierigen Mission, indem sie die Tassen auf die zwei Beistelltische stellte und ein Tempotaschentuch herauszog, um den Schaden zu beheben.

»Wollen Sie nicht wissen, wie weit wir mit unseren Ermittlungen sind?«, fragte Rosenthal, als Ruppert sich erschöpft in einen Sessel fallen ließ.

»Natürlich, ich hab' nur gerade … wegen des Espressos«, stotterte er herum. »Gibt es etwas Neues?«

»Wir sind uns nicht sicher«, blieb Rosenthal vage. »Ich würde gern noch mal den Gründonnerstag durchgehen, den Tag, an dem Ihre Frau ermordet wurde.« Sie sah, wie er zusammenzuckte. »Und den Karfreitag. Wir wollen nichts übersehen. Alles kann wichtig sein.«

»Was möchten Sie wissen«, fragte Ruppert mit Resignation in der Stimme. »Soll ich im Terminkalender schauen, was ich am Donnerstag gemacht habe?«

»Mir geht es um das Gespräch mit Ihrer Frau.«

»Das habe ich Ihnen alles erzählt«, sagte Ruppert, und seine Stimme klang jetzt so müde, als sei er kurz davor, schlafend im Sessel zusammenzusacken.

»Herr Ruppert, ich kenne meinen Job so gut wie Sie Ihren. Ich weiß, wie das Hirn unter Stress ausblendet, verzerrt, verdrängt. Ich kann Ihnen die Wiederholung der Tagesabläufe nicht ersparen. Vielleicht gab es einen Hinweis von Ihrer Frau, den Sie übersehen haben. Wann haben Sie mit ihr telefoniert und was war der Inhalt des Gesprächs?«

Ruppert griff nach seinem Handy und wischte anscheinend geschäftig auf dem Bildschirm rauf und runter. »Telefonate mit meiner Frau stehen natürlich nicht in meinem Terminkalender«, sagte er endlich. »Ich rufe sie an, wenn ich zwischen zwei Terminen Zeit habe. Es muss mittags gewesen sein, bevor ich essen ging.«

Rosenthal bemerkte, dass er die Gegenwartsform benutzte, ein Zeichen dafür, dass er den Tod seiner Frau nicht realisiert oder akzeptiert hatte.

»War irgendetwas ungewöhnlich an Ihrem Gespräch?«, hakte sie nach. »War sie anders als sonst? Hat sie erwähnt, dass sie sich bedroht fühlte? Hat sie von Problemen bei ihren Recherchen gesprochen? Erinnern Sie sich bitte, Herr Ruppert!«

Ruppert schüttelte den Kopf, wieder und wieder, als könne er nicht aufhören damit, nicht fassen, was passiert war. Er starrte dabei auf seine Hände, drehte die goldenen Eheringe, die er am rechten Ringfinger trug. Offensichtlich hatte er den seiner Frau vergrößern lassen und seinem eigenen hinzugefügt, so wie es bei Verwitweten üblich ist. Er mied den Blick der Kommissarin.

»Zum Freitag, Herr Ruppert. Was haben Sie am Freitag gemacht?«

»Das war der Karfreitag, Feiertag, nicht wahr?« Er holte das Handy aus der Tasche, drückte auf dem Bildschirm herum. »Ich war zu Hause, Homeoffice, viele Telefonate, keine Auswärtstermine«, murmelte er in sich hinein. »War so ein Jogginganzug-Tag.« Ein schiefes Lächeln erschien auf seinem Gesicht.

Er log, wusste Rosenthal, weil Farinesi ihn mittags im Auto vor seinem Berliner Wohnhaus ankommen sah, mit Anzug und Krawatte hatte er vor der Tür gestanden. Sie überführte den Befragten nicht, nicht sofort.

»Sie haben Ihre Frau sehr geliebt«, wechselte Rosenthal das Thema und erwischte ihren Gesprächspartner auf dem falschen Fuß. Er war mit dem Terminkalender beschäftigt.

»Gehört nicht hierher«, blieb Ruppert kurz angebunden.

»Ich denke doch, Herr Ruppert. Wie haben Sie den Weggang Ihrer Frau verkraftet, der Frau, die Sie liebten?«

Ruppert antwortete nicht. Er drehte die Eheringe an seinem Finger. Der Herr der Ringe. Hoffte er, dass ihr Ehering ihm Macht über sie verlieh, eine Macht, die er nie besessen hatte? Vielleicht nun, nach ihrem Tod. Er irrte.

Rosenthal betrachtete ihn aufmerksam. Er passte nicht hinein in dieses schlichte elegante Ambiente, so wie er nicht mehr in das Leben seiner Ehefrau hineingepasst hatte. Das Farbspektrum des Künstlers Heinz Mack hinter ihm symbolisierte die Vielfältigkeit von Claudia Ruppert. Ihr Mann vertrat wenige der Farben, vielleicht das Blau und das Schwarz. Sie hatte alle in sich gehabt, vermutete die Kommissarin, nachdem sie sich eingehend mit der raffiniert ermordeten Frau beschäftigt hatte. Beziehungstat oder geplante Tötung, eventuell sogar einer staatlichen Macht oder einer geldgierigen Bande? Vielleicht spielt hier beides zusammen, hatte Stroebel gesagt. Das war der Satz, der der Kommissarin entfallen war.

»Herr Ruppert?«

Er zuckte zusammen, als sei er aus einem Traum geweckt worden.

»Ja.«

»Wie haben Sie die Trennung von Ihrer Frau verkraftet?«

»Es war keine Trennung in diesem Sinne«, sagte er und zuckte hektisch mit den Schultern, was in dem kurzärmligen Shirt grotesker wirkte als in dem dunkelblauen Anzug, den er bei der ersten Begegnung getragen hatte. Die Streifen des Hemdes bewegten sich in Schlangenlinien auf seinem Oberkörper.

»In welchem Sinne denn?«

»Mehr eine kurze Auszeit, eine Bedenkzeit, eine kleine Krise, so was hat man mal nach 16 Ehejahren. Wir gehören zusammen.« ›Gehören‹ sagte er, als würde seine Frau gleich aus der angrenzenden Küche zum Essen rufen. Und er hielt daran fest, die Tatsache, dass seine Frau ihn verlassen hatte, zu ignorieren. Es schien, als klammere er sich an diese fixe Idee, während er in ruckartigen Bewegungen die Eheringe, die wie aneinandergeschweißt schienen, zu drehen. Rosenthal fixierte seine Hand und bemerkte staunend, dass die beiden Ringe tatsächlich von einem geschickten Goldschmied zusammengelötet wurden.

»Ihre Frau hatte einen neuen Lebenspartner«, erinnerte ihn Rosenthal. Es tat ihr beinahe leid, dass sie ihm diese Grausamkeit nicht ersparen konnte.

»Eine Affäre. Er ist ein Idiot, ein Playboy.« Mit weiterhin gesenktem Blick murmelte er: »Ein Kretin.«

»Der Playboy hat Ihre Frau zur Mitarbeit bei den *Rheinjunkern* überredet, nein, überredet ist der falsche Ausdruck. Es brauchte wenig Überredungskunst, um sie zu überzeugen«, verbesserte sich die Kommissarin. »Wussten

Sie, dass Ihre Frau am Karsamstag mit dem Grafen Farinesi hier in dieser Wohnung verabredet war?« Rosenthal betonte den Grafen. Die Bankierstochter und der italienische Conte, zwei Königskinder, die sich gefunden hatten. Das musste Ruppert mit seinem kleinbürgerlichen Hintergrund geschmerzt haben.

Treffer, erkannte Rosenthal. Ruppert hatte es nicht gewusst. Sie sah das Entsetzen in seinen Augen. Ein weidwund geschossenes Tier. In solchem Moment war der Kommissarin ihr Job zuwider. Warum musste sie diesen Menschen quälen? Im Namen der Wahrheit? Er litt und sie musste weiterbohren. Ich brauche eine Auszeit, dachte sie zum wiederholten Mal in diesen Wochen. Es wurde andauernd gestorben auf dieser Welt, auf die ein oder andere Art. Kindersoldaten in Kriegen, mit denen sie nichts zu schaffen hatten; Hunger; Krankheiten; Habgier von Konzernen; Folter von Andersdenkenden und Andersgläubigen; Tötung von Frauen, die sich nicht der Disziplin einer Religion unterwerfen wollten. Die meisten dieser Taten wurden nicht geahndet. Theresa, ermahnte sie sich, deshalb lebst du in einem Rechtsstaat, deshalb bist du Polizistin, weil Mord nicht tolerabel ist. Nein, Mord war nicht tolerabel, selbst wenn die Mehrzahl der Morde auf der Welt ungesühnt blieben.

Zwei vor sich hin stierende Menschen saßen sich gegenüber, eine Frau und ein Mann in Gedanken versunken.

»Wussten Sie, dass Ihre Frau Informationen, die Sie von Ihnen erhielt, bei ihren Veröffentlichungen verwendete?«

»Ich wusste nicht mal, dass sie für dieses Portal arbeitete«, wehrte sich Ruppert.

»Der Verfassungsschutz wusste es. Die haben Sie darüber informiert.« Das war eine Feststellung. Rosenthal sah ihrem Gegenüber eindringlich in die Augen. Keine Reaktion sollte ihr entgehen. »Und Ihr Freund Bollinger natürlich. Der war bei allem dabei. Die Pläne für die Kölner Oper. Das Geld, das Sie als Kulturstaatssekretär locker machen sollten. Wie viel hat Bollinger dabei verdient?«

Ruppert war geschockt, dass sie über seine Beziehung zu dem *CRA*-Manager Bescheid wussten. Der Staatssekretär verriet sich mit einem Zucken in der Schulterpartie, dieses merkwürdige Hineinwinden in ein Kleidungsstück, das jedes Mal auftrat, wenn er sich verunsichert fühlte. Die grau-braunen Streifen seines kurzärmeligen Hemdes gerieten erneut in unruhige Schlangenbewegungen. Es rührte die Kommissarin fast, wie der mächtige Staatssekretär zu einem hilflosen Wesen mutierte. Trotzdem musste sie nachlegen.

»Ihre Frau war ihm im Wege. Bollinger wusste, dass ihr Artikel über den Opernskandal kurz vor der Veröffentlichung stand. Das konnte er nicht zulassen. Sie musste ruhiggestellt werden. Stimmt es?«

Rosenthal bemerkte die Träne, die ihm die Wange hinunterlief, danach ein verzweifeltes Schluchzen, das der Kommissarin durch Mark und Bein ging. Warum war es bei einem Mann so viel erschütternder, wenn er in Schluchzen ausbrach, als bei einer Frau? Darüber sollten sich die Gleichstellungsbeauftragten mal Gedanken machen, dachte die Kommissarin, während sie Ruppert Zeit für seine Verzweiflung ließ.

»Sie haben mir nicht gesagt, dass sie sie töten würden«, stieß der Staatssekretär unter Tränen hervor.

Es war heraus. Rosenthal überließ ihn seinem Kummer. Den Rest würde er ihr in Ruhe erzählen.

WAS AM GRÜNDONNERSTAG
WIRKLICH GESCHAH

Als die Tränen versiegt waren, sich das letzte Schluchzen seinem Hals entrungen hatte, rückte Ruppert sich mit der ihm eigenen Marotte im Sessel zurecht. Der Staatssekretär, den Rosenthal zu diesem Zeitpunkt bereits als Ex-Staatssekretär betrachtete, begann zu erzählen. Er verschwieg nichts. Die Beichte schien ihn zu erleichtern.

»Ich wollte mit ihr reden«, begann Stefan Ruppert. »Sie überzeugen. – Ja, wovon? Von unserer Ehe, von unserer Familie, ein Kind, für das wir gemeinsam sorgen sollten. Ich wollte ihr die Freiheit lassen nachzudenken. Räumliche Trennung, für einige Zeit, damit sie erkennt, dass es sich lohnt, für unsere Beziehung zu kämpfen. Ich habe ihr die Tür für die Rückkehr öffnen wollen.«

Ruppert wirkte plötzlich sehr klein, wie er sich in seinen Sessel verkrümelte. Ein einst aufgeblasener Politiker, aus dem alle Luft entwichen schien.

»Und dann war da die Sache mit dem Verfassungsschutz, das heißt, eigentlich war es nicht der Verfassungsschutz«, stotterte er hilflos. »Karsten Soldeck, Sie wissen, er ist …«

Theresa nickte. »Ich weiß, wer Soldeck ist.«

»Karsten hatte mir einen Mann empfohlen, einen Mitarbeiter der Firma *Cultural Risk Advisors*, kurz *CRA*. Er hieß Bungarz, wer weiß, ob das sein richtiger Name war, ein zwielichtiger Typ. Ich hätte ihm nicht vertrauen sollen. Er händigte mir Material über diesen Farinesi aus.

Der saubere Conte war in den Mord an einer Frau verwickelt. Ich erinnerte mich an den Fall. Hat damals viel Staub aufgewirbelt. Angeblich ein Unfall, ein Lawinenunglück. Bungarz sagte, es sei Mord gewesen. Ich wollte Claudia mit den Beweisen konfrontieren. Ich hatte meinen Besuch nicht angekündigt. Das hatte mir der *CRA*-Mann geraten. Ich bin am Donnerstag gegen 14 Uhr in Berlin ins Auto gestiegen. Gegen halb acht stand ich vor ihrer Tür, wie gesagt, ohne Ankündigung. Ich habe zwei, drei Mal geklingelt. Keine Reaktion. Wäre sie bloß nicht daheim gewesen. Vielleicht wäre alles anders gekommen. Ich wollte eben gehen, da öffnete Claudia die Tür, das Handy in der Hand. Sie hatte gerade telefoniert. Irgendetwas in ihrem Blick, in ihrem Gesichtsausdruck verriet mir, dass sie mit dem Arschloch geredet hatte.«

»Entschuldigung?«, bemerkte Rosenthal irritiert.

»Na, diesem Farinesi. Ich sah jedenfalls ihren Gesichtsausdruck; sie schien glücklich. Das machte mich so wütend. Etwas zerbrach in mir, wahrscheinlich die Hoffnung, wir könnten nach einiger Zeit wieder zusammenfinden. Sie ließ mir nicht den kleinsten Schimmer einer Hoffnung. Keine Perspektive für uns beide. Es gab für mich keinen Platz mehr in ihrem Leben.«

Ruppert stockte in seiner Berichterstattung, brütete mit zornigem Gesichtsausdruck vor sich hin. Rosenthal schien, als lebe er jede Phase des emotionalen Wechselbads vom Gründonnerstagabend erneut durch. Das musste quälend sein. Der Mann tat ihr leid. War Mitleid eine Regung, die man sich als Ermittlerin der Mordkommission leisten konnte? Aber ohne Mitleid, dachte sie, wäre das nicht eine grausame Gesellschaft? Verdient ein Mörder Mitleid?

Ruppert riss die Kommissarin aus ihren Gedanken.

»Ich bat sie auf einen Spaziergang. Das war Bungarz' Idee gewesen. Blacki musste sowieso raus.«

»Blacki?«, fragte Rosenthal. »Ist das der Labrador? Der ist doch beige.«

»Gelb, ach so, wegen des Namens. Das war Claudias Humor. Sie wollte ursprünglich einen schwarzen Labrador. Freunde hatten einen Wurf junger Retriever und boten ihr diesen gelben an. Claudia nannte ihn Blacki. Den Hund hat sie auch mitgenommen«, sagte er weinerlich. »Na ja, er hing sowieso nur an ihr und Luise. Er hat mich wenigstens begrüßt, als ich die Wohnung betrat, ist nicht aufgesprungen, aber er hat mit dem Schwanz gewedelt«, sagte Ruppert. Es schien, als heitere ihn die Erinnerung daran ein wenig auf oder tröstete zumindest. Er hielt sich mit den kleinen Dingen auf. Vielleicht zögerte er den Moment hinaus, in dem er die schrecklichen Ereignisse des Abends gestehen musste. Rosenthal wusste nicht, mit welcher Tat sich Ruppert schuldig gemacht hatte. Sie ließ ihn in seinem eigenen Rhythmus erzählen. Sie trieb ihn nicht an. Die Kommissarin hatte Zeit.

»Es war ein schöner Abend. Recht warm. Bevor wir losgingen, holte ich aus meinem Auto eine Kühltasche mit einer Flasche Wein, ihrem Lieblingswein, einem frischen Aix Rosé und zwei Gläsern. Ich verstellte mich, tat versöhnlich. Politiker können das. Was für ein verlogenes Völkchen wir sind«, gab er bitter lächelnd zu. »Ein Friedensschluck auf einer Parkbank, bat ich. Sie nickte und wir schlenderten los. Im Park ließen wir Blacki von der Leine. Er benahm sich merkwürdig, wich nicht von Claudias Seite, strich winselnd um ihre Beine, als ob er etwas spürte. Schlaues Tier.«

Ruppert legte eine Pause ein. Je mehr er sich dem dramatischen Höhepunkt des Abends näherte, desto zögernder erzählte er, desto mehr klammerte er sich an unwichtige Details.

»Es war ganz still im Park«, fuhr er fort. »Um diese Zeit waren nicht mal mehr Hundebesitzer unterwegs.«

»Wie spät war es?«, fragte Rosenthal.

»Ich erinnere mich nicht genau, nach neun, vielleicht halb zehn. Auf jeden Fall war es dunkel. Wir gingen eine Runde, der Park ist ja nicht groß. Wir setzten uns auf eine Bank. Ich stellte die Kühltasche neben mich und kramte darin herum, weil ich die K.o-Tropfen ..., die hatte Bungarz mir gegeben, die mussten irgendwie ins Glas und die richtige Menge, zehn Tropfen hatte er mir gesagt, wir müssen sie verhören können, sie wollten sie verhören, hat er gesagt. Einen Augenblick überlegte ich, 20 Tropfen in das Glas zu tun und den Inhalt selbst hinunterzustürzen. Das Zeug schlucken und alles ist zu Ende, dachte ich. Der Gedanke lockte kurz. Ich goss den Rosé in die beiden Gläser und gab das mit den Tropfen doch an Claudia weiter. Selbst nahm ich das andere und wir stießen an. – Freunde, fragte sie. Freunde, sagte ich. Und wir tranken beide, redeten nicht mehr, tranken stumm unsere Gläser leer. Ich schaute gebannt auf Claudia, um zu sehen, wie schnell die Wirkung der Tropfen eintreten würde.«

Ruppert starrte auf die Espressotasse, als sei dort das K.o.-Mittel drin. Er hätte eine Überdosis in diesem Moment gern die Kehle hinuntergestürzt.

»Es war, als ob ein Film vor meinen Augen ablief. Ich war nicht Akteur, nur Zuschauer.«

Erneut verstummte er minutenlang.

»Es ging schnell. Claudia kippte an meine Schulter. Der Moment hatte etwas Zärtliches. Ich legte den Arm um sie.

Ganz kurz, wir sahen aus wie ein Liebespaar beim abendlichen Parkgang. Plötzlich waren die zwei da.«

»Wer waren die zwei?«

»Ich kannte beide nicht, konnte sie in der Dunkelheit kaum erkennen. Es ging alles sehr schnell. Sie sagten, sie würden jetzt übernehmen. Ich sollte verschwinden, mich ins Auto setzen und nach Berlin abhauen. Die Typen waren mir unsympathisch, unheimlich. Sie hatten einen ziemlich groben Ton drauf. Sie schickten mich weg wie einen kleinen Jungen.«

Schweigen.

»Was hatten Sie sich gedacht, Herr Ruppert, wie wollten Sie Ihrer Frau das alles erklären, die Befragung durch diese Typen?«, fühlte ihm Rosenthal auf den Zahn.

»Keine Ahnung, Frau Kommissarin«, stöhnte Ruppert auf. »Glauben Sie mir, ich hatte mir keine Gedanken darüber gemacht. Ich war einfach außer mir wegen Claudias Weggang, ihrer Untreue, dass sie mich einfach so verließ und dann noch wegen dieses, dieses …« Ruppert verstummte.

»Und dann?«

»Ich bin gegangen. Zurück in die Marienburger Straße. Das Auto hatte ich um die Ecke von Claudias Wohnhaus geparkt. Das hatte mir alles dieser Bungarz aufgetragen. Sie hatten einen Plan, aber ich kannte ihn nicht. Ich wartete eine halbe Stunde. Hin- und hergerissen. Ich hatte keine Ruhe und entschloss mich zurückzufahren. Ein paar hundert Meter vom Park entfernt habe ich den Wagen abgestellt und bin zu Fuß zu der Bank gegangen. Da lag sie. Der Hund neben ihr. Er knurrte, als ich mich näherte. Ich dachte, Claudia sei von den Tropfen betäubt. Wenn ich einen Krankenwagen gerufen hätte …«

Rupperts Oberkörper zuckte und wand sich, als passe er nicht in sein Hemd.

»Ich habe es überlegt. Vielleicht hätte ich sie retten können, vielleicht wollte ich es in dem Moment nicht oder hatte Angst, in Erklärungsnot zu kommen. Mir schossen tausend Dinge durch den Kopf. Und der Hund knurrte. Er ließ mich nicht ran an sie. Ich geriet in Panik und bin geflüchtet.«

»Die zwei Männer haben sie nach Ihrem Abgang umgebracht«, sagte die Kommissarin in kühlem Ton. »Eine Überdosis Heroin. Es sollte aussehen wie der letzte Schuss.«

»Wieso?«

»Eine Warnung an die *Rheinjunker*. Hört auf! Lasst die Finger von den heißen Themen rund um die Oper. Stört uns nicht bei unserer Arbeit. Etwas in dieser Art.«

»Wahnsinn. Wo bin ich hineingeraten? Musste Claudia wirklich dafür sterben?«

Ruppert trauerte um seine Frau. Er hatte sie geliebt.

Das Geständnis bedeutete nichts. Anwälte würden den Staatssekretär Ruppert später beraten und alle seine Aussagen wären für die Katz. Vielleicht. Man würde sehen. Und die von *CRA* beauftragten Männer für alle Fälle würden sie wahrscheinlich nie fassen, nicht die aus dem Südpark, die die Drecksarbeit erledigt hatten. Vielleicht diesen Bungarz, vielleicht. Da stand am Ende Aussage gegen Aussage. Rosenthal würde mit ihrer Truppe jeden Stein umdrehen, um die Bande mit ihren sauberen Geschäftsmethoden zu überführen. Schau'n wir mal, dachte sie.

»Herr Ruppert«, sagte Rosenthal und bemerkte, wie der Staatssekretär zusammenzuckte. »Herr Ruppert, es ist Ihnen klar, dass ich Sie jetzt eigentlich mitnehmen muss, aber ich möchte Ihnen die Gelegenheit geben, die Dinge in Ruhe Ihrer Tochter zu erklären. Ich würde Sie gern die Nacht mit ihr im Haus verbringen lassen, aber ich bin verpflichtet, Ihnen einen Polizisten in die Wohnung zu setzen. Alles andere wäre fahrlässig. Das verstehen Sie?«

Ruppert nickte. »Danke, Frau Kommissarin.«

Rosenthal organisierte telefonisch die Bewachung, wartete auf den Polizeiwagen, gab den Kollegen ein paar Erklärungen und verabschiedete sich von Stefan Ruppert. Die Kommissarin wusste, ihr Vorgehen war nicht vorschriftsmäßig. Sie nahm das auf ihre Kappe. Es war nicht leicht in der Verbrecherwelt, mit der sie es zu tun hatte, menschlich zu bleiben, aber sie versuchte es wenigstens.

Der Regen hatte sich verzogen. Die Sonne lugte hinter einer Wolke hervor. Es war ein kühler trockener Spätnachmittag. Die Kommissarin spürte, dass sie das Erlebte abschütteln musste. Sie bestieg ihr Fahrrad und nahm einen Umweg durch den Südpark, warf einen Blick auf die Bank, auf der Claudia Ruppert gefunden wurde; kreuzte den Militärring, fuhr links hinunter zum Rheinufer, am Fluss entlang, stromabwärts im Wettlauf mit den Lastkähnen aus Amsterdam und Basel und über den Gürtel zurück in Richtung Bayenthal.

Die Kommissarin hatte an diesem Nachmittag etwas gelernt: Man konnte einen Menschen lieben, tief trauern über seinen Tod und trotzdem der Mörder dieses Menschen sein oder, wie in diesem Fall, eine Mitschuld an seinem Tod tragen.

Rosenthal kam erneut in den Sinn, was für eine Fehlkonstruktion der Mensch war, eine erfolgreiche Fehlkonstruktion. Ihr fiel ein Satz von Caspar David Friedrich ein, den sie ein paar Tage zuvor gelesen hatte. Der Maler war ein großer Einzelgänger gewesen, und man unterstellte ihm, dass er die Menschen nicht liebe. Das stimme nicht, wehrte er sich, er liebe die Menschen, aber er müsse sich fern von ihnen halten, damit er sie nicht hasse.

Bevor Theresa zurück nach Hause fuhr, machte sie noch einen kleinen Abstecher zu Tante Clarissa. Sandro Farinesi öffnete die Tür. Sie hatte vermutet, dass er sich noch bei der Tante aufhielt. Offensichtlich suchte er ein wenig Geborgenheit.

»Na, Graf Farinesi, gefällt's dir plötzlich in Kölle am Rhein«, bemühte sie sich um einen leichten Ton. Dann nahm sie ihn in den Arm und sagte leise. »Wir haben Claudias Mörder, zumindest den Mittäter. Ich kann jetzt nicht mehr sagen. Morgen oder übermorgen erzähle ich dir alles.«

Farinesi liefen Tränen über die Wangen; er versuchte nicht, das zu verbergen.

Zwei Verluste in kurzer Zeit. Die alten weißen Männer, sie haben's nicht leicht, dachte Theresa, harte Schale, innen zart und zerbrechlich. Sie streichelte dem Grafen sanft über das Haar.

DIE RACHE IST MEIN

Als sie zwei Wochen nach der Galaveranstaltung den toten Bollinger an einem Sonntagmorgen aus dem Rhein zogen, gestand Kommissarin Rosenthal sich ein, dass sie nicht geschockt war, nicht einmal Bedauern empfand. Vielleicht spürte sie sogar ein bisschen Freude oder gar Genugtuung. Bollinger hing mit seinem azurblauen Galeristenjäckchen am Bugseil eines Vergnügungsdampfers der *Köln-Düsseldorfer* fest. Er hatte 2,2 Promille Alkohol im Blut. Todeszeitpunkt zwischen ein und zwei Uhr in der Nacht. Das Hochprozentige war in Form von Champagner in den *CRA*-Chef hineingelaufen, was zu dem Verblichenen passte, ein sozusagen angemessener Tod, fand die Kommissarin. Es gab keine Anzeichen von Gewalt. Mit 2,2 Promille im Blut stolperte man schon mal, und wenn das am Rheinufer passierte, sogar mit tödlicher Folge. Was er unten am Altstadtufer zu suchen hatte, klärte sich nie.

Den Champagner hatte er bei Dalla getrunken. Eine Quittung aus dem Ristorante *Caruso* vom selben Abend fand sich in der braunen *Hermès*-Brieftasche des Toten. Die Rechnung über den Betrag von 463 Euro war trotz ein paar Wasserflecken gut lesbar. Lorenzo Dalla bestritt nicht, dass Bollinger bei ihm gespeist hatte. Er sei mit einer Dame im Restaurant gewesen. Das Wort Dame sprach er verächtlich aus, sodass die Kommissarin sofort wusste, in welchem Gewerbe die Betreffende tätig war, deren Name Dalla natürlich nicht kannte. Er hatte nicht nachgefragt, warum sollte er? Was ging es ihn an, wenn ein Gast sich mit einer Nutte amüsierte. Rosenthal stimmte ihm zu. Dalla lieferte eine recht genaue Beschreibung der Frau: Anfang oder Mitte 30, lange blonde Haare, knallrot geschminkte, aufgespritzte Lippen, enges pinkfarbenes Kleid, hochhackige Schuhe. Dass sie die Frau nicht fanden, wunderte Theresa Rosenthal nicht.

Bollinger und seine Begleitung hatten das Lokal gegen Mitternacht verlassen. Dafür gab es jede Menge Zeugen. Danach sang Dalla für die letzten Gäste sein Lieblingslied »Caruso«, für Brigitte und für die Gäste. Felix Stroebel lud alle auf Champagner ein. Sie hatten lange beieinandergesessen.

»Ich sehe in Ihren Augen das Wort Mafia, Frau Kommissarin«, beklagte sich der Gastronom. »Klar, Italiener – gleich Mafia. Sie irren sich. Ich bin in Deutschland geboren. Ich habe einen deutschen Pass. Mein Vater kam als Gastarbeiter in den 70er-Jahren, hat fast 40 Jahre bei Ford geschuftet. Er versuchte alles, um sich zu integrieren, half mir, meine Träume zu verwirklichen. Ich vergesse meine Wurzeln nicht. Italien ist die zweite Heimat, aber Deutschland meine erste und mit der Mafia hatte ich nie Kontakt.«

»Sie unterschätzen mich, Herr Dalla. Wir ermitteln in alle Richtungen.« Beim Aussprechen der Floskel musste Rosenthal innerlich lachen.

In der Schwarzgeldkasse von Felix Stroebel fehlte in diesen Tagen ein runder Betrag von 10.000 Euro. Das erfuhr niemand. Woher auch? Es war Schwarzgeld.

ENDE

*Weitere Titel finden Sie auf den
folgenden Seiten und im Internet:*

WWW.GMEINER-VERLAG.DE

Alle Bücher von
Maren Friedlaender:

SPANNUNG

GMEINER

WWW.GMEINER-VERLAG.DE
Wir machen's spannend

Olaf Müller
Adiós, Aachen
Kriminalroman
208 Seiten, 12,5 x 20,5 cm,
Broschur
ISBN 978-3-8392-0669-0

Eine tote Spanierin und ein ermordeter Bischof geben
den Aachener Kommissaren Rätsel auf. Wurde der Bischof Opfer einer Intrige? Wer ist die Spanierin mit den
vielen Identitäten? Sie hatte Beziehungen zu einem Ab-
geordneten, einem Offizier vom Fliegerhorst Nörvenich und stammte aus Fuerteventura. Plötzlich schalten
sich in beide Fälle Geheimdienste ein. Da erkennen die
Kommissare Fett und Conti die riesige Bedrohung für
die Region: Heiligtumsfahrt und Reitturnier absagen?
Oder gilt die Drohung dem Fliegerhorst Nörvenich?

GMEINER SPANNUNG

WWW.GMEINER-VERLAG.DE
Wir machen's spannend